Erzählungen aus dem Morgenland

Erzählungen aus dem Morgenland

Aus der Sammlung »Palmblätter«

Herausgegeben von
Jakub Salmei

ANACONDA

Der vorliegende Band enthält ausgewählte Texte aus der Sammlung *Palmblätter. Erlesene morgenländische Erzählungen für die Jugend* von Johann Gottfried Herder und August Jacob Liebeskind. Zugrunde gelegt wurde hier die von Friedrich Adolf Krummacher durchgesehene und verbesserte neue Ausgabe Berlin: Georg Reimer 1857. Orthographie und Interpunktion wurden modernisiert.

Die Deutsche Nationalbibliothek verzeichnet diese Publikation in der Deutschen Nationalbibliografie; detaillierte bibliografische Daten sind im Internet unter http://dnb.d-nb.de abrufbar.

Umschlagmotive: iStockphoto / Vladimir Melnik (Muster). – INTERFOTO / La Collection (Palme)
Umschlaggestaltung, Layout: Druckfrei. Dagmar Herrmann, Köln
Satz: InterMedia – Lemke e. K., Ratingen
Printed in Czech Republic 2013
ISBN 978-3-86647-920-3
www.anacondaverlag.de
info@anacondaverlag.de

Inhalt

VORREDE

Am Frühlinge des Lebens, wenn unsre junge Einbildungskraft aufwacht, sind wir ungemein geneigt, uns eine Welt zu denken, die nicht um uns ist. In der, die uns umgibt, finden wir uns enge und den Gang der Dinge um uns her alltäglich; wir haschen also gern nach dem Wunderbaren, setzen uns in Zeiten, die nicht mehr sind, in Länder, die wir weder gesehen haben noch sehen werden, ja wir fühlen eine Freude darin, jedem Außerordentlichen, das uns vorkommt, den Zusatz einer Riesengröße zu geben oder es mit allen den Farben auszuschmücken, die unser Herz daran liebet. Ein großer Teil vom Anmutigen der Jugend liegt hierin; in dem Zauberglanz frischer Eindrücke nämlich, in der blendenden Größe, die uns das Neue der Welt gewähret.

Auch diese Anlage in uns ist eine Gabe des Schöpfers, der jedes seiner Geschöpfe bei jedem Schritt seines kurzen Daseins hienieden mit den Fähigkeiten versah, die für dieses und für seine folgenden Zeitalter gehörten. Denn im menschlichen Leben entwickelt sich ein Zustand aus dem andern: wie sich die Tage ketten, so ketten sich auch unsre Gedanken, und was der Frühling nicht säete, kann der Sommer nicht reifen, der Herbst nicht ernten, der Winter nicht genießen. Wie eine volle Knospe bricht also unser Dasein zur Zeit der Jugend hervor, damit es die spätern Jahre des Lebens reifen. Unsre Gedanken und Wünsche reichen in ihr weiter hinaus, als unsre Hände je reichen werden.

Glücklich ist diese Zeit der Jugend, auch in ihrem ersten schönen Traum glücklich. Sie ahnet viel: denn sie kennet noch wenig; sie hoffet viel: denn sie ist noch nie von den Schranken zurückgestoßen, die unsre besten Hoffnungen einschränken. Wir haben also dem Schöpfer für diesen Morgen voll schöner Bilder, für dies Paradies unschuldiger Hoffnungen und Wünsche sehr zu danken.

Aber wir haben auch Fleiß anzuwenden, daß wir dies Paradies Gottes bauen und uns nicht in Wolken verlieren, die bei ihrer schönen Gestalt zuletzt in fürchterliche Ungewitter ausbrechen könnten. Nichts hat der Mensch in sich so sehr zu bezähmen, als seine Einbildungskraft, die beweglichste und zugleich die gefährlichste aller menschlichen Gemütsgaben. Tausend Übel des Lebens, die uns in spätern Jahren verfolgen, ja, die wir mit uns in unsrer Brust umhertragen, entsprangen daher, daß wir in der Jugend unsre Phantasie verwöhnten, daß wir uns Luftgestalten schufen, die für dieses Leben keinen Bestand haben, weil wir sie übel zusammensetzten. Viele Jahre gehören nachher dazu, uns von dem süßen Truge vielleicht bitter zu entwöhnen, und manche Menschen bleiben bis auf den letzten Tag ihres Lebens mit sich selbst und mit andern gequälte und betrogne Kinder.

Worauf sollen wir also unsre jugendliche Einbildungskraft richten, damit sie ihres Ziels nicht verfehle und in der gehörigen Laufbahn bleibe? Jedermann sagt: auf Beispiele des Guten und Edlen; allein wo sind diese? Wären sie im gemeinen Leben vor uns, wären sie auf allen Straßen, in allen Handlungen und Geschäften so zahlreich, daß wir nicht anders, als sie überall sehen, und ihnen gleichförmig handeln müßten, so lebten wir freilich in einer wahren Tugendschule: denn nichts wirkt, auch ohne daß wir es gewahr werden, auf unser jugendliches Gemüt mehr, als das Beispiel derer, mit denen wir leben. Dreimal glücklich ist die aufblühende Seele, der, als sie noch Knospe war, der Himmel eine so schöne Stelle verlieh! Vorbilder des Guten und Edlen standen um den aufmerksamen Jüngling und drückten sich mit der liebevollen Gewalt der Tugend so sanft und zugleich so mächtig in sein Herz, daß er, ohne es zu wissen, ihnen gleichförmig handeln lernte und auch so handeln wird, wenn ihre körperlichen Gestalten sich längst seinem Auge, ja vielleicht seinem Gedächtnis selbst entzogen haben.

Aber woher sollen wir diese Tugendbilder nehmen, wenn sie nicht da sind? oder was sollen wir, wenn sie fehlen, an ihre Stelle setzen? Goldne Sittensprüche und Regeln sind freilich von unschätzbarem Wert: frühzeitig gelernt, geben sie unserm Geist, wenigstens unserm Gedächtnis, einen schönen Vorrat zukünftiger Bemerkungen auf die Reise des Lebens; allein wieviel fehlt ihnen noch, daß sie mit aller Macht des Beispiels wirken! Aus einzelnen Erfahrungen wurden sie gezogen; in diese müssen sie also zuerst zurückkehren und sich mit der Geschichte gleichsam umkleiden, ehe sie nur als lebendige Wesen vor uns erscheinen, geschweige zu unserm innersten Bewußtsein sprechen und unserm Geist oder Herzen ihr Bild eindrücken könnten; außerdem bleiben sie bloße Schattengestalten oder sind leere Töne. Es ist also bei ihnen, insonderheit, wenn sie auswendig gelernt werden, Maß und Vorsicht nicht genug zu empfehlen: denn ein Kind, das viele Sittensprüche auf der Zunge hat, ohne sie weder dem Verstande eingeprägt, noch mit der Anwendung verbunden zu haben, wird gar bald einem dürren Gewächs gleich, das man statt eigner Früchte mit fremden Perlen bekränzte.

Also werde die Sittenlehre in Handlung gesetzt oder sie entspringe vielmehr selbst aus Handlung; und hier bieten sich zuerst die Einkleidungen an, die man Äsopische Fabeln nennt. Nicht weil Äsop diese Gattung des Unterrichts erfunden, heißen sie also: denn sowohl im Orient als bei allen, auch nur halbgebildeten Völkern der Erde, hat der menschliche Verstand diese angenehme Hülle, unter der er selbst zu Begriffen gelangte, wertgehalten und gebrauchet. Nur weil die Griechen der Äsopischen Fabel den wissenschaftlichen Umriß gaben, und weil wir aus ihrer Hand eine gute Anzahl solcher Dichtungen empfingen, die Äsops Namen tragen, hat die ganze Gattung sich unter diesen Namen gezogen, statt dessen man ebensowohl Orientalische, Lockmannische oder Pilpaische Fabeln sagen könnte.

Und allerdings hat diese Einkleidung insonderheit für Kinder einen großen Reiz. Indem sie Gegenstände der Natur, insonderheit Tiere, sprechen und handeln sehen, wird ihr Hang zum Neuen und Wunderbaren aufgeregt und mit einer oft unerwarteten, nützlichen Lehre sehr angenehm befriedigt. Sie empfangen Unterricht von Lehrern, deren Zurechtweisung sie gern annehmen, und je mehr kleine Züge von Sitten der Tiere und ihrer Lebensweise in die Fabel verflochten werden, desto mehr wird diese ein Blatt aus der lehrenden Naturgeschichte.

Indessen ists auch bei dieser, wie bei allen dichterischen Einkleidungen, sichtbar, daß sie ihre engen Grenzen und einen sehr beschränkten Spielraum habe. Nicht jede Lehre, die für die Jugend gehört, kann einem Tier in den Mund gelegt oder in seiner Handlungsweise ausgedrückt werden; ja ich wage es zu sagen, die edelsten, eigentlichen Lehren für die menschliche Tugend können es gar nicht. Erfahrungssätze und Regeln der Klugheit, wie z. B. der Stärkere den Schwächern unterdrückt, der Schwächere sich durch Klugheit und List verteidigt und dergleichen, finden im Reich der Fabel eine Menge der lehrendsten Beispiele; wahre Großmut aber, eine Tugend, die wählt, sich selbst bestimmt und Leidenschaften überwindet, liegt, wie jedermann weiß, eigentlich gar nicht im Charakter der Tiere. Also müßte die Denkart dieser erhöhet, ihre Sitten müßten völlig humanisiert werden, wenn sie dergleichen Lehren anschaubar machen sollen; dann aber ists leicht begreiflich, daß je menschlicher die Fabel auf diese Weise wird, desto mehr ihr Reiz und ihre eindringende Kraft selbst verschwinde. Nur auf der Einfalt, ja gleichsam auf der naturhistorischen Wahrheit des vorge-stelleten Beispiels beruht diese. Der Fuchs, der Löwe, der Tiger spricht nicht mehr überredend für mich, sobald er nicht mehr in seinem Charakter spricht und handelt. Es ist der verkleidete Moralist, der, ohne damit täuschen zu können, die Gestalt des Tiers annimmt und besser täte, wenn er die Lehre, die mir kein Tier sagen kann, auf eine bessere Weise als Mensch sagte.

Der Mensch ist des Menschen erster und vorzüglichster Lehrer, und da dieser ihn abermals mehr durch sein Beispiel als durch seine Worte unterrichten kann, so entstehet die Frage: »Woher sind die unterrichtendsten Beispiele des Menschen zu nehmen?«

Ohne Zweifel aus der Geschichte, wird man sagen; aber auch hinzusetzen müssen, wenn die gewöhnliche Geschichte solche liefert. Da unsre Geschichte aber sich meistenteils mit ganz andern Taten ganz anderer Menschen beschäftigt, als die zum Unterricht der Jugend dienen, da sie, der hergebrachten Gewohnheit nach, am weitläufigsten ist, Taten der Könige zu beschreiben, die sie selbst niemals getan haben, oder ihre Feldzüge und Eroberungen zu schildern, die für die Jugend selten ein erbauliches Bild sind, da ihre Begebenheiten entweder so sehr an die Fabel grenzen, daß es einer Offenbarung bedürfte, in jedem Fall die Wahrheit von der Lüge zu scheiden, oder in ihr endlich alles mit seinen politischen Rücksichten so verwebt ist, daß es einer herkulischen Mühe brauchte, aus dieser dunklen Tiefe Gold zu finden: so siehet sich der Unterricht der Menschen leider auch hier meistens der eigenen Komposition überlassen, wie er die Geschichte stellen und wenden will, damit sie zur Bildung des Geistes und des Herzens nur einigermaßen einiges Gute enthalte.

Man hat sich also auf allerlei Art zu helfen gesucht, um aus der großen Menge dessen, was in der Geschichte für die Jugend unverständlich oder wenig erbaulich wäre, Gutes zu sammeln und zu bereiten. Plutarche haben Lebensbeschreibungen herausgesucht, und schon Xenophon hat, auf Sokrates' Wink, kein Bedenken getragen, das Leben seines Cyrus zu einer Cyropädie zu verschönen. Ja, wem sind nicht durch alle Zeitalter die vielen Geschichten bekannt, die nur deswegen sich mit der Fabel mischten, damit sie doch wenigstens lehrreich würden und ein Ganzes zustande brächten, das das Stückwerk der bürgerlichen Geschichte uns selten darstellt.

Es war eine Zeit, da diese Geschichtsromane sehr im Gebrauch waren; allein eine bessere Zeit hat auch hier die Wahrheit von der lehrreichen Lüge gesondert. Wer erdichten will, dichte ganz; wer Geschichte schreiben will, habe das Herz, die Wahrheit nackt zu zeigen.

Denn was wäre es endlich, was das Chronologische der Geschichte zur Bildung des Herzens beitrüge? Gewinnet eine edle Tat irgend etwas Belehrendes dadurch, wenn ich weiß, daß sie Philippus in Mazedonien und kein andrer getan habe? Der Chronolog zähle seine Jahre, der Kritiker berichtige seine Dokumente, der Politiker stelle sie in den Zusammenhang seiner Welthändel, und der Philosoph forsche ihrer allgemeinen Verbindung nach; dem Moralisten sind facta nur facta, Begebenheiten nur Begebenheiten. Er sondert sie aus und erzählt sie, wie man eine Fabel oder ein Märchen erzählt, damit sie eine unterrichtende Lehre anschaulich machen, als menschliche Beispiele. Wenn seine Geschichte ganz außer der Zeit, in einem erdichteten Lande sich zutrüge; und sie ist menschlich wahr, unterrichtend, anschaulich, rührend: desto besser für ihn! desto reiner ist die Wirkung seiner Geschichte.

Daß nun unter diesen moralischen Begebenheiten, sie mögen wahr oder erdichtet sein, die morgenländische Erzählung einen vorzüglich schönen Platz einnehme, darüber darf man nur das Gefühl der Jugend fragen. Ich bin mir der Zeit noch wohl bewußt, da ich in meiner Kindheit die Gellertsche Erzählung las: »Als Moses einst vor Gott auf einem Berge trat«, und wie tief mich damals ihre hohe Einfalt rührte. Auch ists nicht der Glanz des Wunderbaren allein, der in den morgenländischen Dichtungen das Auge des Jünglings an sich ziehet und sein Gemüt wie mit einer goldnen Flamme bestrahlet; vielmehr ists der reine Umriß, die hohe Simplizität der Gestalten und Wahrheiten selbst, die sich ihm unvergeßlich eindrückt. Unsre Geschichte schleicht unter einem Gewirr kleiner und feiner Bestimmungen, des Standes, der Lebensart, der Zeit, des Orts, der Personen einher; dort sind wenige Gestalten bestimmt ins Große gezeichnet. Der Sultan ist Sultan; der Sklave Sklave; das Weib ein Weib; der Mann ein Mann. So ists mit den andern Charakteren des Richters, des Höflinges, des Einsiedlers, des Zauberers; sie sind alle so bestimmt, als die Tiercharakter der Äsopischen Fabel. Dazu ist die Lehre, auf welche die Erzählung angelegt ist, selten von der kleinlichen Art, die in unsern, insonderheit artigen Erzählungen herrschet. Die Dichtung ist kühn und groß; die Lehre, die in ihr dargestellt wird, ungemein und rührend. Der Ton endlich ist, wie in allen orientalischen Schriften, ja der Bibel selbst, morgenländisch, d. i. einfach, groß und edel.

Und eben diese ungesuchte Ähnlichkeit mit dem Ton der biblischen Geschichte sollte sie uns, wie mich dünkt, für die Jugend noch mehr empfehlen: denn einmal ist diese doch an einen solchen Ton gewöhnet, der seiner hohen und edlen Einfalt wegen mächtig auf sie wirket. Warum sollte man also nicht fortgehen und ihr mehr menschliche Laster, mehr menschliche Tugenden und Lehren in einer ähnlichen Gestalt zeigen?

Ich habe mich also gewundert, warum man diese trefflichen Proben der morgenländischen menschlichen Fabel, die hie und da zerstreuet und zum Teil mit manchem Unrat bedeckt liegen, nicht längst für die Jugend gesammelt und sie ihr nach ihrer Weise erzählt habe? Die besten englischen Wochenschriften, der Zuschauer, der Abenteurer usw. haben einige derselben zu ihrem Zweck zu nutzen gewußt, und die oben angeführte Erzählung Gellerts ist aus dem Zuschauer genommen, der sie in wenigen Reihen sehr einfach vorträgt. Einigen davon hat man ein schönes poetisches Gewand gegeben, unter denen ich nur Abdallah und Balsora nennen darf, die in Wielands früheren poetischen Schriften einen reizenden Platz einnehmen. Das alles aber gilt nur für die eine und die andre Geschichte; die meisten waren unübersetzt oder schlecht erzählt oder standen in Sammlungen, wo man sie wie der Hahn die Perle aufsuchte. –

Hier sind sie nun gesammelt und durchgängig neu erzählet. Zur Sammlung habe ich Anleitung gegeben; die Erzählung der Geschichten ist der Leser einem andern Verfasser schuldig. Er hat sie für die Jugend eingerichtet, sie also auch vorzüglich klar und verständlich erzählt, insonderheit aber sie von jenem falschen Schwulst entladen, den die Europäer lange Zeit für morgenländische Erhabenheit hielten. An ihrer wesentlichen Gestalt ist nirgend etwas geändert; daher jede Erzählung auch die Farbe ihres Vaterlandes beibehalten mußte. Sobald aber bei einigen derselben unsre Nachbarn die Lieblingsfarbe ihrer Sehart dazu gemischt und Scherze oder Betrachtungen hingepflanzt hatten, wo der Morgenländer nicht scherzt und schwerlich also betrachtet: so wird kein Leser es übel deuten, wenn er in Erzählungen für die Jugend diese falsche Schminke nicht findet. Die Seele eines Kindes ist heilig, und was vor sie gebracht wird, muß wenigstens den Wert der Reinigkeit haben.

Für welche Jugend übrigens diese Erzählungen sind, muß ihr Inhalt selbst sagen; nach Jahren läßt sich so etwas nicht bestimmen und anordnen. Jeder Lehrer wird wissen, was für seinen Lehrling gehört; jede Mutter wird wissen, was sie ihrem Kinde daraus vorerzählen oder es selbst lesen lassen soll. Für Verschiedne ist hier Verschiedenes; ich hoffe aber nichts Schlechtes. Und so dankt denn, ihr Kinder, die ihr diese Erzählungen leset oder hört und euch daran freuet; danket dem, der euch diese Palmblätter sammelte, ihre Geschichten euch vorerzählte, und am schönsten belohnt ist, wenn ihr jedem Edeln und Guten, das sie euch vorstellen, mit unablässigem stillen Eifer nachzufolgen strebet.

Weimar, den 25. Febr. 1786. J. G.

DER HIRTENKNABE

Abbas, mit dem Zunamen der Große, König von Persien, war einst auf der Jagd verirret. Er kam auf einen Berg, wo ein Hirtenknabe eine Herde Schafe weidete; der Knabe saß unter einem Baum und blies die Flöte. Die süße Melodie des Liedes und Neugierde lockten den König näher hinzu; das offne Gesicht des Knaben gefiel ihm, er fragte ihn über allerlei Dinge, und die schnellen, treffenden Antworten dieses Kindes der Natur, das ohne Unterricht bei seiner Herde aufgewachsen war, setzten den König in Verwunderung. Er hatte noch seine Gedanken darüber, als sein Wesir dazukam. »Komm, Wesir«, rief er ihm entgegen, »und sage mir, wie dir dieser Knabe gefällt.« Der Wesir kam herbei; der König setzte seine Fragen fort, und der Knabe blieb ihm keine Antwort schuldig. Seine Unerschrockenheit, sein gesundes Urteil und seine offne Freimütigkeit nahmen den König und den Wesir so sehr ein, daß jener beschloß, ihn mit sich zu nehmen und erziehen zu lassen, damit man sähe, was aus dieser schönen Anlage der Natur unter der Hand der Kunst werde.

Wie eine Feldblume, die der Gärtner aus ihrem dürren Boden hebt und in ein besseres Erdreich pflanzet, in kurzem ihren Kelch erweitert und glänzendere Farben annimmt, so bildete sich auch der Knabe unvermerkt zu einem Manne von großen Tugenden aus. Der König gewann ihn täglich lieber; er gab ihm den Namen Ali Beg und machte ihn zu seinem Großschatzmeister.

Ali Beg besaß alle Tugenden, die sich nur zusammen vereinigen lassen: Unsträflichkeit in seinen Sitten, Treue und Klugheit in seinem Amt, Freigebigkeit und Großmut gegen die Fremden, Gefälligkeit gegen alle, die ihn um etwas baten, und, ob er gleich der Liebling des Königs war, die bescheidenste Demut. Was ihn aber am mehrsten unter den persischen Hofleuten auszeichnete, war seine Uneigennützigkeit: denn nie ließ er sich seine Dienste bezahlen; seine guten Taten hatten die reinste Quelle, das Verlangen, den Menschen nützlich zu werden. Bei allen diesen Tugenden entging er jedoch den Verleumdungen der Höflinge nicht, die seine Erhebung mit heimlichem Neide ansahen. Diese legten ihm allerlei Fallen und suchten ihn bei dem Könige verdächtig zu machen. Aber Schah Abbas war ein Fürst von seltenen Eigenschaften; argwöhnischer Verdacht war für seine große Seele zu klein, und Ali Beg blieb in Ansehn und Ruhe, solange sein großmütiger Beschützer lebte.

Zum Unglück starb dieser große König, und Schah Sefi, der ihm folgte, schien die Wehklage der Völker zu rechtfertigen, daß nämlich gute Fürsten wie andre Menschen sterben müssen. Er war das völlige Widerspiel seines Vorgängers, voll Mißtrauen, Grausamkeit und Geiz; Blutvergießen schien ihn zu erquicken, wie den Durstigen ein Trunk Wasser. Einen solchen Oberherrn hatten Alis Feinde erwartet, und ihr verborgener Neid wurde sogleich wieder sichtbar. Sie brachten täglich Verleumdungen gegen den Schatzmeister an, auf die der König anfangs nicht achtete, bis eine jenen erwünschte Begebenheit diese Anklagen zu rechtfertigen schien.

Der König nämlich verlangte einen kostbaren Säbel zu sehn, den Schah Abbas vom türkischen Kaiser zum Geschenk bekommen hatte und dessen einige Hofleute gedachten. Der Säbel war nicht zu finden, ob er gleich in dem nachgelassenen Verzeichnisse des großen Abbas eingetragen war; und so fiel Schah Sefis Verdacht auf den Schatzmeister, daß dieser ihn veruntreut habe. Dies war, was seine Feinde wünschten; sie verdoppelten ihre Beschuldigungen und schilderten ihn als den ärgsten Betrüger. »Er hat viel Häuser zur Bewirtung der Fremden gebaut«, sagten sie, »und andre öffentliche Gebäude mit großen Kosten aufführen lassen. Er kam als ein nackter Knabe an den Hof, und doch besitzt er jetzt unermeßliche Reichtümer. Wo könnte er alle die Kostbarkeiten, womit sein Haus angefüllt ist, herhaben, wenn er den königlichen Schatz nicht bestöhle?« Ali Beg trat eben zum Könige hinein, als ihn seine Feinde so verklagten, und mit zornigen Blicken sprach der König: »Ali Beg, deine Untreue ist kund worden; du hast dein Amt verloren, und ich befehle dir, in vierzehn Tagen Rechnung abzulegen.« Ali Beg erschrak nicht, denn sein Gewissen war rein; aber er bedachte, wie gefährlich es sein würde, seinen Feinden vierzehn Tage Zeit zu lassen, ehe er seine Unschuld bewiese. »Herr«, sprach er, »mein Leben ist in deiner Hand. Ich bin bereit, die Schlüssel des königlichen Schatzes und den Schmuck der Ehre, den du mir gegeben hast, heute oder morgen vor deinem Throne niederzulegen, wenn du deinen Sklaven mit deiner Gegenwart begnadigen willst.«

Diese Bitte war dem Könige höchst willkommen; er genehmigte sie und besichtigte gleich des andern Tages die Schatzkammer. Alles war in der vollkommensten Ordnung; und Ali Beg überführte ihn, daß Schah Abbas den vermißten Säbel selbst herausgenommen und mit den Diamanten ein anderes Kleinod habe schmücken lassen, ohne es jedoch in seinem Verzeichnisse zu bemerken. Der König konnte nichts dagegen einwenden; allein Mißtrauen ist ungerecht und findet sich beleidigt, wenn es sich in seinen selbst falschen Mutmaßungen betrogen siehet. Er ersann daher einen Vorwand und begleitete den Schatzmeister in sein Haus, um die vielen Kostbarkeiten zu finden, von denen ihm seine Höflinge gesagt hatten; zu seiner großen Verwunderung aber war auch hier alles anders. Gemeine Tapeten deckten die Wände; die Zimmer waren mit nicht mehr als notdürftigem Hausrat versehen, und Sefi mußte selbst gestehen, ein mittelmäßiger Bürger wohne köstlicher, als der Großschatzmeister seines Reiches. Er schämte sich dieser zweiten Täuschung und wollte sich entfernen, als ihm ein Höfling eine Tür am Ende der Galerie zeigte, die mit zwei starken eisernen Riegeln verschlossen war. Der König ging näher und fragte den Ali Beg, was er unter so großen Schlössern und Riegeln verwahre? Ali Beg schien erschrocken; er errötete heftig, erholte sich aber wieder und sprach: »Herr! in diesem Gemach bewahre ich das Liebste, das ich auf der Welt habe, mein wahres Eigentum. Alles, was du in diesem Hause gesehen hast, gehört dem Könige, meinem Herrn; was dieses Zimmer enthält, ist mein; aber es ist ein Geheimnis, ich bitte dich, verlange es nicht zu sehen.«

Dies ängstliche Betragen schien dem argwöhnischen Sefi Ausdruck der Schuld, und er befahl mit Heftigkeit, die Tür zu öffnen. Das Gemach tat sich auf und siehe da! vier weiße Wände mit einem Hirtenstabe, einer Flöte, einem schlechten Kleide und einer Hirtentasche geschmückt:

das waren die Schätze, welche diese eisernen Riegel und Schlösser verwahrten.

Alle Anwesende erstaunten, und Schah Sefi schämte sich zum drittenmal, als Ali Beg mit der größten Bescheidenheit also sprach: »Mächtiger König! Als mich der große Abbas auf einem Berge antraf, wo ich meine Herde hütete, waren diese Armseligkeiten mein ganzer Reichtum. Ich bewahrte seitdem denselben als mein einziges Eigentum, das Denkmal meiner glücklichen Kindheit, und der großmütige Fürst war zu gütig, als daß er es mir hätte nehmen wollen. Ich hoffe, Herr, auch du wirst es mir nicht nehmen und mich mit ihm in jene friedlichen Täler zurückkehren lassen, wo ich in meiner Dürftigkeit glücklicher als im Überfluß deines Hofes war.«

Ali schwieg; und alle Umstehenden waren bis zu Tränen erweichet. Der König zog sein Kleid aus und legte es ihm an; der Neid und die Verleumdung waren mit Scham geschlagen, und sie durften sich gegen diesen Edeln nie wieder erheben. Ali lebte lange und genoß die Belohnung seiner Tugend: Liebe und Verehrung bei seinem Leben, und nach seinem Tode waren Tränen die stillen Lobredner auf seinem Grabe. Alle Einwohner der Stadt begleiteten seine Leiche, und noch im Munde der Nachwelt hieß er immer der edle, uneigennützige Ali.

HAMET UND RASCHID

Eine brennende Dürre verheerte lange Indiens Gefilde, zur Zeit als zwei Hirten Hamet und Raschid, sich auf der Grenze ihrer Felder begegneten. Sie starben beinahe vor Durst und sahen ihre Herden gleichfalls verschmachten. Sie hoben die Augen gen Himmel und flehten ihn um Hilfe; siehe, da entstand auf einmal eine tiefe Stille: die Vögel hörten auf zu singen; das Blöken und Brüllen der Herde verstummte, und die beiden Hirten sahen im Tal eine erhabne, überirdische Menschengestalt sich ihnen nähern. Es war der hohe Geist der Erde, der Glück und Unglück den Sterblichen austeilet: in der einen Hand hielt er die Garbe des Überflusses und in der andern die Sichel der Verwüstung. Sie zitterten vor Schrecken und suchten sich zu verbergen; aber der Geist rief ihnen mit so sanfter Stimme zu, wie der Zephir lispelt, wenn er sich abends auf den wohlriechenden Gesträuchen Arabiens wieget. »Nahet euch«, sprach er, »Söhne des Staubes; fliehet euern Wohltäter nicht. Ich bin gekommen, euch ein Geschenk anzubieten, das nur durch eure Torheit unnütz und verderblich werden kann. Ich will euer Gebet erfüllen und euch Wasser geben, wenn ihr mir sagt, wieviel ihr zu eurer Befriedigung bedürft. Übereilt euch aber nicht in eurer Antwort. Bedenkt, daß in allen menschlichen Bedürfnissen das Übermaß ebenso schädlich ist als der Mangel. Erkläret euch, und du, Hamet, rede zuerst.«

»O gütiger Geist!« antwortete Hamet, »wenn du meine Kühnheit verzeihen willst, so bitte ich um einen kleinen Bach, der im Sommer nicht vertrocknet und im Winter nicht überschwemmet.« »Du sollst ihn haben«, antwortete der Geist und schlug mit seiner Sichel, die jetzt ein Werkzeug der Wohltätigkeit wurde, den Boden. Die beiden Hirten sahen zu ihren Füßen eine Quelle hervorsprudeln und sich über die Felder des Hamet verbreiten. Die Blumen hauchten einen frischern Wohlgeruch: die Bäume schmückten sich mit grünerm Laube, und die Herden löschten in dem kühlen Strom ihren Durst.

Jetzt wendete sich der Geist zu dem zweiten Hirten und gebot ihm zu reden. »Ich bitte dich«, sprach Raschid, »du wollest den großen Ganges mit allen Wassern und Fischen durch meine Felder leiten.« Der gutherzige Hamet bewunderte den mutigen Stolz des Raschid und zankte heimlich mit sich selbst, daß er diese große Bitte nicht zuerst gewagt habe, so wie Raschid in seinem Herzen sich schon über den Vorzug freute, den er als Besitzer und Eigentümer des Ganges vor dem einfältigen Hamet haben werde. Schnell aber nahm der Geist eine fürchterliche Gestalt an und ging auf den Strom zu. Die Hirten standen in ängstlicher Erwartung, was er tun werde, als sich in der Ferne ein gewaltiges Brausen erhob und der Ganges, der seine Dämme durchbrochen hatte, in reißenden Fluten herabschoß. Die Wasser überströmten und verheerten in einem Augenblick alle Felder des Raschid. Sie entwurzelten seine Bäume und verschlangen seine Herden: ihn selbst riß die Flut mit sich fort. Der stolze Besitzer des Ganges wurde der Raub eines Krokodils, indes der bescheidene Hamet an seiner Quelle in Frieden wohnte.

DAS GESICHT VOM ADLER UND FUCHS

Der große König Abbas Karaskan machte seinen Diener Mirza zum Statthalter von Tauris. Mirza hielt die Waage der Gerechtigkeit in seiner Hand; er beschützte den Schwachen, ehrte den Weisen, und der Fleißige wurde reich. Die Augen seiner Untertanen sahen mit Liebe und Ehrfurcht auf ihn, und jeder Mund sprach Segen über seine Regierung. Allein er selbst empfand keine Freude über seine wohltätigen Handlungen. Eine stille Traurigkeit ruhte auf seinem Angesicht; er suchte die Einsamkeit; saß oft lange in tiefem Nachdenken, und wenn er ausging, so neigte er seinen Blick zur Erde, seine Schritte schienen matt: kurz, die Regierungsgeschäfte hatten allen Reiz für ihn verloren, und er beschloß, sich eines Geschäfts zu entledigen, das ihm schon lange zur Last war.

Er nahte sich also dem Thron seines Herrn; der König fragte nach seinem Begehren, und Mirza sprach: »Beherrscher der Welt, verzeihe die Kühnheit deines Sklaven, den du mit Ehre geschmückt hast und der es wagt, das Geschenk deiner Huld wieder zu deinen Füßen zu legen. Du hast mir die Verwaltung einer herrlichen Stadt und eines fruchtbaren Landes gegeben, dessen Auen den Gärten von Damas gleichen; allein der Raum des menschlichen Lebens ist enge; er genügt kaum, um uns auf den Tod vorzubereiten. Alle unsre Bemühungen sind eitel und nichtig; sie gleichen der Arbeit der Ameise, die der Fuß des Wanderers zerstört; und unsre Freuden verschwinden wie die Farben des Regenbogens, den die vorübereilende Wolke nach einem Ungewitter bildet. Vergönne mir also, Herr, mich auf die nahe Ewigkeit zu bereiten; ich will meinen Geist dem Nachdenken weihen und in stiller Einsamkeit den heiligen Betrachtungen der Religion obliegen. Die Welt mag meiner vergessen, so wie ich alle Gedanken an sie aus meiner Seele verbannen will, bis der letzte Augenblick den Schleier der Ewigkeit fallen läßt und mich dem Richterstuhl des Allmächtigen darstellt.«

Hier beugte sich Mirza zur Erde und schwieg. Der König Abbas erschrak über diese Rede so heftig, daß er auf seinem Throne zitterte: er sahe seine Edeln rings umher an; aber ihre Angesichter waren bleich, und ihre Augen sahen zur Erde. Niemand tat seinen Mund auf, bis der König, nach einem langen Nachdenken, zuerst das Stillschweigen brach:

»Mirza, Schrecken und Zweifel haben mich ergriffen: ich habe mich entsetzt, wie ein Mann, der von einer unwiderstehlichen Gewalt an den Rand eines steilen Abgrundes gestoßen wird; aber noch weiß ich nicht, ob meine Gefahr wirklich oder ein Traum ist. Ich bin, wie du, ein Wurm auf der Erde; mein Leben ist ein Augenblick; und die Ewigkeit, gegen welche Tage, Jahre und Zeitalter nichts sind, fordert auch mich durch ihre schauerliche Nähe zur Vorbereitung auf. Sollen wir aber die Regierung der Gläubigen Bösewichtern überlassen, die wie die unvernünftigen Tiere leben und weder Tod noch göttliches Gericht fürchten? Ist allein die Zelle des Einsiedlers die Pforte zum Paradiese, und sind die Beschäftigungen des großen Volks in dieser Stadt verdammliche Sünden? Nicht alle können Einsiedler werden; darum kann auch das Leben in einer Wüste nicht das einzige verdienstliche Werk sein. Geh in das Haus, das ich in dieser Stadt zu deiner Wohnung habe bereiten lassen: ich will dein Begehren überlegen; und Er, der die Seele des Flehenden erleuchtet, möge mich stärken, eine weise Entschließung zu fassen.«

Mirza ging weg; am dritten Tage aber begehrte er von dem Könige, ohne von ihm gerufen zu sein, von neuem Gehör. Es wurde ihm gewährt; er trat herein, und sein Angesicht war fröhlich. Er zog einen Brief aus seinem Busen, küßte ihn und überreichte ihn mit seiner rechten Hand dem Könige. »Herr«, sagte er, »aus diesem Briefe, den mir der Iman Kosru, der hier vor deinem Angesicht steht, gesendet hat, habe ich gelernt, welches die heiligste Lebensweise sei. Er hat mich gestärkt, mit Vergnügen in das Vergangene und mit Hoffnung in die Zukunft zu schaun; und ich werde mich nun für glücklich halten, der Schatten deiner Macht in Tauris zu sein und den Schmuck der Ehre zu tragen, dessen ich mich neulich zu entledigen wünschte.« Der König hörte Mirza mit einem neugierigen Erstaunen an; und sobald er schwieg, übergab er den Brief dem Iman mit dem Befehl, ihn laut vorzulesen. Die ganze Versammlung wendete die Augen auf den alten Weisen; seine Wangen erröteten aus bescheidner Schamhaftigkeit; dann, nach einigem Zaudern, las er folgende Worte:

»Ewiges Heil komme auf Mirza, den die Weisheit unsres großen Beherrschers mit einer Statthalterschaft beehrt hat. Als ich deinen Entschluß hörte, den Einwohnern von Tauris deine segenbringende Hand zu entziehen, so wurde mein Herz vom Pfeil des Kummers getroffen und meine Augen von Betrübnis verdunkelt; allein wer darf es wagen, vor dem Könige zu reden, wenn er zürnt? Oder wer darf sich seiner Weisheit rühmen, wenn des Königs Geist von Zweifeln beunruhiget wird? Dir aber will ich die Geschichte meiner Jugend erzählen, deren Andenken du in mir erneuert hast; und o möchte der Prophet die Wahrheit, die sie mich lehrte, an dir veredeln.

Ich wurde von dem weisen Alnazer in den Geheimnissen der Arzneikunst unterwiesen und erwarb mir darin sehr frühzeitige Kenntnisse. Ich kannte die Kräfte der Kräuter, in welche die Sonne den Geist der Gesundheit gehaucht hat, und fing an, die Kranken mit ihrem Balsam zu heilen; aber die Gemälde des Elendes, der langsamen Verschmachtung und endlich des Todes selbst, die täglich vor meinen Augen standen, erfüllten mein Herz mit Schauder und Furcht. Ich sah das Grab, dessen Raub ich früh oder spät werden mußte, immer vor mir geöffnet; und dies trieb mich zu dem Entschluß, meine wenigen Tage heiligen Betrachtungen zu weihen. Alle irdischen Güter, die ich nur auf kurze Zeit besitzen konnte, kamen mir verächtlich und als Hindernisse der Frömmigkeit vor. Ich vergrub also mein Geld in die Erde, entsagte der menschlichen Gesellschaft und begab mich in eine Wüste. Ich nahm meine Wohnung in einer Höhle, die ich an der Seite eines Berges fand; ich trank Wasser aus der vorbeifließenden Quelle und nährte mich von den schlechten Früchten und Kräutern, die in dieser Wildnis wuchsen. Oft setzte ich mich an den Eingang der Höhle, wendete das Gesicht gegen Morgen und wachte so ganze Nächte durch, um meinen Geist durch diese heftigen Anstrengungen der Eingebung des Propheten zu öffnen und göttlicher Offenbarungen teilhaftig zu werden. Eines Morgens, als ich die Nacht so durchwacht hatte und der östliche Himmel begann, von den ersten Strahlen der aufsteigenden Sonne vergoldet zu werden, besiegte mich die Gewalt des Schlafes. Ich schlummerte und sah ein Gesicht; mich dünkte, ich sei vor meiner

Höhle, der dämmernde Tag wurde lichter, und als ich der aufglimmenden Morgenröte entgegensah, so bemerkte ich einen dunkeln Flecken. Er bewegte sich und wurde, je näher er kam, immer größer, bis ich endlich die Gestalt eines Adler unterscheiden konnte. Ich heftete meine Blick auf seinen Flug und sah ihn in einer kleinen Entfernung niederschweben, wo ein Fuchs lag, dessen Vorderbeine zerbrochen schienen. Der Adler trug in seinen Krallen ein Stück von einem jungen Reh, das legte er vor dem kranken Fuchse nieder und flog wieder auf. Ich erwachte und überlegte noch, was dieser Traum bedeuten möchte, als ich aus der Luft eine Stimme hörte: ›Kosru, ich bin der Engel, der auf Befehl des Allmächtigen die Gedanken deines Herzens aufgeschrieben und dir dieses Gesicht gesendet hat, um deinen verirrten Geist wieder auf den rechten Weg zu leiten. Auf! Und ahme dem Adler nach; du hast seine Kräfte, und eine Menge Elende hoffen auf deine Hilfe. Erscheine den Schwachen und Siechen in der Not und bringe ihnen Gesundheit und Segen. Die Tugend ist nicht träge Ruh, sondern Tätigkeit und Arbeit; und wenn du einem deiner leidenden Nebenmenschen Gutes tust, so vollbringst du das schönste aller Gebote, das die Frömmigkeit fordert. Wohltun erhöhet des Menschen Natur; sie macht ihn dem Allmächtigen gleich und läßt ihn das Glück, das ihm im Paradiese als Belohnung seiner guten Taten bereitet ist, schon hier auf der Erde genießen.‹

Bei diesen Worten war mir, als ob sich ein Gebirge vor meinen Füßen geebnet hätte. Ich kniete in den Staub nieder und bereute meinen Irrtum; ich kehrte in die Stadt zurück und grub meinen Schatz wieder aus; ich war freigebig und doch wurde ich reich; ja, durch meine Wissenschaft, die leiblichen Übel zu heben, bekam ich oft Gelegenheit, die

Krankheiten der Seele selbst zu heilen. Ich legte die heiligen Kleider an; ich wurde über mein Verdienst geehrt, und auf huldreichen Befehl des Königs wurde mir der Zutritt zu seinem Throne vergönnt. Laß dich aber diese Belehrung nicht beleidigen; ich rühme mich keiner Weisheit, die ich nicht empfangen habe. Wie der Sand der Wüste den Regen und den Morgentau auftrinkt, so sauge ich, der ich auch nur Staub bin, die heiligen Lehren des Propheten. Alle Weisheit ist eitel, die wir ohne Mitteilung in uns verschließen; und ein Leben in untätiger Einsamkeit zugebracht hat keinen Gewinn. Wir selbst können nichts als Irrtum finden; aber wenn sich die Pforten des Himmels vor deinen Augen auftun und sein Licht dich mit Weisheit erleuchtet: so siehst du die Wahrheit ohne Schleier. Hoffe immer auf diese herrliche Erscheinung und ahme unterdessen dem wohltätigen Adler nach. Wem viel gegeben ist, von dem wird viel verlangt; ein Fürst aber, wie du, hat einen Teil von Gottes Macht in den Händen: er kann seine Untergebenen nach seinem Beispiele bilden und eigennützige Gemüter wohltätig machen. Erquicke also dein Land mit deiner Tugend wie mit einem himmlischen Strom; und hoffe in festem Glauben auf die Belohnung der Ewigkeit. Lebe wohl. Er, dessen Wohnung der Himmel ist, lächle auf dich nieder und lasse zu deinem Namen, im Buch seines Willens, zeitliche und ewige Glückseligkeit schreiben.«

Der König wurde, wie Mirza, durch diesen Brief von seinen Zweifeln befreit, und er sah mit einer fröhlichen Heiterkeit umher, die seine Freude den Umstehenden mitteilte. Er sandte den Statthalter in seine Provinz zurück und befahl, diese Begebenheit aufzuschreiben, um der Nachwelt kundzutun: daß Gott keine Lebensweise gefalle, die der Menschheit nicht nützlich ist.

DER HUNGRIGE ARABER

Ein Araber war verirret in der Wüste. Zwei Tage hatte er nichts zu essen und war in Gefahr, vor Hunger zu sterben; bis er endlich eine von den Wassergruben antraf, aus denen die Reisenden ihre Kamele tränken, neben welcher er im Sande einen kleinen ledernen Sack liegen sah. »Gott sei gelobt«, sagte er, als er ihn aufhob und anfühlte, »das sind, glaub ich, Datteln oder Nüsse; wie will ich mich an ihnen erquicken und laben!« In dieser süßen Hoffnung öffnete er den Sack; sah, was er enthielt, und rief voll Traurigkeit aus: »Ach! es sind nur Perlen!«

DIE DANKBAREN TIERE

Ein junger König, welcher frühe zum Thron gekommen war, fragte seinen alten, erfahrnen Wesir, wem er wohl unter den vielen, die sich um seine Gunst bewürben, sein Vertrauen schenken könnte? »König«, sagte der Wesir, »keinem, den du nicht erprobt hast; denn leider ist der Mensch, der das edelste und dankbarste Geschöpf sein sollte, oft das betrüglichste und undankbarste aller Geschöpfe. Das könnte dich, wenn du zu hören Lust hast, die Geschichte des Königs zu Aleppo lehren.« – »Ich habe Lust«, sprach der junge König, »sie anzuhören; erzähle.«

»Der Sultan zu Aleppo«, erzählte der Wesir, »war in Üppigkeit versunken und überließ andern die Sorge der Regierung. Da er nun Putz und Pracht am meisten liebte, so hatte er sein Herz auch insonderheit einem Juwelier geschenkt, der ihn immer mit neuem Blendwerk zu unterhalten wußte und sich allmählich zu den ersten Bedienungen des Hofes aufschwang. Zuletzt wurde ihm gar die Erziehung des Prinzen Behadir, des künftigen Erben der Krone, anvertrauet; ihm, der ebensowenig Kenntnisse als guten Willen besaß, den Prinzen auszubilden. Der König indessen hatte seine Gunst einmal ihm zugewandt: und so nahm er nicht wahr, wie übel sein Kind erzogen wurde, bis endlich eine verübte Grausamkeit ihm die Augen öffnete und sowohl seinen Sohn, als dessen unwürdigen Führer im rechten Licht zeigte.

Der gewesene Juwelier flößte dem Prinzen, seinem Zöglinge, alle die niedrigen Neigungen seiner ehemaligen Hantierung ein. Liebe zum Reichtum und kostbaren Edelgesteinen, Geiz und Gewinnsucht, die sich allen Betrug und Unterdrückung erlaubt, waren die Neigungen, in denen nur gar zu bald der Lehrer und Schüler ganz übereinstimmten. Einst hatten sie einem Juden, der kostbare Steine zum Verkauf bot, diese Steine um einen Preis abgedrungen, mit dem er nicht zufrieden sein konnte. Er forderte sie zurück und bekam sie nicht; er schrie über Gewalt, und man ließ ihn zu Tode prügeln. Diese böse Tat kam endlich dem Sultan zu Ohren, und nun fing er an zu untersuchen, wem er sein Zutrauen gegönnt hatte. Er erfuhr alle niedrigen Streiche, die sein Sohn und dessen Erzieher verübt hatten, und ihm blieb nichts übrig, als voll Gram und Reue den Prinzen in ein entlegenes Waldschloß zu verweisen, den gewesenen Juwelier aber mit Schimpf und Verachtung aus seinem Lande zu jagen.

Rustem (so hieß dieser niedrige Mensch) ging mit dem verhärteten Unmut eines Bösewichts seine Straße; die Nacht überfiel ihn in einem dunkeln, dicken Walde, und plötzlich sank er in eine Grube, die man, mit leichtem Moose bedeckt, den wilden Tieren zur Fallgrube eingerichtet hatte. Nichts glich seinem Schrecken und Erstaunen, als er sich in ihr nicht allein, sondern einen Affen, einen Löwen und eine Schlange neben sich fand. Jeden Augenblick glaubte er, ein Raub dieser Tiere zu werden; allein sie schonten sein, weil sie selbst von Not geängstigt waren und sahen, daß er mit ihnen gleiche Angst fühle. So verstrich ihm die schreckliche Nacht; und da er am kommenden Morgen die Fußtritte eines Menschen hörte, fing er an, kläglich um Rettung zu rufen und den Vorübergehenden zum Mitleid zu bewegen. Der Vorübergehende war ein Kaufmann, Ahmed mit Namen, der ein mitleidiges Herz hatte und sogleich nach dem Ort des Unglücks eilte. Er bereitete sich ein Seil und warf es in die Grube; wie verwunderte er sich aber, als er statt des Menschen, den er hinaufzuziehen gedachte, einen Affen oben am Rande der Grube erscheinen sah. Dieser war schneller gewesen als der Mensch, das Seil zu ergreifen, und hatte sich zuerst gerettet. Der Kaufmann wurde unwillig über das unverschämte Tier und wollte es zurückstoßen, als der Affe freundlich zu ihm sprach: »Laß es dich nicht gereuen, mir das Leben gerettet zu haben; die Tiere lieben ihre Wohltäter und sind erkenntlich gegen sie; der Mensch aber, der unten liegt, ist ein Undankbarer, und ich fürchte, er werde deine Wohltat einst schlecht vergelten. Ich wohne hier am Fuße dieses Berges und wünsche dich in Zukunft wiederzusehen, um dir meine Erkenntlichkeit für diesen Liebesdienst zu beweisen.«

Ahmed achtete wenig auf die Versprechungen des Affen und warf das Seil geschwind wieder hinein, um den Menschen herauszuziehn. Das Seil wurde jetzt viel schwerer als das erstemal, und er freute sich schon, den armen Unglücklichen zu sehen, als die zottigen Haare, die Zähne und Klauen eines Löwen sichtbar wurden. Der Kaufmann erschrak und hätte das Seil beinahe fahren lassen; der Löwe aber rief ihm freundlich zu: »Fürchte dich nicht und zieh mich vollends hinauf; du erwirbst dir einen Freund an mir, den du nicht verachten darfst. Ich habe Stärke genug, dein Leben aus einer Gefahr zu retten, und werde dir gewiß mehr Gutes für deine Wohltat tun, als jener treulose Mensch, der unten in der Grube liegt.« Der Kaufmann gewann durch diese Zurede Mut und zog den Löwen vollends herauf. »Freund«, sagte der König der Tiere zu ihm, »meine Höhle ist in diesem Walde; ich hoffe, dich wiederzusehen und für meine Befreiung dir Dank zu erweisen.«

Der Löwe ging fort, und der Kaufmann warf auf die wiederholten Bitten des unten Liegenden sein Seil zum drittenmal hinunter; ehe er aber noch zu ziehen anfing, wand sich schon eine Schlange an dem Seile herauf. »Ist denn alles Ungeziefer der Erde in dieser Höhle verborgen?« rief er voll Unwillen aus; aber die Schlange unterbrach ihn und sprach: »Zürne nicht, daß du mich errettet hast; ich will dir deine Wohltat durch eine freundschaftliche Nachricht vergelten, die dir sehr nützlich werden kann, wenn du sie befolgst. Der Mensch, der noch allein in der Grube steckt, ist ein undankbares, boshaftes Geschöpf. Glaube mir: den Schlangen ist Klugheit zuteil worden, die euch Menschen oft fehlt. Er ist ein Bösewicht, den die Vorsehung wegen seiner Verbrechen strafen will; überlaß ihn seinem Schicksal, oder du wirst deine Wohltat bereuen. Allein ich sehe, du bist weichherzig; du willst mir nicht gehorchen. Nun, so tue, was dir gefällt. Du hast mein Leben gerettet, und dafür will ich dir dankbar sein. Lebe wohl! Meine Wohnung ist an der Mauer der benachbarten Stadt, in der ich dich wiederzusehen hoffe.«

So sprach die Schlange und schlüpfte hinweg. Der Kaufmann aber war viel zu mitleidig, als daß er ihrem Rate gehorcht hätte; er warf das Seil zum viertenmale hinunter und brachte den Menschen endlich herauf. Der bloße Anblick desselben rührte des Kaufmanns Herz; der Unglückliche fiel ihm zu Füßen und dankte ihm mit Tränen für seine Hilfe. »Jeden Blutstropfen, der in meinen Adern fließt, will ich, großmütiger Befreier, mit Freuden für dein Wohl vergießen, wenn mir die Vorsehung Gelegenheit gibt, alles, was ich habe und vermag, zu deinem Besten aufzuopfern.« So sprach er, und zum Beweis seiner Erkenntlichkeit fing er an, seinen Wohltäter zu belügen. »Ich heiße Rustem«, fuhr er fort, »und bin ein Edelmann aus der benachbarten Stadt. Der König machte mich zu seinem Wesir und gab mir die Aufsicht über seinen Prinzen. Ich verwaltete mein Amt mit Treue und Eifer; aber der Prinz war ein bösartiger Mensch; er ließ sich durch meine Lehren nicht bessern und beging die häßlichsten Ausschweifungen. Ich entdeckte es dem Könige; aber die Königin, seine Mutter, verteidigte den Prinzen, und ich wurde nicht gehört. Endlich häuften sich seine Verbrechen so sehr, daß der König die Augen auftat und ihn in ein einsames Schloß, das nahe an diesem Walde liegt, gefangen setzte. Meine Feinde nahmen diese Gelegenheit wahr und gaben mir die Laster des Prinzen schuld. Der undankbare König glaubte ihnen; nahm mir meine Ehrenstelle, die ich mit so viel Eifer verwaltet hatte, und jagte mich schimpflich von seinem Hofe. Gestern abend kam ich in diesen Wald; ich ging daher in schwermütiger Betrübnis über den Undank der Menschen, als ich in diese Grube zu den drei häßlichen Tieren fiel, aus deren Gesellschaft du mich, großmütiger Befreier, jetzt errettet hast: denn ohne Zweifel wäre ich in kurzem ihrem Hunger und ihrer Wut zum Raube geworden.« Nun schalt er auf den Undank der Menschen, auf die Ungerechtigkeit der Könige und mischte so viel schöne Sprüche in seine Reden, daß Ahmed einen Weisen gerettet zu haben glaubte. »Ich wohne an dem westlichen Ende der benachbarten Stadt«, beschloß der Betrüger endlich, »ich bitte dich, komm mit mir und laß dir mein dankbares Herz wenigstens durch eine kurze Bewirtung zeigen.«

Ahmed dankte dem höflichen Wesir für seine Einladung und setzte mit dem Vergnügen, das ihm seine gute Handlung gab, zufrieden seine Reise fort. Er kam nach Persien und war in allen seinen Unternehmungen glücklich. Er verkaufte seine Edelgesteine teurer, als er gehofft hatte; sein Reichtum mehrte sich von Tag zu Tage und erneuerte das Verlangen in ihm, sein Vaterland wiederzusehen. Er nahm den Weg dahin und kam wieder durch den Wald, in dem er vor einigen Jahren die vier Gefangenen aus der Fallgrube errettet hatte. Mit Entzücken erinnerte er sich jetzt an die schönen Reden des erkenntlichen Rustem und dankte den drei Tieren in seinem Herzen, daß sie diesen braven Menschen nicht getötet hatten, ohne weiter an ihre Versprechungen gegen ihn zu denken, als eben ein Heer von Räubern ihn überfiel. Sie nahmen ihm sein Pferd, sein Geld und seine eingekauften Perlen; ihn selbst banden sie nackt mit Händen und Füßen an einen Baum und jagten eilig wieder davon.

Der unglückliche Ahmed getraute sich nicht zu schreien, aus Furcht, irgendein reißendes Tier herbeizulocken. Er arbeitete lange, seine Fesseln zu zerreißen, aber vergeblich. Die anhaltende heftige Bewegung rieb endlich seine Hände und Füße wund; sein Schmerz brach in ein wimmerndes Klaggeschrei aus, das die ganze Gegend durchtönte. Auch zu den Ohren des großen Affen drang es, der nicht weit von diesem Baume wohnte. Er kam herbei, und sobald er seinen Befreier erkannte, sprang er in einem Satze hinzu, zernagte die Stricke mit den Zähnen; und da Ahmed, von Hunger und Anstrengung geschwächt, halbtot zu seinen Füßen fiel, so nahm der Affe ihn in die Arme, trug ihn in seine Höhle, gab ihm wilde Früchte, machte ihm ein Lager von dürrem Laube, setzte sich neben ihn, streichelte seine Hände und sprach ihm Trost zu. Dadurch erholte sich Ahmed wieder und erzählte dem gutherzigen Affen den Unfall, der ihn in diese Not gebracht hatte. Der Affe wußte den Aufenthalt der Räuber und schlich sich zu ihnen. Sie lagen alle in tiefem Schlaf, und neben ihnen standen große Säcke voll Gold. Er lud den schwersten auf, nahm einige Kleider für seinen nackten Gast mit und eilte voll Freude zurück in seine Höhe. »Da«, sagte er und legte den Raub seinem Wohltäter zu Füßen, »da hast du dein verlornes Gut wieder; ich freue mich, daß ich dir habe dienen können.«

Ahmed dankte dem Affen, zog die Kleider an, nahm den Geldsack und ging fort. Er gedachte bei seinem Freunde Rustem einzukehren und sich zu seiner fernem Reise ein anderes Pferd zu kaufen. Er stellte sich die Freude dieses redlichen Wesirs über diese seine unvermutete Ankunft so schön vor, daß er die Last seines Geldsackes kaum fühlte, als er, durch das Brüllen eines herbeispringenden Löwen, aus diesen süßen Einbildungen geschreckt wurde. Seine Füße erstarrten vor Furcht, und ein grausamer Tod schien ihm unvermeidlich. Aber der Löwe erkannte seinen ehemaligen Befreier; langsam ging er auf ihn zu, wedelte freundlich mit dem Schwänze und redete ihn also an: »Komm, mein Freund, komm, mein Wohltäter, in meine Höhle, und laß dich von dem Löwen bewirten, der dir für die Errettung aus der Grube seine Dankbarkeit bezeigen will.«

Ahmed hatte durch das Verhalten des Affen die Tiere liebgewonnen und ging mit. Unterwegs erzählte er, was ihm begegnet sei und wie liebreich der Affe seinen Verlust wieder ersetzt habe. Der Löwe lobte das Verhalten des Affen und fand es schön; um aber nicht weniger erkenntlich und großmütig zu scheinen, als ein schwacher Untertan in seinem Reiche, so bat er seinen Gast, ein wenig in seiner Höhle zu warten, und ging fort. Er streifte in dem Walde umher und stieß endlich auf den Prinzen Behadir, der auf die Jagd gegangen war und sich von seinen Bedienten verloren hatte. Dieser Prinz war ein grausamer, ungerechter Mensch, und der König, sein Vater, hielt ihn noch immer in dem Schloß gefangen. Seine Bedienten mußten ihn allenthalben begleiten und auf alle seine Schritte genau Achtung geben; aber jetzt hatte er ein Reh zu hitzig verfolgt und sich von seinen Wächtern zu weit entfernt: denn wen die Vorsehung für seine Verbrechen bestrafen will, der eilt dem Verderben entgegen, ohne es zu wissen. Kaum sah der Löwe seinen köstlichen Turban, der mit vielen glänzenden Edelsteinen besetzt war, als er ihn anfiel, niederwarf und zerriß. Er nahm den reichen Turban zwischen die Zähne und brachte ihn seinem Gaste, als ein geringes Zeichen seiner Dankbarkeit für die ehemalige Befreiung.

Ahmed bekam durch diesen Turban einen unermeßlichen Schatz und nahm, voll Freude über die Dankbarkeit der Tiere, seinen Weg nach der Stadt, um seinem Freunde Rustem sein großes Glück kundzutun. »Denn«, dachte er, »könnte er mich wohl weniger liebreich aufnehmen, als diese wilden Tiere?« Die Freude seines Herzens machte auch seine Füße leicht, und die Sonne stand noch nicht hoch, als er die Tore der Hauptstadt erreichte, wo die Nachricht von der Ermordung des Prinzen schon allgemein bekannt war. Die Bedienten hatten seinen halbzerrissenen Leichnam in dem Walde entdeckt; weil man aber den köstlichen Turban nirgends finden konnte, so zweifelte man noch, ob ihn ein wildes Tier zerrissen oder die Räuber ermordet und seinen Leichnam so verstümmelt hätten, um ihr Verbrechen desto besser zu verbergen.

Ahmed wußte von allen diesen Dingen nichts. Er fragte die Wohnung seines Freundes aus, und sobald er ihn umarmt und geküßt hatte, erzählte er ihm seine sonderbaren Begebenheiten. Er zeigte ihm die Geschenke des Affen und Löwen und fragte ihn um Rat, wie er die köstlichen Steine von diesem Turban am vorteilhaftesten verkaufen könne. Rustem erkannte sogleich den Turban des Prinzen und freute sich recht herzlich über den Zufall, durch den er sich die Gunst des Königs wieder zu erwerben hoffte. Er wußte aber seine Bosheit zu verbergen und sagte zu seinem Gaste: »Iß und trink, lieber Freund, und sei guten Muts. Unterdessen du von deiner beschwerlichen Reise ausruhest, will ich den Turban zu einigen Juwelieren tragen und mich erkundigen, wie hoch sie diese köstlichen Edelsteine schätzen.«

Ahmed tat, wie sein Wirt verlangte; er aß und trank und legte sich schlafen, indes Rustem mit dem Turban zum Könige eilte und also sprach: »Herr, ich habe einen von den Mördern deines Sohnes entdeckt; denn dieses ist des Prinzen Turban. Ich kenne die Steine sehr wohl, ich habe sie selbst gekauft, als ich noch vor deinem Throne stand.« Nun beklagte er das Unglück des Prinzen auf das wehmütigste und fing so sehr an zu weinen, daß es schien, als ob er nicht mehr reden könne. Der König dankte ihm für seine Entdeckung und glaubte beinahe, ihm zu viel getan zu haben, da er den Heuchler mit solcher Zärtlichkeit von seinem unglücklichen Sohne sprechen hörte.

Er schickte sogleich Wache in Rustems Haus, die den schlafenden Ahmed band und vor den Thron führte. »Bösewicht«, redete ihn der König an, »wie hast du ein solches

Verbrechen wagen dürfen, meinen Sohn zu töten? Wer sind deine Mitschuldigen an dieser ruchlosen Tat?« Der arme Ahmed war sich keines Verbrechens bewußt und erstaunte über diese Frage; als er aber seinen Turban am Fuße des Thrones liegen sah und seinen treulosen Freund erblickte, der ihn höhnisch anlachte, erschrak er so heftig, daß er zitterte. Seine Zunge erstarb ihm im Munde, und seine Augen sahen starr an die Erde. Der König hielt diese Zeichen für ein stummes Geständnis der Schuld und sprach: »Führt diesen Bösewicht auf einem Esel durch die Straßen der Stadt; ein Herold gehe vor ihm her und verkünde seine Missetat; dann werft ihn in ein tiefes Gefängnis; und wenn der Leichnam meines Sohnes beerdigt ist, soll er sein ruchloses Leben unter den schrecklichsten Martern endigen.«

Der Befehl des Königs wurde augenblicklich vollzogen. Ahmed wurde allen Beleidigungen des Pöbels preisgegeben und in ein tiefes Loch geworfen. Hier beseufzte und beklagte er nun seine Torheit, daß er dem Rat der drei Tiere nicht gehorcht und sich diesem treulosen Rustem anvertraut hatte. Er konnte nichts anders, als den schmählichsten Tod erwarten, und bereitete sich schon auf denselben, als die Schlange, die ein wachsames Auge auf das Schicksal ihres Freundes hatte, bei ihm in dem Gefängnis erschien. »Habe ich dir es nicht vorhergesagt«, sprach sie, »daß dieser Mensch ein Undankbarer sei, der deine Wohltat mit Bösem vergelten werde? Aber ich habe versprochen, dir bei Gelegenheit wieder zu helfen, wie du mir geholfen hast, und ich halte mein Wort. Nimm dies Kraut; ich habe die liebste Gemahlin des Königs mit einem tödlichen Biß verwundet, und keine andre Arznei kann sie heilen. Der König überläßt sich der größten Betrübnis und wird dich mit Freuden aufnehmen; denn bei euch Menschen ist der immer willkommen, der sich unentbehrlich zu machen weiß.« Ahmed hatte durch sein Unglück gelernt, wie heilsam es sei, dem Rate dieser klugen Schlange zu folgen, und tat nach ihrem Befehl. Sobald man am Hofe erfuhr, daß der Gefangene heilsame Kräuter gegen Schlangengift kenne, wurde dieser ohne Verzug zur Königin geführt. Er legte sein Kraut auf die Wunde, und die Königin wurde in wenigen Augenblicken völlig gesund.

Der König war über die schnelle Heilung seiner liebsten Gemahlin, deren Tod unvermeidlich schien, vor Freuden außer sich. Ahmed nahm diesen günstigen Augenblick in acht und sprach: »Herr, die erhabene Königin, deine Gemahlin, ist von ihren grausamen Schmerzen befreit, und meine Hand hat ihr Leben gesichert; ich aber bin in Gefahr, das meinige unter den schrecklichsten Martern, die ich nicht verdient habe, zu verlieren. Du bist zu gerecht, Herr, als daß du einen Unschuldigen solltest töten lassen. Ich bin nicht der Mörder deines Sohnes. Rüstern, mein Ankläger, hat eine schwarze Verräterei an mir begangen, um deine Gunst, die er durch seine Untreue verloren hatte, durch mein Verderben wieder zu erlangen.« Und nun erzählte er ihm alle seine wunderbaren Begebenheiten, von der Fallgrube an, bis auf diesen Augenblick, wo er vor dem Könige stand.

Der König war wirklich ein gerechter Mann und ließ den gottlosen Rustem sogleich holen. Er kam eilig, denn er glaubte, der König wolle ihn für seine Entdeckung belohnen; aber er wurde bleich, da er den gefangenen Ahmed bei dem Könige fand. »Hat dich dieser Mann nebst drei Tieren aus einer Fallgrube gezogen?« redete ihn der König an. Rustem fürchtete sich zu leugnen und sagte ja. »Hast du seine Wohltat mit etwas vergolten?« fragte der König weiter. »Nein, Herr«, stotterte der Undankbare. »Hast du ihn in dein Haus als Gast aufgenommen und mit ihm gespeist?« Rustem verstummte bei dieser letzten Frage, und der König fuhr fort: »Ei du Ungeheuer! du beschuldigst deinen Erretter, deinen Gastfreund des größten Verbrechens, um über dein eignes lasterhaftes Leben einen schwarzen Schleier zu ziehn! Du hattest meinen Sohn mit deinem unreinen Atem vergiftet; ich schenkte dir den Lohn deiner Untreue, weil ich einen Bösewicht wegen der Verletzung eines Gutes nicht strafen wollte, das ich seinen Händen nicht hätte anvertrauen sollen, ohne ihre Reinheit geprüft zu haben. Aber jetzt bin ich Richter in einer fremden Sache; und Wesir, ich befehle dir: Laß diesen Unmenschen öffentlich zur Schau herumführen und seine Schandtat durch einen Herold kundtun; und wenn das Volk ihn genug geschmäht hat, so sterbe er in einem Kerker eines langsamen Todes. Diesem Fremdling aber gib reiche Geschenke, führe ihn selbst auf meinem weißen Elefanten durch die Stadt und lasse vor ihm ausrufen, daß der König also seine entdeckte Unschuld ehre.« So sprach der gerechte König. Der Wesir vollzog seinen Befehl genau. Rustem starb in einem tiefen Gefängnis, und Ahmed kehrte reich und zufrieden in sein Vaterland zurück, nachdem er sowohl als der König belehrt worden war: keinem Menschen zu trauen, den man nicht kennt, und keinen zu seinem Freunde zu machen, dem seine vorigen Taten ein schlechtes Zeugnis geben. »Dies, o König«, sprach der Wesir, »ist meine Geschichte. Folge ihr, und wenn meine Erfahrung dir nicht genug ist, so folge dem Zeugnis dieser dankbaren Tiere.«

DER GEIZIGE KAUFMANN VON BAGDAD

Karasan, ein Kaufmann von Bagdad, war wegen seines Geizes und seiner unermeßlichen Reichtümer durch ganz Morgenland bekannt. Wie von Stahl und Kiesel ein Funke aus der Finsternis geschlagen wird, so war seine Herkunft dunkel; aber arbeitsame Geduld und anhaltender Fleiß hatten ihn reich gemacht. Solange er arm war, hielt man ihn für edelmütig; mit seinen Reichtümern aber wuchs auch seine Habsucht. Je weniger er sein Geld nützte, desto lieber wurde es ihm; seine Neigung zur Wohltätigkeit nahm ab, wie sein Vermögen zunahm; und die Hand der Zeit, die sein Haupt mit Schnee bestreute, verhärtete zugleich sein Herz gegen jegliches Mitleid. Nie öffnete sich seine Tür dem Fremdlinge; seine Hand stieß den Dürftigen von sich.

Bei dieser Unbarmherzigkeit indes fühlte er noch immer eine geheime Furcht vor der göttlichen Strafe. Er versäumte keine Betstunde; befliß sich aller äußerlichen Zeichen der Frömmigkeit und hatte dreimal zum Tempel und Grabe des Propheten gewallfahrtet. Gottesfurcht, von Menschliebe begleitet, erwirbt Hochachtung und Liebe; Heuchelei aber, die mit trüglichen Gebärden die Flüche der Gedrückten und des Gewissens Vorwürfe zu entkräften sucht, erregt Unwillen und Abscheu. Das widerfuhr auch dem geizigen Karasan; denn wenn er alle Winkel seines Hauses mit scheuem Argwohn durchspät, auch seine Tür siebenmal verschlossen hatte und dann sich in die Moschee begab, so sah ihm jedermann mit schweigendem Hasse nach. Kein Armer, dem er vorüberging, bat ihn um ein Almosen, und niemand grüßte ihn, ob er gleich in der ganzen Stadt bekannt war.

So hatte er lange gelebt, und wer von ihm sprach, nannte ihn den geizigen Karasan. Siehe, da ließ er unerwartet durch einen Herold ausrufen: er habe ein prächtiges Gebäude mitten in der Stadt bezogen, um in dieser neuen Wohnung die Armen zu speisen und die Fremdlinge zu bewirten.

Das Volk floß wie in Strömen zu seinem Vorhofe zusammen, wo er den Hungrigen Brot austeilte und die Dürftigen mit neuen Kleidern beschenkte. Sein Auge blickte mitleidig auf ihre Not, und seine Wangen glühten vor Begierde wohlzutun. Jedermann erstaunte über diese wunderbare Veränderung, und das frohe Murmeln der unzählbaren Menge, gleich dem Brausen eines nahenden Gewitters, erhob sich zu einem lauten Freudengeschrei. Dieser Ausbruch des Dankes bewegte den Karasan noch tiefer; er gab dem Volk ein Zeichen, daß er reden wolle; das Geschrei legte sich, alle wurden aufmerksam, und er sprach:

»Ihm, der die Berge berührt, daß sie rauchen, dem Allmächtigen und Erbarmenden, sei Ehre in Ewigkeit! Er hat den Schlaf zum Boten seiner Unterweisung gemacht und mir in dieser Nacht ein Gesicht gesendet, meine Seele zu erleuchten. Ich saß allein in meinem Harem und überrechnete, beim matten Schein einer Lampe, den Gewinnst von meinen Waren und freute mich über den neuen Zuwachs meines Reichtums. Da fiel ich in einen tiefen Schlaf, und die Hand dessen, der im dritten Himmel wohnet, kam über mich. Ich sah den Engel des Todes, gleich einem feurigen Wirbelwinde, niedersteigen, und er schlug mich, ehe ich seine Hand durch Gebet entwaffnen konnte. Alsobald fühlte ich mich von der Tiefe erhoben und auf Sturmes Flügeln durch die Lüfte getragen. Die Erde wurde meinen Augen so klein wie ein Tautropfen, und die Sterne flammten mit einem Glanze, der die Sonne verdunkelte. Die Pforten des Paradieses taten sich vor mir auf; eine Klarheit, die kein irdisches Auge ertragen kann, strahlte mir entgegen. Eine unsichtbare Gewalt trieb mich zum Thron des Allmächtigen, wo das ewige Urteil über mich gesprochen werden sollte. Meine Prüfungszeit war vergangen; keine Sünde konnte aus meinem Leben weggenommen und keine gute Tat konnte hinzugetan werden; mein Los war gefallen, und alle Kräfte der Natur konnten es nicht ändern. Dieser Gedanke erschreckte mich bis zur Verzweiflung; zitternd stand ich da; Angst und Entsetzen lagen wie ein Gebirge auf meine Seele. Da sprach aus dem Feuerglanz, der vor mir brannte, eine Stimme:

›Karasan, deine Frömmigkeit ist verworfen worden, denn sie war Eigennutz. Dein Auge sah weder dankbar zum Himmel noch wohltätig auf deine Brüder. Die Laster und Torheiten deiner Nebenmenschen können deinen Geiz nicht entschuldigen, ohne die Wohltätigkeit des Himmels zu verdammen. Leuchtet die Sonne nicht allen? Träufeln die Wolken ihren Tau nicht auf den Sünder wie auf den Frommen? Wehet des Frühlings belebender Odem nicht allen Gesundheit zu? Und schüttet die Hand des Herbstes nicht für den Toren wie den Weisen ihres Segens Fülle? Gedenke, Karasan, daß du dein Herz gegen die Not der Elenden verhärtet und deine Schätze mit eisernen Händen zusammengescharret hast. Du hast für dich allein gelebt! Darum sollst du hinfort, vom Licht des Himmels und vom Anblick aller Wesen geschieden, die lange Zukunft einsam durchtrauren. Öde Stille soll dir die zögernden Stunden der Ewigkeit verlängern und Finsternis die Schrecken deiner Verzweiflung mehren.‹

In diesem Augenblick ergriff mich ein unsichtbarer reißender Wirbel. Ich ward durch die lichten Gewölbe der Schöpfung fortgetrieben, und unzählige Welten gingen mir wie Blitze vorüber. Ich nahte mich den Grenzen der Schöpfung; mein Blick starrte in die Dunkelheit der endlosen Leere, deren tiefe Schlünde sich vor mir öffneten; ein schrecklicher Abgrund von ewiger Stille, Öde und Nacht. Mich ergriff ein Schauder ohne Namen und Maß bei diesem Anblick; aus der Tiefe meines Herzens stieg ein Stöhnen der Angst und Sehnsucht empor: O! wäre ich auf ewig in das Gefängnis der andern Verdammten verwiesen! Ihr Winseln hätte die Qual meiner Verzweiflung gelindert, und die nagende Feuerflamme hätte mich mit ihrem Lichte getröstet. Wäre ich auf einen Kometen verbannt, der nach tausend Jahren nur einmal in die Gefilde des Lichts und des Lebens zurückkehrt, dann würde doch die Hoffnung der entferntesten Wiederkehr in dem langen Zwischenraum kalter Finsternis mir geleuchtet haben, und dieser Wechsel hätte die Ewigkeit zur Zeit gemacht.

Unterdes ich so dachte, verlor ich den letzten Stern aus dem Gesicht; sein schwachflimmernder Schein verlosch in dicker Finsternis. Die Angst der Verzweiflung wuchs mit jedem Augenblick; jeder Augenblick riß mich in eine tiefere Ferne von der letzten bewohnten Welt hinweg. Ein endloser Abgrund schwarzer Nacht und Finsternis lag vor mir; einsam und allein sollt' ich ihn durchschweben, immer weiter und weiter, ewig und ewig weiter. Hier streckte ich meine Hände nach den Gefilden der Schöpfung aus mit solcher angstvollen Sehnsucht, daß ich erwachte.

Dieses göttliche Gesicht«, fuhr er mit sanfterer Stimme fort, »hat mich gelehrt, welch köstliches Gut ein Wesen sei, das an unserer Not teilnimmt; jenes ängstliche Schmachten nach Trost hat mich von dem Werte der Menschenliebe überzeugt. Mitleid hat wieder mein Herz erwärmt; es hat sich der Mildtätigkeit geöffnet und brennt vor Verlangen, seine Glückseligkeit allen denen mitzuteilen, welche der Ewige so innig untereinander vereinigt hat, damit aus gegenseitiger Liebe und Gemeinschaft allen Friede und Freude entspringe. Denn ach, welch ein köstlicher Trost wäre mir ein Armer, den ich ohne Gabe von meiner Türe stieß, in jener öden Einsamkeit gewesen! Das Gold aller Ströme, die Edelsteine aller Gebirge hätt' ich mit Freuden hingegeben für seinen bloßen Anblick.«

Hier schwieg Karasan und erhob seine Augen voll Dankbarkeit und Ehrfurcht gen Himmel. Die horchende Menge schien aus einem schauerlichen Traum zu erwachen; und der Kalif, dem man diese Begebenheit zur Warnung erzählte, befahl seinen Schreibern, zum Besten der Nachwelt, sie in die Chronik einzutragen, damit sie in ewigem Gedächtnisse bliebe.

DIE FREUNDE UND DAS GELD

Ein reicher Muselmann war seit einigen Wochen krank und wunderte sich, daß zwei oder drei von seinen Freunden ihn nicht besuchten. »Sie getrauen sich nicht«, sagte sein Rechnungsführer, »vor dir zu erscheinen. Die Schuld, womit sie dir verhaftet sind, ist verfallen, und sie sind noch nicht im Stande, sie wieder abzutragen.« »So geh«, antwortete der Kranke, »und sag' ihnen, daß sie mir nichts mehr schuldig sind und daß ich sie nur bitte, zu mir zu kommen und ihre Quittungen zu holen. Ich will ja lieber mein Geld verlieren als meine Freunde.«

DIE FREUNDE

Ein reicher Kaufmann hatte einen einzigen Sohn, den er zärtlich liebte. Er ließ ihn mit vieler Sorgfalt erziehen und wandte alles an, was sein Herz bessern und seinen Verstand bilden konnte. Als der Knabe die Jünglingsjahre erreicht hatte, rief ihn sein Vater vor sich und sprach: »Mein Sohn, ich habe dich alles lernen lassen, was ein Mann von deinem Stande und Beruf wissen muß. Vor allen Dingen brauchst du jene Klugheit, die uns die mancherlei Eigenschaften und Neigungen der Menschen kennen lehrt. Darum wünsche ich, daß du einige Jahre in fremde Länder reisen mögest. Reisen geben Erfahrung; denn je mehr Menschen man gesehen hat, desto besser weiß man mit ihnen zu leben. Die Welt ist ein großes Buch, aus dem ein aufmerksamer Leser viel nützlichen Unterricht schöpfen kann: sie ist ein Spiegel, der uns die Menschen in ihrer wahren Gestalt zeigt. Schaue also fleißig in diesen Spiegel, mein Sohn, und lerne insonderheit jene Klugheit, mit der sich ein Weiser das größte Gut des Lebens, ich meine einen Freund, erwirbt. Findest du nur einen einzigen im Laufe deines Lebens, so besitzest du das schönste und beständigste aller Güter, das nur der Tod von dir nehmen kann. Reichtümer und Glück sind tausend widrigen Zufällen unterworfen; diesen Schatz aber raubet uns keine menschliche Gewalt. Suche also auf deinen Reisen solch ein Kleinod zu finden und bedenke dich nicht, das Köstlichste, was du hast, im Notfall für diesen Gewinn aufzuopfern.«

Der Jüngling nahm von seinem Vater Abschied und reiste. Er ging in ein benachbartes Land, hielt sich einige Zeit dort auf und kam wieder zurück, ehe sein Vater dachte, daß er daselbst bekannt geworden sei. Der Vater wunderte sich über seine schnelle Rückkehr und sprach zu ihm: »Wie kommst du sobald wieder, mein Sohn?« »Vater«, antwortete der Jüngling, »du hast mir befohlen, nur so lange in der Fremde zu verweilen, bis ich einen Freund gefunden; und ich habe deren zwanzig gefunden, die Muster von wahren Freunden sind.«

»Mein Sohn«, antwortete der Kaufmann, »sei nicht so freigebig mit diesem heiligen Namen. Hast du das Sprichwort vergessen, das ich dir bei deinem Abschiede empfahl: Rühme dich deines Freundes nicht eher, als bis du ihn geprüft hast? Freunde, lieber Sohn, sind selten; die mehresten, die sich so nennen, wissen nicht, was das Wort bedeutet. Sie gleichen einem Morgennebel im Sommer, den der erste warme Sonnenstrahl verzehrt. Sie behandeln den Leichtgläubigen, der ihren glatten Worten traut, wie ein halber Trunkner seine Weinflasche; er hält sie fest, solange sie mit süßem Safte gefüllt ist, und wirft sie an den Boden, sobald er sie geleert hat. Ich besorge, mein Sohn, deine Freunde werden diesem Trunknen gleichen.«

»Dein Mißtraun, mein Vater, ist ungerecht«, sprach der Jüngling; »ich weiß gewiß, diese tugendhaften Männer, die ich meine Freunde nenne, würden mich, wenn ich arm und unglücklich zu ihnen käme, ebensosehr lieben, wie jetzt.« »Ach«, sagte der Alte, »ich habe siebenzig Jahre gelebt, habe Glück und Unglück erfahren und viele Menschen gesehen und geprüft; aber in dieser langen Reihe von Jahren habe ich mir nur einen einzigen Freund erwerben können. Und du willst in dem Alter des Leichtsinns binnen wenig Monden zwanzig gefunden haben? Komm, mein Sohn, und lerne von mir, wie man die Menschen prüfen muß.«

Der Kaufmann schlachtete einen Bock, steckte ihn in einen Sack und befleckte mit dem Blute die Kleider seines Sohnes. Da es Nacht wurde, legte er den Sack mit dem Bocke dem Jünglinge auf den Rücken, unterrichtete ihn, wie er sich verhalten solle, und so gingen sie fort. Sie kamen zu der Wohnung des nächsten von den zwanzig Freunden, und der Jüngling klopfte an. Sein Freund tat ihm geschwind auf und fragte nach der Ursache seines so späten Besuches. Der Jüngling antwortete: »Im Unglück erkennt man seine Freunde. Ich habe dir oft von der Feindschaft erzählt, die, von langen Zeiten her, die Familie eines vornehmen Höflings mit der meinigen entzweite. Eben begegnete ich diesem selbst an einem abgelegenen Orte der Stadt; er geriet in Wut, da er mich erblickte, drang auf mich ein und zwang mich zur Gegenwehr. Ich warnte, ja ich bat ihn, sein Leben zu schonen. Aber der Unsinnige rannte wütend in mein Schwert und sank tot zu meinen Füßen. Er ist des Fürsten Liebling; seine Familie wird mich und meinen Vater zu verderben suchen, wenn sie es erfährt. Darum nahm ich seinen Leichnam und steckte ihn in diesen Sack. Ich bitte dich, verbirg ihn so lange in deinem Hause, bis ich einen heimlichen Ort finde, wo ich ihn begraben kann.«

»Mein Haus ist sehr klein«, gab ihm der Freund mit einer verdrießlichen Miene zur Antwort; »es kann kaum die Lebendigen fassen, die es bewohnen; wo sollte ich denn deinen Toten verbergen? Zudem weiß jedermann, wie feindselig du mit dem Getöteten gelebt hast. Man wird mutmaßen, daß du der Täter seist; man wird Nachsuchungen anstellen, und da unsre Freundschaft bekannt ist, so wird man bei meinem Hause den Anfang machen. Es würde dir nichts helfen, mich in dein Unglück mitzuverwickeln. Der einzige Dienst, den ich dir erzeigen kann, ist, das Geheimnis zu verschweigen.«

Der Jüngling bat und flehte, ihm in seiner Not zu helfen; aber vergeblich. Sein guter Freund wurde immer kälter und seine Antworten kürzer, so daß er endlich mit dem gefährlichen Sacke weitergehen mußte. Er kam zu dem zweiten Freunde, der ihn ebenso abwies; und so ging er der Reihe nach zu allen zwanzigen; auch der letzte empfing ihn wie der erste und verschloß seine Tür nach einer Menge Entschuldigungen wieder.

»Hast du nun gelernt«, sagte der Kaufmann zu seinem Sohne, »wie wenig man auf den äußeren Schein eines Menschen bauen dürfe? Wo ist die eifrige Freundschaft dieser Leute, denen du so prächtige Lobreden gehalten hast? Sobald sie dein Unglück erfuhren, war ihre Liebe gestorben. Sie sind übertünchte Wände, Wolken ohne Regen, Bäume, die keine Früchte tragen. Nun will ich dir den Unterschied zwischen deinen zwanzig Freunden und meinem einzigen zeigen.« Indem sie so sprachen, kamen sie an die Tür des Mannes, den er seinem Sohn als das Muster eines wahren Freundes geschildert hatte. Er klopfte an, und als der Mann ihn erkannte, fragte er mit zärtlicher Besorgnis, warum er noch so spät zu ihm komme. Der Kaufmann erzählte ihm das erdichtete Unglück seines Sohnes und bat ihn, den Toten bei sich zu verbergen.

»O! mit Freuden«, rief der Mann aus; »mein Haus ist groß genug, tausend Tote zu beherbergen. Keine Furcht vor möglicher Gefahr soll mich abhalten, zu deiner und deines Sohnes Rettung alles, was ich kann und vermag, beizutragen. Ich will dich und deinen Sohn auf mein Landgut führen, wo ihr vor allen Nachforschungen des Gerichts verborgen und sicher leben sollt.«

Der Kaufmann dankte seinem Freunde für seine großmütige Liebe und sagte zu ihm: »Ich habe diese Erzählung bloß erdichtet, um meinem leichtgläubigen Sohne zu zeigen, wie man falsche Freunde von wahren unterscheidet.«

KARUN

Der weise Ali sprach eines Tages zu seinen Schülern: »Meine Lieben, tut den Menschen Gutes, wie Gott euch getan hat, und verlasset euch auf Gott mehr als auf Menschen, auf daß euch nicht das Schicksal des unglücklichen Karun begegne.

Karun war Moses' naher Verwandter, aber er lebte in bitterer Armut. Da erbarmte sich seiner der Mann Gottes und unterstützte Karun auf alle Weise mit Rat und Tat, also daß dieser in kurzer Zeit ein reicher Mann wurde. Aber jetzt ward Karun undankbar, geizig und gottlos. Er verlästerte Moses, seinen Wohltäter, wiegelte das Volk gegen ihn auf und weigerte sich jeglicher Abgabe, bestimmt zur Verehrung Gottes oder für des Volkes Wohlfahrt. Selbst die Tränen der Armut erweichten sein Herz nicht; es glich einer ehernen Kugel, von welcher die Regentropfen herabrinnen. Als Moses alle Mittel der Sanftmut und Geduld umsonst versucht hatte, bat er Gott, diesen ärgerlichen Sünder, der sich durch nichts wollte bessern lassen, nachdrücklich zu strafen. ›Strafe du ihn selbst‹, antwortete der Herr, ›ich überlasse dir ihn samt allem dem Seinigen!‹ Darauf schlug Moses mit seinem Stab auf die Erde und befahl ihr, sich aufzutun. Die Erde gehorchte und verschlang zuerst Karuns Herden; darauf, als er keine Besserung blicken ließ, seine Zelte mit ihrem kostbaren Geräte, darnach sein geiziges Weib und seine gottlosen Kinder.

Doch alle diese Züchtigungen, so scharf sie stufenweise wurden, vermochten nicht, dem verhärteten Sünder auch nur ein Zeichen der Reue abzuzwingen, bis er fühlte, daß unter ihm selbst die Erde zu versinken begann und ein Schlund unter seinen Füßen sich aushöhlte. Von diesem Schrecken wurde seine Halsstarrigkeit bezwungen; er demütigte sich vor Moses, fiel auf seine Knie und bat viermal um Vergebung. Aber es war zu spät: Moses ließ ihn versinken.

Meine Brüder«, fuhr Ali fort, »der gottlose Karun hatte sein Unglück reichlich verdient. Aber nach einigen Tagen sprach der Herr zu seinem Propheten: ›O Mose, Karun hat dich viermal um Vergebung gebeten, aber du bist unerbittlich geblieben. Hätte er sich an mich gewendet und nur einmal gefleht, ich hätte Karun vergeben.‹«

DER BELEIDIGTE DERWISCH

Der Günstling eines Sultans warf einen armen Derwisch, der ihn um ein Almosen bat, mit einem Steine. Der geschmähte Geistliche unterstand sich nicht, etwas darüber zu sagen, hob aber den Stein auf und nahm ihn mit sich. »Über kurz oder lang«, dachte er, »werde ich gewiß Gelegenheit bekommen, mich an diesem stolzen und grausamen Menschen mit dem nämlichen Steine zu rächen.« Einige Tage darauf hörte er ein Geschrei auf der Straße; er erkundigte sich und vernahm, der Günstling sei in Ungnade gefallen, der Sultan lasse ihn eben jetzt auf einem Kamele durch die Gassen fuhren und allen Beleidigungen des Pöbels preisgeben. Geschwind griff der Derwisch nach seinem Stein; bald aber kam er zu sich, warf ihn in den Brunnen und sagte: »Jetzt fühl ich, daß man sich nie rächen müsse, denn ist unser Feind mächtig, so ist es unklug und töricht; ist er aber unglücklich, so ist es niedrig und grausam.«

DER UNGLÜCKLICHE PFEILSCHUSS

Der Sultan Sandjar war ein so gerechter und edel-mütiger Mann, daß sein Name noch lange nach seinem Tode mit der nämlichen Liebe und Hochachtung genannt wurde, als bei seinem Leben. Einst kehrte er nach einem langwierigen Kriege in seine Hauptstadt Salika zurück; sein siegreiches Heer zog hinter ihm her und trug die Kränze seiner Tapferkeit in dem herrlichsten Gepränge zur Schau. Das Volk eilte seinem Könige in Scharen entgegen, und alle Wege waren mit einer Menge Menschen bedeckt, die sich drängten, den Einzug zu sehen. Wo der Zug vorbeikommen sollte, waren alle Fenster und Erker mit neugierigen Zuschauern erfüllt, so daß niemand mehr Platz hatte. Der Sohn eines armen Derwisch, ein Kind von acht Jahren, war daher aus kindischer Neugierde bis auf die oberste Zinne eines Palastes gestiegen, von dem er, klein wie ein Vogel, herunterblickte. Der Sultan ward im Vorüberziehen dieses weißen Flecks oben auf dem Dache gewahr, und weil er die Vogeljagd vorzüglich liebte, wollte er dem versammelten Volk seine Kunst an diesem vermeinten Vogel zeigen. Er zog den Bogen hervor und schoß; der Pfeil schwirrte, und der Knabe fiel tot vor ihm nieder. Bleich vor Schrecken sprang der Sultan von seinem Pferde, stürzte sich auf des Kindes Leichnam und beklagte ihn halb verzweifelnd wie seinen eignen Sohn. Er eilte fort, ließ den Vater des Kindes rufen, nahm ihn bei der Hand und führte ihn in sein innerstes Gezelt. »Ich habe deinen Sohn getötet«, redete er den Derwisch an und legte seinen bloßen Säbel neben einen großen Beutel voll Gold. »Ich könnte mich entschuldigen und sagen: Es war nicht mein Wille; allein meine Unschuld kann weder deinen Verlust ersetzen, noch deinen Schmerz lindern. Du kennst unser Gesetz. Willst du, nach der Freiheit, die es dir gibt, mir verstatten, das Blut deines Sohnes durch eine Geldbuße zu versöhnen, so nimm dieses Gold; willst du aber Blut für Blut, so liegt hier mein Säbel, und ich gebe mein Leben in deine Hand. Du hast nichts zu befürchten; ich habe dafür gesorgt, daß du frei und ungehindert davongehen kannst.« »O Herr!« antwortete der Derwisch und warf sich dem Sultan zu Füßen, »du bist durch deine Würde über die andern Menschen erhaben, noch mehr aber durch deine Gerechtigkeit. Behüte mich Gott vor der Missetat, meine sündliche Hand an das heilige Leben meines Königs zu legen, dessen Auge für das Wohl seines Reichs wacht und dessen Atem Glückseligkeit über seine Völker verbreitet. Meinen unglücklichen Sohn hat das Los getroffen, das in dem Buche des Allmächtigen von Ewigkeit zu seinem Namen geschrieben war. Du, Herr, bist nicht schuld an seinem Blut; und ich darf für seinen Tod, den Gott über ihn beschlossen hatte, kein Lösegeld von dir nehmen. Mit Freuden will ich selbst zu deinen Füßen sterben, wenn ich mit meinem Leben das deinige um einen Tag verlängern kann.«

Der Sultan hob den unglücklichen Vater mit Freundlichkeit auf und sprach: »Deine uneigennützige Tugend verdient auch eine schönere Belohnung. Ich mache dich zum Oberrichter in meiner Hauptstadt; denn Menschen, die sich durch edle Gesinnung über andre erheben, sind geschaffen, die Richter ihrer Brüder zu sein.«

DIE EWIGE BÜRDE

Der Kalif Hakkam, der die Pracht liebte, wollte die Gärten seines Palastes verschönern und erweitern. Er kaufte alle benachbarten Ländereien und bezahlte den Eigentümern so viel dafür, als sie verlangten. Nur eine arme Witwe fand sich, die das Erbteil ihrer Väter aus frommer Gewissenhaftigkeit nicht veräußern wollte und alle Anerbietungen, die man ihr deswegen machte, ausschlug. Den Aufseher der königlichen Gebäude verdroß der Eigensinn dieser Frau; er nahm ihr das kleine Land mit Gewalt weg, und die arme Witwe kam weinend zum Richter.

Ibn Beschir war eben Kadi der Stadt. Er ließ sich den Fall vortragen und fand ihn bedenklich; denn obschon die Gesetze der Witwe ausdrücklich recht gaben, so war es doch nicht leicht, einen Fürsten, der gewohnt war, seinen Willen für die vollkommene Gerechtigkeit zu halten, zur freiwilligen Erfüllung eines veralteten Gesetzes zu bewegen. Was tat also der gerechte Kadi? Er sattelte seinen Esel, hing ihm einen großen Sack über den Hals und ritt unverzüglich nach den Gärten des Palastes, wo der Kalif sich eben in dem schönen Gebäude befand, das er auf dem Erbteil der Witwe erbauet hatte.

Die Ankunft des Kadi mit seinem Esel und Sacke setzten ihn in Verwunderung; und noch mehr erstaunte er, als Ibn Beschir sich ihm zu Füßen warf und also sagte: »Erlaube mir, Herr, daß ich diesen Sack mit Erde von diesem

Boden fülle.« Hakkam gab es zu. Als der Sack voll war, bat Ibn Beschir den Kalifen, ihm den Sack auf den Esel heben zu helfen. Hakkam fand dieses Verlangen noch sonderbarer, als alles vorige; um aber zu sehen, was der Mann vorhabe, griff er mit an. Allein der Sack war nicht zu bewegen, und der Kalif sprach: »Die Bürde ist zu schwer, Kadi, sie ist zu gewichtig.«

»Herr«, antwortete Ibn Beschir mit edler Dreistigkeit, »du findest diese Bürde zu schwer, und sie enthält doch nur einen kleinen Teil der Erde, die du ungerechterweise einer armen Witwe genommen hast. Wie willst du denn das ganze geraubte Land tragen können, wenn es der Richter der Welt am großen Gerichtstage auf deine Schultern legen wird?«

Der Kalif war betroffen; er lobte die Herzhaftigkeit und Klugheit des Kadi und gab der Witwe das Erbe zurück mit allen Gebäuden, die er darauf hatte anlegen lassen.

TAI UND SCHERIK, ODER VERTRAUEN UND TREUE

Ehe der göttliche Prophet sein Vaterland mit dem Licht des Glaubens erleuchtete, waren die Araber Götzendiener. Sie verehrten einen guten und einen bösen Gott und feierten jedem besonders einen Tag in der Woche. Der eine Tag wurde für glücklich gehalten, und wer an ihm vor dem Könige erschien, dem wurde seine Bitte ohne Einschränkung gewährt. Wer aber die Unvorsichtigkeit beging, an dem unglücklichen Tage vor dem Thron des Königs zu kommen, der wurde ohne Verzug dem bösen Gotte zum Sühnopfer gebracht.

So war die Sitte des Landes, als unter der Regierung des Königs Naam ein reicher Araber in der Wüste, mit Namen Tai, durch Beraubung und allerlei Unglück in solche Armut geriet, daß er schon seit zwei Tagen keine Speise mehr für seine Kinder hatte. Auf einmal erinnerte er sich der Freigebigkeit des Königs Naam, der keinen Dürftigen ohne Gabe von sich ließ; er machte sich auf, küßte seine Frau und seine Kinder, versprach, in einigen Stunden mit Nahrungsmitteln wieder bei ihnen zu sein, und zog in großer Eile seines Weges.

Erfüllt von seinem Elende und von der Hoffnung einer nahen Hilfe, lief Tai ängstlich fort, bis er vor dem Thron des Königs erschien, ohne auch nur mit einem Gedanken daran zu denken, daß heute der Tag des bösen Gottes sein könne. Aber kaum hatte ihn Naam erblickt, so wandte er sein Gesicht von ihm und rief: »Unglücklicher! Was hast du getan? Warum mußtest du an einem so traurigen Tage vor mein Angesicht kommen? Du bist des Todes.«

Diese Rede fuhr wie ein Blitz durch Tais Seele und erinnerte ihn an das grausame Opfergesetz. Er warf sich dem Könige zu Füßen und flehte ihn an, seinen Tod nur noch einige Stunden aufzuschieben. »Meine Frau und meine Kinder haben zwei Tage nicht gegessen«, sprach er, »sie werden eines kläglichen Todes sterben, wenn ich ihnen nicht eilig einige Lebensmittel zurückbringe. Gib mir etwas Speise, und laß mich sie noch einmal sehen, um auf immer Abschied von ihnen zu nehmen. Du bist zu gerecht, als daß du den Unschuldigen mit dem Verbrecher verderben solltest. Ich schwöre dir bei allem, was heilig ist, vor Untergang der Sonne wieder hier zu sein; dann sprich das Todesurteil über mich aus, und ich werde mich ihm ohne Murren unterwerfen.«

Der König wurde durch diese Anrede gerührt und sprach: »Unglücklicher Mann! Das Volk verlangt dich zum Opfer und wird in Wut geraten, wenn ich dich entfliehen lasse. Ich habe Mitleiden mit dir; aber ich kann dir die Bitte unter keiner andern Bedingung gewähren, als wenn du einen Bürgen stellest, der sich statt deiner zum Opfer erbietet, im Fall du deine Zusage brächest. Du dauerst mich; aber es ist das harte Gesetz meines Landes.«

Tai war fremd, und niemand kannte ihn. Er sah mit wehmütigem Blick auf alle, die um den Thron standen; aber keiner wagte es, sich auf das Wort eines Fremdlings zu verlassen und für seine Treue Bürge zu sein. Tai verzweifelte schon, als er nahe am Thron einen Mann bemerkte, der ihn mit edlem Mitleid ansah. »Und du«, redete ihn Tai mit Tränen in den Augen an, »du, aus dessen Angesicht eine große Seele leuchtet, könntest auch du die Bitte eines unglücklichen Mannes und Vaters abschlagen? Ich schwöre dir bei den Göttern und Menschen, daß ich diesen Abend vor Sonnenuntergang wieder hier sein werde.«

Scherik – so hieß der Edle, der ein Wesir und zugleich Liebling des Königs war – hatte ein Herz, das an das gegebene Wort treuer Menschen glaubte. Er wandte sich zum König und sagte: »Ich will Bürge für Tai werden.« Der König erschrak, denn auch er befürchtete, der Fremdling werde nicht Wort halten. Er sah den Wesir bedeutend an; aber Scherik blieb bei seiner Zusage, und Tai eilte mit Speise zu seiner Frau und zu seinen Kindern.

Indessen verfloß die bestimmte Zeit; die Sonne neigte sich zu ihrem Untergang, und Tai war noch nicht da. Das Volk verlangte mit Ungestüm sein Sühnopfer, und Scherik wurde gebunden zum Altare geführt. Er trat hinzu, ohne sich zu beklagen; alle feierlichen Zubereitungen waren vollendet, und der Priester zuckte schon das steinerne Opfermesser, als sich plötzlich in der Ferne ein Geschrei erhob. Tai selbst war der Rufende, der außer Atem, ganz mit Schweiß und Staub bedeckt, auf der Ebne herbeieilte und sich durch das staunende Volk stürzte. Er fiel Scherik zu Füßen, lösete seine Bande, richtete ihn auf und schloß ihn in seine Arme. Lange drückte er ihn schweigend an sein Herz und sprach endlich: »Großmütiger Scherik, wie bald hätte dich mein Zögern getötet! Gedankt sei es den Göttern, daß ich noch zu rechter Zeit kam, dich zu retten. Ich sterbe zufrieden; denn ich weiß, du wirst dich meines armen Weibes und meiner hilflosen Kleinen erbarmen.« Scherik küßte ihn und weinte: »Ich will ihr Vater und Freund sein und meine Habe mit ihnen teilen.« So standen sie noch da, als das Volk ein lautes Jubelgeschrei erhub und seines grausamen Opfers völlig vergaß; der König und alle Edlen seines Hofes waren gerührt. »Nie habe ich euresgleichen gesehen«, rief Naam. »Du, Tai, bist ein Muster der Treue; und du, Scherik, der großmütigste der Menschen.« Er blickte nach dem Oberpriester, der schon auf die hohe Schwelle des Altars getreten war und zu dem Volke reden wollte. »Ihr Gläubigen«, rief er, »Scherik und Tai haben durch ihre Tugenden den Zorn des Gottes versöhnt, der keine blutigen Opfer mehr fordert. Von heute an opfern wir Honig und Milch, zum Zeichen, daß des Königs Thron seinen Untertanen an jedem Tage erfreulich und heilbringend sein müsse.«

So sprach der Oberpriester, und das Volk gab ihm durch ein großes Freudengeschrei Beifall. Der König dankte ihm mit freundlicher Gebärde; er überhäufte den armen, redlichen Tai mit Wohltaten und gewann den großmütigen Scherik von nun an um so lieber.

DIE DREI FREUNDE

Drei Araber stritten untereinander, wer der großmütigste und edelste Mann unter ihren Landsleuten sei. Der eine gab dem Abdallah, Mohammeds Vetter, der andere dem Kais, dem Sohn Saads, und der dritte dem Arabah den Vorzug. Keiner wollte nachgeben, bis endlich einer vorschlug, den Streit durch einen Versuch zu entscheiden. Ein jeder sollte zu seinem Freunde gehen und ihn um seinen Beistand bitten, um zu sehen, wie viel er für ihn tun werde.

Der erste ging zum Abdallah, der eben sein Kamel besteigen wollte, um eine Reise anzutreten, und mit dem Fuße schon in dem Steigbügel stand. »Oheim des Propheten«, redete er ihn an, »ich bin auf der Reise und befinde mich in Not.« Abdallah zog seinen Fuß sogleich zurück, überließ seinem Freunde das reichbeladene Kamel und bat nur, das Schwert, das an dem Sattel hing, in acht zu nehmen, weil er es von Ali, Mohammeds Schwiegersohn, geerbt habe. Sein Freund fand auf dem Kamel etliche seidene Kleider und viertausend Goldstücke; das Köstlichste aber war das Schwert des Ali.

Der andere kam zu seinem Freunde Kais, als er eben schlief. Der Sklave fragte ihn, was er bei seinem Herrn wolle? »Ich bin auf der Reise«, antwortete der Freund, »und habe kein Geld.« Der Sklave sagte, er könne seinen Herrn im Schlafe nicht stören, und gab ihm siebentausend Goldstücke mit der Versicherung, daß dieses das Geld alles sei, das im Hause wäre. »Geh aber hin zu den Kamelhütern«, setzte er hinzu, »und laß dir auch ein Kamel und einen Sklaven geben.« Als Kais erwachte und ihm sein Sklave erzählte, was er getan habe, schenkte er ihm die Freiheit und sprach: »Warum hast du mich nicht aufgeweckt? denn ich würde meinem Freunde noch mehr gegeben haben.«

Der dritte traf seinen Freund Arabah an, da er eben aus seinem Hause zum Gebet gehen wollte. Zwei Sklaven führten ihn, weil er alt und seine Augen dunkel geworden waren. Er hatte sein Anliegen kaum vorgebracht, so ließ Arabah die Sklaven los, schlug die Hände zusammen und beklagte sein Unglück, daß er eben kein Geld habe. »Nimm wenigstens meine zwei Sklaven, Freund«, sagte er, »und verkaufe sie.« Der Mann wollte das nicht tun; aber Arabah beteuerte, wenn er sie nicht nähme, so gebe er ihnen die Freiheit. Hiermit ließ er die Sklaven stehen und kroch mit tappenden Händen an der Mauer hin.

»Arabah hat am großmütigsten unter unseren drei Freunden gehandelt«, sagten die drei Streitenden einmütig, als sie mit den erhaltenen Geschenken zurückkamen.

DIE BANDE DER LIEBE

Kosroes Parvis, der König von Persien, hatte unter seinem Kriegsheer einen Feldherrn von ungewöhnlichen Eigenschaften, aber auch von rascher Leidenschaftlichkeit: Rustem. Er wurde von den Soldaten der rechte Arm des Königs genannt; denn er hatte ihm lange gedient und sich durch seine Taten unbeschränktes Ansehn im Heer erworben. Einst fand er sich vom Könige beleidigt, und die Beleidigung kränkte ihn so sehr, daß er einen heimlichen Aufruhr bei der Armee zu erregen suchte.

Als Kosroes seinen Vorsatz erfuhr, so sprach er bei sich selbst: »Wenn dieser Ehrgeizige, den die Soldaten wie einen Gott verehren, die Fahne der Empörung gegen mich aufsteckt: so weiß ich nicht, welchen andern ich ihm entgegensetzen könnte; aber ich will meine Wesire darüber befragen.« Er zog sie zu Rat, und alle kamen darin überein, der König müsse diesen mächtigen Verräter unverzüglich in Ketten legen.

Kosroes stellte sich, als ob er ihrem Rate folgen wolle, ließ den mißvergnügten Rustem sogleich zu sich kommen, statt mit Ketten aber überhäufte er ihn mit neuen Wohltaten und neuer Ehre. Er bat ihm seine Beleidigung ab, rühmte seine Verdienste und versicherte ihn seiner Gnade. Dies Zutrauen und diese Großmut des Königs rührten den stolzen Mann so, daß er sein Vorhaben nicht nur aufgab, sondern dem Könige auch mit unerschütterlicher Treue ergeben blieb. »Sehet«, sprach der König zu seinen Wesiren, »ich bin eurem Rate gefolgt, ich habe Rustem mit den stärksten Banden gefesselt. Für Hände und Füße braucht man viele Ketten, und sie sind ein grausames doch trügliches Mittel. Für das Herz braucht man nur eine, und bei edlen Menschen dauert sie ewig.«

MIRZAS GESICHT

Am fünften Tage des Neumonds, den ich nach der Sitte meiner Väter wie einen heiligen Tag feiere, ging ich frühe ins Bad, hielt meine Morgenandacht und stieg auf die Berge, die Bagdad umgeben, um auf ihrer einsamen Höhe den übrigen Teil dieses Tages in stillem Gebete und in heiligen Betrachtungen zuzubringen. Die reine Luft, die ich auf den Gipfeln dieser Gebirge atmete, stärkte die Schwingen meiner Seele. Ich fiel in tiefe Betrachtungen über die Nichtigkeit des menschlichen Lebens; ein Gedanke drängte den andern, bis ich endlich ausrief: »Wahrlich! Der Mensch ist nur ein Schatten und sein Leben ein Traum.« Indem ich so dachte, wendete ich meine Augen nach einem nahe gegenüberliegenden Felsen und erblickte auf seinem Gipfel jemand im Schäfergewande, der eine Flöte in der Hand hielt. Er legte sie an den Mund und fing an zu spielen. Sein Lied klang so sanft und lieblich; es irrte durch eine Menge so mannigfaltiger Töne, daß es alle irdischen Melodien an Süßigkeit und Anmut übertraf. Friedliche Ruhe ergoß sich über mein Herz; denn mir war, als hörte ich jene himmlischen Gesänge, die den abgeschiedenen Seelen der Frommen bei ihrer Ankunft im Paradiese entgegentönen und ihre Empfindungen zu den hohen Freuden der neuen seligen Wohnung erheben.

Ich hatte schon oft gehört, dieser Felsen werde von einem Geiste besucht, und viele hatten im Vorbeigehn seinen Flötengesang vernommen; der Sänger selbst aber hatte sich noch keinem gezeigt. Die süßen Melodien, die er spielte, machten das Verlangen in mir rege, seiner Unterredung teilhaftig zu werden. Ich sah wie ein Träumender zu ihm hinüber und wünschte mich zu ihm. Er verstand meine Sehnsucht und winkte mit der Hand. Ich nahete mich voll jener heiligen Ehrfurcht, mit der uns der Anblick eines Wesens höherer Art durchdringt; mein Herz war von seinen lieblichen Tönen erweicht; ich fiel zu seinen Füßen und weinte. Der Geist aber lächelte mich voll Liebe und Freundlichkeit an; sein huldreicher Blick verscheuchte auf einmal alle Furchtsamkeit aus meiner Seele. Er reichte mir die Hand und hob mich auf. »Mirza«, sprach er, »ich habe dein einsames Gespräch vernommen; folge mir.«

Er führte mich auf den höchsten Gipfel des Felsens und stellte mich auf seine Spitze. »Wende deine Augen nach Osten«, sprach er, »und sage mir, was du siehest.« »Ich sehe ein Tal«, sagt' ich, »durch welches ein großer breiter Strom fließt.« »Das Tal«, sprach er, »heißet das Tal des Elendes, und sein Strom ist der Strom der Zeit.« »Warum«, fragt' ich, »quillt dieser Strom aus einem dicken Nebel hervor, und ebenso bedecket eine dunkle Wolke seinen Ausfluß?« »Er entspringt«, antwortete er, »als ein kleiner Bach aus dem dunkeln Meere der Ewigkeit, und dahin eilet er zurück. Betrachte ihn genauer und sage mir, was du an ihm wahrnimmst.« »Ich sehe eine Brücke«, sagt' ich, »die über des Stromes Mitte führet.« »Es ist«, sprach er, »die Brücke des menschlichen Lebens; untersuche sie sorgfältig.«

Ich strengte meine Augen an, und sah, daß sie aus siebenzig ganzen und etlichen zerbrochenen Bogen bestand, so daß die volle Zahl aller Bogen ungefähr hundert sein mochte.

Während ich die Bogen zählte, sprach mein Gefährte zu mir: »Ehemals bestand diese Brücke aus einer viel größeren Anzahl von Bogen; eine mächtige Flut riß viele davon ab und ließ das Übrige in der Verwüstung, worin du sie jetzt siehest.«

Bei längerem Hinschauen bemerkte ich, daß viele von den Hinübergehenden durch die Brücke in den Strom fielen. Es waren nämlich eine Menge verborgener Falltüren in der Brücke; trat ein Wanderer auf eine solche, so stürzte er hinab und verschwand. Am Eingang der Brücke lagen diese Falltüren sehr dicht nebeneinander, und kaum hatte eine Menge Volks die Wolke durchbrochen, als die Hälfte davon in den Strom sank. Gegen die Mitte wurden sie seltener, aber gegen das Ende vermehrten sie sich und lagen noch dichter beisammen als am Eingange.

Je länger ich die wunderbare Brücke und das klägliche Los so vieler getäuschten Pilger betrachtete, desto trauriger ward meine Seele. Viele schienen tanzend und frohlockend hinüberzueilen, aber plötzlich sanken sie hinab und streckten vergebens, Hilfe suchend, ihre Hände empor. Andere gingen in nachdenkender Stellung mit gen Himmel gerichteten Blicken, aber mitten in ihren Betrachtungen strauchelten sie und verschwanden. Viele jagten bunten Wasserblasen und Luftgestalten nach, die sie umgaukelten; aber in dem Augenblick, wo sie die Hand darnach ausstreckten, öffnete sich der Boden unter ihnen, und sie versanken. Ja, ich bemerkte sogar einige, welche ihren Gefährten zürnend entgegenrannten und sie von der Brücke in den Strom stürzten.

Als ich nun meine Augen wegwandte von diesem traurigen Schauspiel, bemerkte ich eine Menge Gestalten, wie Vögel, welche die Brücke umschwärmten und sich von Zeit zu Zeit darauf niederließen. »Was siehest du, Mirza?« fragte mich mein Begleiter. »Ich sehe Geier, Harpyen, Greife, Raben und anderes Raubgeflügel«, war meine Antwort. »Das sind«, sprach jener, »die Sorgen, Lüste und Leidenschaften, die das menschliche Leben beunruhigen; Geiz, Neid, Ehrsucht, Wollust, Verzweiflung und dergleichen.«

»Ach«, seufzte ich aus der Tiefe meiner Brust, »wie nichtig ist der Mensch! Er ist nur zum Elend und zur Vernichtung erschaffen.« – Der Geist fühlte Mitleid mit meinem Schmerz; er gebot mir, meine Augen nach dem dicken Nebel zu wenden, in welchen der Strom alle Geschlechter der Sterblichen, die in seine Fluten fallen, mit sich fortreißt.

Als ich hinsah, wie er mir geboten hatte, reckte er seinen Arm aus, und siehe, der Nebel verschwand, das Tal erweiterte sich, und ein unermeßliches Meer lag vor meinen Blicken. Mitten durch das Meer zog sich ein Felsengebirge wie von Diamant und trennte es in zwei gleiche Teile.

Die dunkle Wolke ruhete noch auf der einen Hälfte des Felsen, so daß ich auf dieser Seite nichts erkennen konnte. Die andre Seite aber erschien mir wie ein weiter kristallener Ozean voll unzähliger mit Früchten und Blumen bedeckter Inseln, zwischen denen die Seeströme hinwalleten und sie voneinander schieden. Ich sah die Einwohner in glänzenden Kleidern, geschmückt mit Blumenkränzen. Einige wandelten unter grünen Bäumen, andere ruheten an den Ufern klarer Quellen oder auf sonnigen Hügeln und zwischen Blumenbeeten. Ich vernahm ein melodisches Getön von Vogelgesang, Menschenstimmen und allerlei Saitenspiel von murmelnden Wasserfällen begleitet. Entzückt über diese liebliche Aussicht wünschte ich mir die Schwingen des Adlers, um zu diesen seligen Wohnungen hinüberzufliegen. Aber mein Begleiter sagte mir, es sei kein anderer Weg zu ihnen, als durch die Pforten des Todes, die ich jeden Augenblick auf der Brücke sich öffnen sah.

»Dieser Inseln«, fuhr er fort, »die du vor dir liegen siehst in ewiger Anmut und Schönheit, sind mehr denn des Sandes in der Wüste. Aber hinter denen, welche du siehst, liegen noch Millionen andere. Denn dieses Meer reicht viel weiter, als dein Auge zu sehen oder dein Geist zu denken vermag. Jene Inseln sind die Wohnungen der Frommen nach dem Tode. Ihr Leben und ihre Tugend bestimmen ihren Zustand; je reiner und göttlicher ihre Gesinnungen sind, desto herrlicher ist ihr Wohnsitz. O Mirza, sind diese seligen Auen nicht deines eifrigsten Strebens wert? Verdient ein Leben, das der Erlangung solcher Freuden dich fähig macht, deinen Tadel oder deine Verachtung? Scheint dir der Tod, der dich in so glückliche Welten führt, noch fürchterlich? Oder hast du ein Recht, über die schnell enteilenden Leiden und Beschwerden zu murren, die dazu bestimmt sind, dich jener höhern ewigen Freuden würdig und empfänglich zu machen? Laß mich also jene Klagen über die Richtigkeit des Lebens nicht ferner hören! Denn diese kurze Wanderschaft, welcher eine herrliche Ewigkeit bereitet ist, erscheint in den Augen der Geister als das schönste Werk der göttlichen Weisheit.«

Ich blickte noch immer mit namenlosem Entzücken nach den glücklichen Inseln hinüber; endlich sprach ich: »Ich bitte dich, zeige mir auch die Geheimnisse, die hinter dem dunkeln Gewölk an der andern Seite des diamantenen Felsen liegen.« – Da mir der Geist nicht antwortete, wandte ich mich um, ihn zum zweitenmal zu bitten; aber ich sah ihn nicht mehr.

Ich kehrte mich wieder nach der reizenden Aussicht, um von neuem ihres Anblicks zu genießen. Aber statt des rauschenden Stromes, der gewölbten Brücke und der glückseligen Inseln, sah ich nichts als die tiefen Täler von Bagdad, auf welchen Ochsen, Schafe und Kamele im Grase weideten.

DER KLUGE RICHTER

Ein Kaufmann wollte in ein fremdes Land reisen und übergab einem Derwisch, den er für seinen Freund hielt, einen Beutel mit tausend Zechinen, mit der Bitte, ihm dieses Geld während seiner Abwesenheit zu bewahren. Nach einem Jahr kam der Kaufmann wieder und verlangte sein Geld zurück; der betrügliche Derwisch aber leugnete ihm ins Angesicht und behauptete, nichts empfangen zu haben. Der Kaufmann geriet über diese Treulosigkeit in heftigen Zorn und ging zum Kadi, den Derwisch zu verklagen. »Du bist mehr redlich als klug gewesen«, antwortete der Richter. »Du hättest einem Manne, dessen Treue du nicht kanntest, nicht so blindlings trauen sollen. Es wird schwer halten, diesen listigen Betrüger zu bewegen, ein Unterpfand, das er ohne Zeugen empfangen hat, freiwillig wieder herauszugeben; doch will ich sehen, was ich für dich tun kann. Geh noch einmal zu ihm und sprich ihm freundlich zu; laß dir aber nicht merken, daß ich von der Sache weiß; und morgen um diese Stunde komm wieder zu mir.«

Der Kaufmann ging hin und tat also; aber statt des Beutels bekam er Schimpfreden. Als sie noch stritten, erschien des Kadi Sklave und lud den Derwisch zu seinem Herrn ein. Der Derwisch kam. Der Richter empfing ihn sehr freundlich, führte ihn in sein schönstes Zimmer und erwies ihm so große Ehre, wie dem vornehmsten Mann in der Stadt. Er redete von vielerlei Dingen, webte aber bei

Gelegenheit so viel schmeichelhafte Lobsprüche von des Derwisches Edelmut, Weisheit und Gelehrsamkeit ein, daß er sein völliges Zutrauen gewann. »Ich habe dich zu mir bitten lassen, edler Derwisch«, fuhr der Kadi endlich fort, »um dir einen Beweis meines Vertrauens und meiner Hochachtung zu geben. Eine wichtige Angelegenheit nötigt mich, einige Monden zu verreisen. Ich traue meinen Sklaven nicht und möchte meine Schätze gern in den Händen eines Mannes lassen, dem die ganze Stadt ein so schönes Zeugnis gibt, wie dir. Wenn ich dich, ohne deinen übrigen Geschäften Abbruch zu tun, mit einer Bemühung dieser Art beschweren darf, so will ich morgen in der Nacht meine Kostbarkeiten zu dir schicken. Die Sache erfordert das tiefste Stillschweigen; darum werde ich sie dir durch meinen treusten Sklaven unter dem Namen eines Geschenkes senden.«

Ein freundliches Lächeln verbreitete sich über das Gesicht des Derwisches; er machte eine Menge tiefe Verbeugungen, dankte für das hohe Zutrauen, beteuerte in den schönsten Ausdrücken, über die anvertrauten Schätze wie über seine eignen Augen zu wachen, und empfahl sich mit solch einer heimlichen Freude, als ob er den Kadi schon betrogen hätte.

Den andern Morgen kam der Kaufmann wieder und berichtete die Hartnäckigkeit des Derwisches. »Geh noch einmal zu ihm«, sprach der Kadi, »und wenn er sich ferner weigert, so drohe ihm, du wollest ihn bei mir verklagen. Ich denke, er wird sich nicht zweimal drohen lassen.« Der Kaufmann ging hin. Sobald der Derwisch vom Kadi hörte, dessen Vertrauen er auf keine Weise verlieren durfte, wenn er ihn um seine Kostbarkeiten berücken wollte, so gab er den Beutel geschwind zurück. »Ei! Lieber Freund«, fügte er lächelnd hinzu, »warum nicht gar zum Kadi! Dein Gut ist in meinen Händen unverloren. Ich habe nur gescherzt, um zu sehen, wie du dich dabei bezeigen würdest.« Der Kaufmann war so klug, daß er den Scherz gleich gelten ließ. Er ging zum Kadi und dankte ihm für seine großmütige Hilfe.

Unterdessen kam die Nacht herbei, und der Derwisch bereitete sich zum Empfang der versprochenen Schätze; aber die Nacht verstrich, ohne daß der Sklave des Kadi mit dem heimlichen Geschenk erschien. Die Zeit wurde ihm unbeschreiblich lang, und sobald der Morgen anbrach, begab er sich in des Richters Wohnung. »Ich wollte mich nur erkundigen«, sprach er, »warum der Herr Kadi seinen Sklaven nicht geschickt hat?« »Weil er von einem gewissen Kaufmann vernommen hat«, antwortete der Kadi, »daß du ein treuloser Betrüger bist, den die Gerechtigkeit nach Verdienst bestrafen wird, sobald eine zweite Klage dieser Art sich über deine Bosheit beschwert.« Der Derwisch beugte sich ehrerbietig zur Erde und schlich stillschweigend hinweg.

DIE BIBLIOTHEK DES KÖNIGS VON INDIEN

Dabschelim, König von Indien, hatte eine so zahlreiche Bibliothek, daß hundert Brachmanen, sie in Ordnung zu halten, und tausend Kamele, sie fortzuschaffen, nötig waren. Weil er aber nicht Lust hatte, sie ganz durchzulesen, so trug er den Brachmanen auf, das beste und nützlichste, das sie darin fänden, in Auszüge zu bringen und ihm zu überreichen. Diese gelehrten Leute arbeiteten mit solchem Eifer, daß sie nach Verlauf von zwanzig Jahren aus den gesammelten Auszügen einen kurzen Inbegriff aller Weisheit zusammenhatten, der in zweitausend Bänden bestand und den dreißig Kamele ohne viele Beschwerde tragen konnten. Sie erhielten die Gnade, ihn dem Könige zu überreichen; aber zu ihrer Verwunderung mußten sie hören, daß er die Ladung von dreißig Kamelen noch zu stark befände. Sie verminderten also diese Ladung bis auf fünfzehn, hernach bis auf nein, dann bis auf vier und endlich auf zwei Kamele; ja zuletzt blieb nur soviel übrig, als etwa ein Maultier von mittelmäßiger Größe bequem tragen konnte.

Zum Unglück war Dabschelim, während daß man seine Bibliothek so ins Kurze brachte, als geworden; und er zweifelte, ob er noch so lange leben werde, dieses Meisterstück von kurzer Vollständigkeit zu lesen. Er fragte in dieser verwickelten Sache den weisen Pilpai, seinen Wesir, um Rat, der also zu ihm sagte: »Großer König, ob ich gleich die Bibliothek deiner Majestät nur unvollkommen kenne, so getraue ich mir doch, einen sehr kurzen und ziemlich nützlichen Auszug daraus zu machen. Du kannst ihn in wenig Augenblicken lesen und wirst soviel darin finden, daß du dein ganzes Leben darüber wirst nachzudenken haben.« Er nahm ein Palmblatt und schrieb mit einem goldnen Griffel folgende vier Lehren darauf:

1) Die meisten Wissenschaften enthalten nur dieses einzige Wort: vielleicht; und die ganze Geschichte bestehet aus drei Worten: sie wurden geboren, sie litten und starben.
2) Liebe, was recht ist, und tue, was du liebst; denke, was wahr ist, und sage nicht alles, was du denkest: so wirst du rechtschaffen und weise.
3) O Könige, bezwingt eure Begierden! Beherrscht euch selbst, so wird es euch ein Leichtes sein, die Welt zu beherrschen.
4) Ihr Könige! Ihr Völker! Man hat es euch noch nicht genug gesagt, und klügelnde Toren wollen immer noch daran zweifeln, daß es kein Glück ohne Tugend und keine Tugend ohne Gottesfurcht gebe.

DIE VIER GOLDENEN KUGELN

Sarbas, der König von Persien, hielt auf einem prächtigen Thron im großen Saal seines Palastes Gericht. Seine durch lange Erfahrung erworbene Fertigkeit im Urteilsprechen wurde im ganzen Morgenlande bewundert. Aber jetzt traten zwei Leute vor seinen Thron, die eine sehr besondere und nachdenkliche Sache vorbrachten. Es war ein alter Mann, von totenbleichem hagern Gesicht, geführt von einem jungen Menschen, der einer vollen Rosenknospe glich, die sich eben entfalten will. Der Alte fiel nieder, berührte mit seiner Stirn dreimal den Fußboden und sprach: »König der Könige und Statthalter Gottes, ich nahe mich den Füßen deines Throns und flehe um deinen richterlichen Ausspruch. Ich hatte einen einzigen Sohn, er war die Freude meines Lebens, meine ganze Seele hing an seinen Augen. Ich war reich und glücklich; mein Sohn wuchs und war nun acht Jahr alt, als ich meiner Handlung wegen eine weite Reise tun mußte. Mein Herz weigerte sich, den holden Knaben zu verlassen, dessen Geist und Körper sich ungewöhnlich schnell entwickelten. Meine allzu große Zärtlichkeit verblendete mich, daß ich die Gefahren einer weiten Reise vergaß und ihn mit mir nahm; ein unseliger Gedanke, für den ich durch langes Leiden büßen sollte. Unsere Karawane ward in einer Wüste von Räubern überfallen; ich wurde schwer verwundet und mußte mein geliebtes Kind vor meinen Augen fortführen sehen. Ich schrie ihm nach, er breitete jammernd seine kleinen Hände nach mir aus; aber die Räuber hatten Herzen wie Steine und zogen davon. Der Schmerz und die Verzweiflung, die sich meiner bemächtigten, waren ohne Grenzen. Ich wurde halbtot fortgebracht; doch ich sollte leben, und meine Torheit noch lange beweinen.

Ich kam in mein Vaterland zurück und sandte in alle Gegenden der Welt, meinen Sohn auszufragen. Aber er war verloren, und ich trauerte zehn Jahre, ohne einen Laut von ihm zu hören. Meine Schätze häuften sich wider meinen Willen; ich wurde alt und krank, denn ein ewiger Gram vertrocknete meine Säfte. Ich sah täglich meinem Tode entgegen, und da ich keinen Erben hatte, vermachte ich den größten Teil meiner Reichtümer deinem königlichen Schatze, das übrige meinen Verwandten und Sklaven und legte das Testament bei dem Kadi nieder. Man hoffte nun sehnlich auf meinen Tod, als dieser Jüngling, der hier vor deinem königlichen Antlitz steht, zu mir kam und sich für meinen Sohn ausgab. Alle seine Reden waren der Wahrheit gemäß; er beantwortete meine Fragen mit der bestimmtesten Genauigkeit; mein Herz wallte in zärtlichen Regungen gegen ihn auf; ich erkannte ihn für meinen verlornen Sohn, und die Freude über seine Zurückkunft machte mich wieder gesund. Ich ging zum Kadi und forderte mein Testament zurück. Aber er behauptete, dieser junge Fremdling sei ein Betrüger und nicht mein Sohn, aus keinem andern Grunde, als weil die Amme die Merkmale nicht an ihm finden will, die er in seiner Kindheit soll gehabt haben. Ich komme also vor deinen Thron, den die Sonne der Gerechtigkeit und Weisheit erleuchtet, und flehe dich an, mit deinem allsehenden Auge die Wahrheit zu ergründen.«

Hier schwieg der Alte und weinte. Die ganze Versammlung war von der Erzählung des Alten ergriffen, und man zweifelte kaum, daß dieser Fremdling, dessen Äußeres auf das vorteilhafteste für ihn sprach, der geraubte Sohn sei. Jedermann war begierig, die entscheidende Antwort des Königs zu hören, und man wunderte sich, daß er gegen seine Gewohnheit schwieg und nachzudenken schien.

Aber die Habsucht hatte sich seines Herzens bemächtigt, als er vernahm, daß die Ankunft des Fremdlings seinem Schatz einen reichen Zuwachs entziehen würde. Dieser Gedanke verdunkelte seine Seele. Seine Stirn schien sich mit Unwillen zu umziehen; er warf halbzornige Blicke auf den Jüngling, der mit bescheidener Freimütigkeit dastand; endlich brach er das Stillschweigen und sagte: »Der Kadi hat seine Pflicht getan. Die Aussage der Amme ist das einzig gültige Zeugnis in dieser Sache: und wenn du keine andern Beweise hast«, wendete er sich zu dem Fremdling, »als deine eigne Versicherung, so kannst du nicht als der Sohn und Erbe dieses reichen alten Mannes angenommen werden. Was hast du zu deiner Rechtfertigung zu sagen? Rede!«

»Herr!« antwortete der Jüngling mit Unerschrockenheit, »mein unglückliches Schicksal hat mich aller äußern Mittel beraubt, durch die ich meine Geburt gerichtlich beweisen könnte. Ich habe keinen Zeugen als mein Gedächtnis, das die ersten Eindrücke der Kindheit treulich aufbehalten hat. Eine Menge Kleinigkeiten, die nur mir und meinem Vater bekannt sein können, bestätigen zwar meine Versicherung; da ich aber den Gesetzen gemäß in meiner eigenen Sache nicht Zeuge sein kann, so weiß ich nur noch ein Mittel, die Wahrheit zu erforschen. Ich bin viel gereiset und habe, ungeachtet meiner Jugend, viele wunderbare Dinge erfahren. Das seltsamste war ein Zauberer, der beinahe allwissend ist und auf einem Berge an der Grenze Indiens wohnet. Er hat vier goldne Kugeln, die er durch Zauberei belebt und in alle Teile der Welt aussendet. Sie umfliegen in wenigen Augenblicken die Enden der Erde und bringen ihm von allem, was darauf vorgeht, Nachricht. Nichts ist vor ihnen verborgen, sie dringen unsichtbar durch alle verschlossenen Türen, wühlen auf dem Boden des Meeres, fliegen bis in den Mond und die Sonne, fahren mitten durch die Erde, und die dicken Mauern der Paläste durchschneiden sie wie dünne Luft. Eine solche Kugel entdeckt mehr als tausend Kundschafter, und ein König, der eine oder gar zwei von ihnen hätte, würde die Herzen seiner Diener bis auf die geheimsten Gedanken prüfen können. Sendete er sie in den Diwan eines benachbarten Reichs, so erführe er im Augenblick die geheimen Anschläge seiner Feinde; er käme ihnen zuvor, und seine Regierung wäre ein Wunder seiner Zeit. Durch diese Kugeln habe ich erfahren, daß mein Vater noch lebe, daß er ohne Unterlaß um mich trauere, aber schon lange Zeit krank sei, und daß ich meine Eile beflügeln müsse, wenn ich ihn vor seinem Tode noch einmal zu sehen wünschte. Willst du also, weiser und gerechter Statthalter Gottes, einen treuen Mann an diesen Zauberer senden, so wird die Wahrheit kund werden, und wenn sie in der Mitte der Erde vergraben läge.«

»Nein«, rief der König von Persien, »ich will diesen großen Zauberer selbst besuchen, und du sollst mich begleiten. Gleich morgen mit dem ersten Sonnenstrahl will ich abreisen; ich zittere vor Ungeduld, diese Kugeln zu sehen und die Wahrheit deiner Geschichte zu erforschen. Gedulde dich, Alter, bis zu meiner Zurückkunft. Redet dieser Jüngling die Wahrheit, so sollen euch die Fittiche meiner Gnade bedecken.«

Kaum brach das Morgenrot über die Gebirge hervor, so machte sich der König Sarbas mit wenig Bedienung auf den Weg. Er ruhte des Nachts und Mittags nur wenige Stunden und reiste so schnell, daß Berge und Täler unter ihren Füßen vorbeieilten, als ob sie beflügelt wären. Miraga, so hieß der Jüngling, ritt dem Könige zur Seite und verkürzte ihm durch seine klugen Reden und wunderbaren Erzählungen von fremden Völkern und Sitten, von denen der König noch nie gehört hatte, die schnell enteilende Zeit. Der König gewann den Miraga sehr lieb, denn er sagte nicht ein Wort, das dem Könige übel gefiel, und sie hätten gleich die beiden ersten Tage wieder umkehren können, so günstig hatte der König die Rechtssache des Miraga in seinem Herzen entschieden, wenn er nicht mehr um der Kugeln, als um der Amme willen ausgereiset wäre. Berge, Wälder und Flüsse flogen vorbei, und kaum hatte sich der Mond einmal verkleinert und wieder vergrößert, so erreichten sie den Berg, auf welchem der Zauberer wohnte.

Der König hatte geglaubt, einen wüsten Felsen zu finden, und erstaunte nicht wenig, da er den Berg rings mit Weinstöcken und den schönsten Obstbäumen besetzt fand. Die Natur schien diesen Berg mit dem Wohlgefallen eines Künstlers zum schönsten Ebenmaß gebildet zu haben. Vollkommen gerundet hatte sein Fuß ungefähr eine Stunde im Umfange; mit den reizendsten Tälern umgeben, erhob er sich sanft zu einer mäßigen Höhe, von welcher vier Bäche herabrauschten und nach den vier Weltgegenden flossen. Auf dem ebenen Gipfel des Berges stand ein

Wohnhaus, das mehr einem Meierhof als einem Palast glich und von allen Seiten in eine weite Ferne, die von einer Kette niedriger Berge umschlossen wurde, auf die im Tal ruhenden Dörfer herabsah. Eine gewürzreiche Luft wehte den müden Reisenden in sanften Wellen entgegen und erquickte sie mit neuem Leben.

Die Sonne ging eben unter, und die Täler lagen schon im Schatten; aber der Berg schien von einem roten Feuer umflossen. Bis zu seinem Gipfel hinauf sah man Spuren des Fleißes und der Ordnung. Allenthalben, wo der König hinblickte, arbeiteten Männer, Weiber und Kinder mit einer Emsigkeit und Fröhlichkeit, die nicht ihresgleichen hatte. Truppweise sangen sie Lieder und schienen den König, der voll Bewunderung mitten durch sie hinging, kaum zu bemerken, so glücklich und sorglos waren sie. »Ach!« seufzte der König, »da seh ich schon, was die vier goldnen Kugeln vermögen. Meine Provinzen, durch die ich reisete, schienen so verlassen und öde, ihre Bewohner so traurig und niedergeschlagen; und dieser Berg steht wie ein Paradies an der Grenze meines Gebiets.«

Sie näherten sich der Wohnung des Zauberers, die nicht prächtig gebaut war, aber von innen und außen das freundliche Bild eines sparsamen Überflusses und weiser Einrichtung gewährte. Miraga, dem alles sehr bekannt schien, ging voran, und der König folgte mit seiner Begleitung wie ein Träumender. Sie traten hinein, ohne daß jemand entgegenkam und sie fragte. Der König staunte hin und her, als sich ein Zimmer auftat, in dessen Mitte ein Mann saß, um den sechs Knaben und sechs Mädchen einen Kreis schlossen. Er schien sie zu lehren, und die Kinder hingen mit Aufmerksamkeit und Liebe an seinem Munde. Es war der Zauberer; langes weißes Haar wallte über seine Schultern; ein weißes Kleid, unter der Brust mit einem rosenfarbnen Gürtel gebunden, floß auf seine Füße herab. Die Kinder waren gekleidet wie er, nur daß die blühende Jugend das eine mit blonden, das andere mit schwarzen oder braunen Locken geschmückt hatte. Dem Könige war es, als ob der volle Mond mit einem Kranz von Sternen vor seinen Augen aufging, denn solch ein Anblick war ihm noch niemals geworden.

Miraga trat in das Zimmer, und der König folgte. Der Zauberer stand auf, sobald er sie erblickte, und die Kinder verschwanden wie leichte Morgenwölkchen vom Himmel.

Mit tiefempfundener Ehrerbietung redete der König den Zauberer an: »Herr, ich bin ein Sohn Persiens. Ich habe von deinem großen Ruhme gehört und komme, das Wunderwerk der vier goldenen Kugeln zu sehen, welche dir aus allen Gegenden der Welt die geheimsten Nachrichten bringen. Wenn dich meine Neugierde nicht beleidigt, so habe die Güte, meine eifrige Bitte zu erfüllen.«

»Sehr gern«, antwortete der Zauberer, »sie werden eben aus dem Königreich Persien zurückkommen; und da dies dein Vaterland ist, so kannst du sogleich urteilen, ob sie die Wahrheit sagen.« So sprach er, hob die rechte Hand in die Höhe, und ein elfenbeinerner Stab fiel aus der Wölbung des Zimmers nieder; er fing ihn auf und schlug damit an den Fußboden. Alsobald öffnete sich der Boden, und ein Marmortisch mit einer Decke von Ebenholz stieg herauf. Die Decke fiel ab und zeigte eine runde silberne Vertiefung, die an dem Rande vier Löcher nach den vier Weltgegenden hatte. »Nur eine Bedingung«, fing der Zauberer wieder an, »habe ich zu machen. Die Kugeln verlieren ihre göttliche Zauberkraft, wenn sie zu einem Manne sprechen, dessen Geist von der geringsten Leidenschaft beunruhiget ist. Sei also Herr über dich selbst; denn sie möchten vielleicht Dinge sagen, die dich erfreuen oder betrüben. Fasse deine Kräfte zusammen; die erste Heftigkeit, welche dich übermannt, beraubt dich des Vergnügens und des Nutzens, ihre Nachrichten zu vernehmen.«

Der König, von Neugierde und Erwartung durchdrungen, versprach mit Freuden, diese so leichte Bedingung zu erfüllen. Nun schlug der Zauberer an eine kleine Zimbel, die einer roten Schlange, welche in dem silbernen Becken auf dem Schwanze stand, an der gespaltenen Zunge hing. Die Zimbel erklang, und ein sanftes Rauschen erhob sich in der Öffnung gegen Abend; es wurde allmählich stärker und glich endlich dem Rauschen eines großen Stroms. Dem Könige wurde der Atem enge, und seine Sklaven zitterten. Das Rauschen verstummte, und vier kleine goldene Kugeln rollten hervor. Sie trieben sich einigemal in einem Wirbel hintereinander um die Schlange herum und standen dann still vor dem Zauberer und dem König. Die erste tat sich auf und tönte wie ein lieblich Saitenspiel, womit ein Künstler das Herz bewegt, folgende Worte:

»Ich flog durch die Provinz Chorasan, wo Zalaspa, der Jugendfreund des Königs von Persien, wohnt. Der König hatte viele Jahre vertraut mit ihm gelebt und ihn immer treu und redlich gefunden; nach und nach aber wurde Sarbas von Schmeichlern vergiftet und fing an, seinem Freunde abgeneigt zu werden. Sein freies Wort mißfiel ihm; er vermied seine Gesellschaft und hielt sich an geschmeidigere Diener. Zalaspas Feinde merkten dies kaum, so brachten sie schmähliche Verleumdungen wider ihn vor. Der König verdammte ihn ohne Rechtfertigung und verbannte ihn vom Hofe. Er beklagte des Königs Verblendung und ging nach Chorasan in sein Geburtsland. Hier lebt er im stillen und tut Gutes ohne Zahl. Das Volk verehrt ihn wie seinen Vater. Die Hälfte seiner Einkünfte teilt er unter die Dürftigen aus; ganze Gegenden hat seine Hand angebaut oder verschönert, und sein Name wird von den Einwohnern wie der Name eines Gottes gepriesen. Er ist vollkommen glücklich und hat keine trübe Stunde, außer wenn er denkt, daß König Sarbas keinen Freund mehr habe.«

Die Kugel schloß sich und schwieg. Der König von Persien, dem ihre Stimme wie ein stechender Pfeil durch das Herz gedrungen war, fühlte eine brennende Hitze im Gesicht, holte tiefen Atem und wollte reden; aber seine Zunge war erstorben.

Jetzt tat sich die andere Kugel auf und lispelte wie ein hebender Vogel, der den Tod seiner Jungen beklagt. Sie sprach:

»Ich flog durch die Provinz Farsistan; ich sah seitwärts ein Schloß liegen und schwang mich hinüber. Ich schwebte über den Gärten und sah in einer Laube die erste Gemahlin des Königs von Persien; er hatte sie verstoßen, wie seinen Freund, und einer Buhlerin ihre Krone gegeben. Sie blühte noch in jener Schönheit, in welcher sie neben Sarbas das erstemal auf dem Throne saß. Ihre Tochter, das Ebenbild der Mutter, lag in ihrem Schoß, spielte mit ihrem wallenden Haar und lächelte ihr Trost zu. Sie aber trauerte und klagte. Ich ließ mich nieder und hörte ihnen zu: ›Weine nicht, Mutter! deine schönen Augen gleichen schon der Feuerlilie. Ich liebe dich; weine nicht mehr. Höre den Gesang der Vögel; sie freuen sich immer und scherzen in den Zweigen der Bäume; ich will deine Nachtigall sein und dir singen: weine nur nicht,

Mutter.‹ ›Ach Tochter! ich habe einen Vogel im Herzen, der singt ewige Klage. Er hat seinen Geliebten verloren und trauert um ihn.‹ ›Laß ihn ausfliegen, Mutter, diesen Vogel des Kummers; in der Freiheit wird ihm wohl werden. Die Vögel hassen die Kerker und wohnen auf der freien Erde in lieblichen Hainen.‹ ›Ach Kind! er ist vermauert in seinem Gefängnis wie wir; er ist gefangen in einer Einöde; seine Klagen verhallen in einer Wüste, wo niemand sie höret.‹ «

Die Kugel schloß sich, und ihre Klage schwieg. Der König von Persien heftete seine Augen noch immer auf sie, und heiße Tränen flossen über seine Wangen. Er schien noch immer auf den Trauergesang zu horchen, als die dritte Kugel sich auftat. Sie lispelte wie der Wind in den Wipfeln der Bäume oder wie kleine Wellen am Ufer; sie sprach:

»Ich begleitete den König Sarbas auf seiner Reise und beobachtete seine Handlungen. Sein Liebling, der Sklave Kongo, schmeichelte seiner Schwachheit, nannte ihn den allwissenden König, die Sonne von Asien, die Krone der Helden, ohne daß der König seine Falschheit bemerkte. Er lobte alle seine Reden und lachte im Herzen über seine Einfalt. Er sprach unaufhörlich von seiner Treue und lauerte nur auf eine Gelegenheit, den König zu betrügen. Diese Gelegenheit kam gestern. Der König, von der schnellen Reise ermüdet, schlief sehr fest in seinem Zelte, als Kongo, nachdem er ihn mit Liebkosungen eingeschläfert hatte, einen köstlichen Diamant, ein Geschenk der gefangenen Königin, von seiner Hand zog und in das Zelttuch nähte.« – »O du Bösewicht!« schrie der König von Persien in Wut auf und zog den Säbel, dem zitternden Kongo den Kopf zu spalten. Sogleich ertönte ein gewaltiges Rauschen, der Boden wankte, der Marmortisch deckte sich wieder schwarz und war im Augenblick versunken.

Der König erwachte aus seiner Verirrung und sah sich mit dem Zauberer allein; alle seine Begleiter waren verschwunden und das Zimmer ringsum verwandelt. »König von Persien«, fing der Zauberer an, »du hast die Bedingung gebrochen, und das Zauberspiel der goldnen Kugeln ist für dich auf heute verstummt. Stolz, Neid, Geiz und Zorn zerreißen ihre schöne Harmonie; und wer ein Sklave von einem dieser vier verderblichen Dinge ist, dem verwandeln sich ihre zarten Gesänge in das Brausen des Meers.« »O! verzeihe mir«, antwortete der König, »ich hatte das Gefühl meiner selbst verloren. Aber, weiser Mann, gewähre mir eine Bitte. Ich sehe, die Götter haben dir in diesen wunderbaren Kugeln einen Teil ihrer Allwissenheit mitgeteilt. Ich bin König eines großen Reichs; um es wohl zu regieren, bedarf ich einer genauen Kenntnis von allem, was darin vorgeht; ich bitte dich, gib mir eine von diesen Kugeln und lehre mich ihre Bezauberung; die Hälfte meiner Schätze gebe ich um dieses Geschenk, das alle menschliche Wissenschaft so weit übertrifft.«

»Setze dich auf dieses Sofa, König von Persien«, antwortete der Zauberer, »und höre mich an. Deine Absicht, in der du zu mir kommst, ist königlich; sie zeugt von deinem guten Willen, dein Volk wohl zu regieren; aber, König, ich kann sie nur halb erfüllen. Diese vier Kugeln, die ich besitze, sind das Geschenk eines wohltätigen Geistes, der sie mir zu meinem und meiner Nebenmenschen Wohl auf eine Ungewisse Zeit, die er selbst bestimmen wird, geliehen hat. Ihre Nachrichten, die sie mir bringen, kann ich andern mitteilen; aber sie selbst zu verschenken oder zu verkaufen, das verbot mir der Geist. Ich bin Fürst eines kleinen Volks; zu dessen Wohl habe ich sie bis jetzt gebraucht, und der gütige Geist scheint mit meinem Verhalten zufrieden zu sein, da er sie mir bis jetzt in aller Vollkommenheit gelassen hat. Ich gebrauchte sie nie, um mich, sondern um mein Volk zu beglücken; ich sammle nicht Schätze, sondern teile alles aus, was ich erwerbe; ich frage sie nie aus unnützer oder schadenfroher Neugierde, sondern nur, um mir und andern zu raten und zu helfen. Kurz, König, ich nütze sie, wie man ein göttliches Geschenk nützen muß, auf eine Gott wohlgefällige Art, zum Wohltun.

Obwohl ich nun deinen Wunsch, o König, nicht erfüllen kann, so soll doch deine Reise zu mir, wie ich hoffe, nicht fruchtlos sein. Ich will dir den wichtigsten Teil meiner Zauberkunst lehren, nämlich wie du diejenigen, die Gott dir anvertraute, zu behandeln hast. Auch dir hat der gütige Schutzgeist der Erde, der dich zum Herrscher berief, ähnliche Zauberkugeln wie mir verliehen. Zwar sind sie nicht von sichtbarer Gestalt, wie die meinigen, aber deshalb nicht minder köstlich; und wenn sie bisher nicht gleich wohltätige Erfolge hervorgebracht haben, so war es deine Schuld. – Dein Königszepter ist der elfenbeinerne Stab, der von obenher in meine Hand fiel und womit ich die Zauberkugeln herbeirief. So du deinen Herrscherstab mit königlicher Weisheit führest, so wirst auch du alles erfahren, dessen du bedarfst, deinen Thron zu zieren und dein Volk zu beglücken. Dann werden deine Augen und Ohren statt der goldnen Kugeln dir dienen, die dich unterweisen und erfreuen. – Darum gedenke stets deines göttlichen Berufs und deiner königlichen Würde. Sehen und hören ist eines Königs erste und größte Pflicht. Seine Augen und Ohren gehören seinem Volke; die Nachrichten, die er durch diese goldnen Zauberkugeln empfängt, soll er nicht zu seiner Eitelkeit, Wollust und Geiz mißbrauchen, sondern sie als Boten ansehen, die ihm verkündigen, wo und wie irgendeinem Mangel oder Bedürfnis seines Reichs abzuhelfen. Gebraucht er sie auf diese Weise, so wird ihn keine Wahrheit aus dem Munde der Weisheit beleidigen; er wird das Recht nicht verdrehen, seinen Schatz zu bereichern, sondern sein Auge wird wie die Sonne überall gleich wohltätig hinblicken und sein Ohr wird, wie die Luft, alle Töne des Tadels und des Lobes, der Klage und Bitte aufnehmen, um sie durch des Geistes stille Kraft in Laute des allgemeinen Danks und der Freude zu verwandeln.

Dieses, König von Persien, ist die Zauberei, wodurch ich meine Kugeln belebe. Ich habe sie dir mitgeteilt, weil ich dich für einen Mann halte, der sie auszuüben vermag. Ich habe dich von deiner Jugend auf geliebt und alle deine Schritte mit zärtlicher Sorgfalt beobachtet. Ich beklagte dich, wenn Bösewichter deine Sinne vergifteten und falsche Wünsche in deinem Herzen erregten. Ich habe mich kindlich gefreut, daß mein Zögling Miraga Gelegenheit gab, meinen Wunsch zu erfüllen, dich bei mir zu sehen. Dieser Jüngling ist die Krone aller Tugenden. Edelmut und männliche Klugheit wetteifern in ihm um den Vorzug, und es ist ein Zeichen deines königlichen Gemüts, daß du ihn in kurzem so liebgewonnen hast. Ich kaufte ihn als einen neunjährigen Knaben und suchte seinen Geist frühzeitig mit allen nötigen Kenntnissen zu schmücken. Er hat meine Erwartung übertroffen und meine Bemühung, die ich auf seine Bildung gewendet habe, reichlich belohnt. Benutze seine Dienste; ich weiß, er wird dir den Verlust deines Freundes Zalaspa ersetzen. Was seine Geburt betrifft, so ist er jenes alten Kaufmanns Sohn. Deine gewöhnliche Klugheit wurde nur von ungerechter Begierde verfinstert, sonst würde sie ohne langes Forschen gefunden haben, daß die Amme von den habsüchtigen Verwandten bestochen und ihre Aussage Erdichtung war.«

Dem Könige von Persien wallte während dieser Rede das Herz einigemal so heftig auf, daß er den Atem verlor; aber eine unnennbare heilige Würde, die auf des Zauberers Angesicht thronte, bezwang seinen Zorn; und die liebreiche Güte, mit welcher der Zauberer endigte, besänftigte sein Gemüt.

Er wollte antworten, als sich ein Getön von Harfen und Flötenklang wie ein leises Lispeln erhob und der König seine Rede vergaß. Die Musik schien von allen Seiten zu kommen und glich einem Zauberspiel unsichtbarer Geister; sie wurde von Augenblick zu Augenblick lauter, und ihre Süßigkeit stahl dem Könige das Herz. Seine Augen funkelten Freude und schienen den Zauberer zu fragen, was die Musik bedeute. »Es sind meine Kinder«, sprach er, »die ich bei deiner Ankunft lehrte; sie wollen den edlen König von Persien in ihres Vaters Hause bewillkommnen.«

Der König hob seine Augen auf, die Wand vor ihm schien sich wie Nebel zu verlieren und zeigte ihm ein neues entzückendes Schauspiel. Sechs Knaben und sechs Mädchen kamen in ihrem vorigen Schmuck, die Haare mit Veilchen und Rosen bekränzt, und sangen dem Könige von Persien ein Lied der Ehre. Sie gingen drei und drei und trugen auf ihren Händen köstliche Geschenke. Sie naheten mit feierlichem Gange und stellten sich vor dem Könige in einen zierlichen Halbkreis. Sie neigten sich, und der Gesang verstummte. Zwei Knaben und zwei Mädchen traten mit den Geschenken hervor und begrüßten ihn mit holdseligen Gebärden. Der erste Knabe sprach: »Heil dir, König von Persien, ich bringe dir ein Diadem zum Schmuck deiner Enkel.« »Ich schenke dir eine goldne Kette«, sprach ein Mädchen, »die Herzen deines Volks an das deine zu binden.« »Ich gebe dir diesen azurnen Schwertgurt«, sprach der zweite Knabe, »deiner Gerechtigkeit zum Sinnbild.« »Ich verehre dir diese diamantene Krone«, sprach das zweite Mädchen, »die Belohnung eines guten Königs«; »und wir bestreuen deinen Fußtritt mit Blumen«, sprachen die übrigen, »und wünschen dir Frieden und Freude.«

So endigte sich dieser Tag, der wunderbarste in dem Leben des Königs Sarbas. Er reiste wie neugeboren zurück, und sein erster Gedanke war seine gefangene Gemahlin, die Königin Marante, und ihre Tochter Solima. Er flog auf dem Fittich der Reue und Liebe zu ihnen und vereinte sie, als die Pfänder seines Glücks, von neuem mit seinem Herzen. Er besuchte auch seinen alten Freund; aber Zalaspa fühlte seine stille unbeneidete Glückseligkeit und bat den König, ihn in seiner einsamen Ruhe zu lassen. Miraga belebte durch seine Tugenden die durch Gram verwelkte Gesundheit seines Vaters mit neuer Blüte und ersetzte ihm sein voriges Leid durch innige kindliche Liebe. Der König aber machte diesen Jüngling, dem er seine gesegnete Umwandlung zu danken hatte und der alle Edle seines Reichs an Weisheit und Tugend übertraf, zu seinem Großwesir und gab ihm seine einzige Tochter Solima, die Sonne der Königstöchter, zur Gemahlin. Sarbas war ein ganz andrer Mensch geworden und suchte sein Reich in allen Dingen nach den Lehren des weisen Zauberers zu regieren; und obgleich ihm dieses Mannes geheime Zauberkraft nicht verliehen war, verdankte doch Persien seiner und der folgenden Regierung sein goldnes Zeitalter. Denn da Sarbas keinen Sohn hatte, so wurde Miraga einstimmig zu seinem Nachfolger ernannt. Dieser war mit des Zauberers Weisheit von Jugend auf genährt worden, und alle persische Geschichten sagen von ihm: Nie war ein König seiner Art.

DIE MELONE

Der Sultan Masud ging, wie die Könige in Morgenland zu tun pflegen, mit einem Teil seines Heeres auf die Jagd. Er streifte allein umher und fand einen Bauer unter einem Baum sitzen, der sich die Haare raufte und sehr kläglich tat. Der Sultan ging auf ihn zu und fragte, warum er weine. »Herr«, antwortete der Bauer, »ich hatte eine einzige Melone, die ich mit aller Sorgfalt aufzog. Sie war mein ganzer Reichtum; ich hoffte sie teuer zu verkaufen, um mit meinen Kindern von dem Gelde zu leben, und jetzt hat sie mir einer von des Sultans Offizieren geraubt.« »Beruhige dich«, sprach der Sultan, »du sollst dein Eigentum wiederhaben.« Darauf rief er einen von seinen Bedienten und sagte: »Ich habe große Lust, Melonen zu essen; wenn du eine auffinden kannst, so will ich sie teuer bezahlen.« Der Bediente lief durch alle Zelte der Armee, bis er endlich den Mann mit der Melone fand. »Dein Glück ist gemacht«, sagte er zu ihm, »wenn du diese Frucht dem Kaiser bringen willst. Es ist ihm unvermutet eingefallen, Melonen zu essen; im ganzen Lager aber ist keine zu finden; und du hast ein ansehnliches Geschenk zu hoffen!« Der Offizier kam mit seinem Raube eilig zum Sultan gelaufen und reichte sie ihm dar. »Legt dem Räuber eine Kette um den Hals«, sprach der Sultan und wendete sich zum Bauer: »Nimm ihn mit, er ist dein Sklave; verkaufe ihn, oder mache mit ihm, was dir gefällt.« Der Bauer dankte dem

Sultan und führte seinen Räuber an der Kette mit sich fort. Sobald sie aus des Sultans Augen waren, fing der Offizier an, mit seinem neuen Herrn um seine Freiheit zu handeln. Er bot ihm fünfhundert Zechinen. Der arme Mann wurde von so vielem Gelde geblendet und nahm, ohne langes Bedenken, einen Preis an, der in seinen Augen übergroß schien und den er für seine Melone nie erwartet hatte. Er ließ den Offizier los und eilte mit dem Gelde voller Freude zum Kaiser zurück, ihm den geschlossenen Kauf zu melden. »Du bist mit einem zu niedrigen Preise zufrieden gewesen«, sagte der Sultan, »die Gesetze erkannten dir sein ganzes Vermögen zu; denn er hatte dir alles genommen, was du besaßest.«

DER GERECHTFERTIGTE WESIR

Mehemet, König von Chusistan, ein wollüstiger Fürst, ließ sich von seinen Schmeichlern und Verschnittenen beherrschen. Er brachte seine Zeit im Harem unter seinen Weibern in weichlicher Untätigkeit zu und überließ die Regierung seinem Wesir. Zum Glück war dieser das völlige Gegenbild seines Herrn: er liebte die Gerechtigkeit und wachte voll tätigen Eifers über das Wohl des Landes. Die Ämter besetzte er mit geschickten und redlichen Leuten; und wer einer Ungerechtigkeit überwiesen war, ward ohne Ansehen der Person bestraft. Die Höflinge und die Frauen im Serail empfanden dies sehr übel. Sie verleumdeten ihn bei dem Könige und brachten es endlich so weit, daß der schwache Monarch den tugendhaften Minister vom Hofe verbannte.

Der verstoßene Wesir sah wohl ein, wie wenig man auf seine Rechtfertigung oder auf die Verteidigung seiner Unschuld achten würde; er unterwarf sich daher gelassen der Verbannung und schrieb bloß an den König: Er habe sich immer bemüht, seine Pflichten zu erfüllen; bitte jedoch um keine andere Belohnung seiner Dienste, als daß der König, sein Herr, ihm einige unbebaute Ländereien schenken möchte, die er zur Erwerbung seines Unterhalts urbar machen wolle.

Mehemet konnte sich nicht gestatten, einem Manne von so viel allgemein anerkannten Tugenden eine solche Kleinigkeit abzuschlagen. Er ließ in seinem Reich einen unangebauten Strich Landes aufsuchen; aber man konnte keinen finden. Alle Gegenden waren fruchtbar. Handlung und Ackerbau wurden allenthalben gleich eifrig getrieben und machten die fleißigen Einwohner reich. Nirgends sah man weder Wüsteneien, noch Elend und Armut.

Der König, dem diese Nachricht von Leuten gebracht wurde, die nicht verstanden, wie sehr ein solcher Wohlstand des Landes die Unschuld des Verbannten beweise, ließ dem Wesir sagen: Er wolle ihm ein angebautes Land schenken, so schön er es sich selbst wählen würde. Der Wesir aber gab zur Antwort: »Ich verlange für meine Dienste keine andere Belohnung, als das frohe Bewußtsein, treu gedient zu haben. Ich wollte dem Könige, meinem Herrn, nur dartun, in welchem Zustande ich sein Reich verlassen habe; und alle meine Wünsche sind erfüllt, wenn mein Nachfolger so wohl tut, wie ich.«

Diese Antwort öffnete dem Könige die Augen. Er setzte den klugen Wesir in seine vorige Würde wieder ein und nahm sich fest vor: seinen Frauen die Sorge für sein Vergnügen, seinem Wesir aber die Regierung des Reichs zu überlassen. Welchem Vorsatz er auch, wie man sagt, pünktlich nachgekommen sein soll.

DIE ZWEI SCHLANGEN

Der Sultan von Karazan übertrug Sahab, dem Weisen, die Erziehung seines Sohnes, mit dem Befehl, dem Prinzen täglich eine Geschichte zu erzählen, die geschickt sei, den Geist und das Herz eines jungen Fürsten zu bilden. Der Weise erzählte ihm daher eines Tages folgende, die, ohngeachtet ihrer scheinbaren Unglaublichkeit, den Jahrbüchern der Persischen Könige entnommen ist.

Zum König Zohak kam ein Zauberer und verrichtete vor den Augen des ganzen Hofes verschiedene Wunder, die den König in Erstaunen setzten. »König der Könige«, sagte der Zauberer zu ihm, »das sind nur die gewöhnlichen Spiele meiner Kunst, die kaum deine Aufmerksamkeit verdienen; wenn du mir aber erlaubst, zweimal in dein heiliges Ohr zu blasen, so sollst du sogleich das wunderbarste aller Wunder sehen.« Er erhielt die begehrte Erlaubnis und blies dem Könige ins Ohr. Zohak schwindelte und empfand in seinem Innern eine seltsame Bewegung. Sie war mehr heftig als schmerzhaft, endigte sich aber damit, daß auf seiner Brust um die Gegend des Herzens zwei Schlangenköpfe hervorkamen. »Bösewicht!«, schrie der König, »was habe ich dir getan? Warum hat dein unreiner Hauch diese zwei Ungeheuer hervorgebracht, die mein Eingeweide zerreißen werden?« »Fürchte nichts, großer König«, antwortete der Zauberer; »du wirst mir danken, sobald du den Wert meines

Geschenks erkannt hast. Diese zwei Schlangen sichern dir ein glückliches Leben und eine ruhmvolle Regierung. Es kommt nur darauf an, daß man ihren Hunger mit ihrer Lieblingsspeise stille. Laß von Zeit zu Zeit einige von deinen Untertanen, die man aus dem niedrigen Pöbel nehmen kann, aussuchen und schlachten, um mit ihrem Fleisch und Blut diese Tiere deines Leibes zu nähren. Vorzüglich hüte dich, daß törichtes Mitleiden dich nicht feig mache. Gedenke, daß alles recht ist, was dir gefällt, und daß der nicht verdient, ein König zu heißen, der sich fürchtet, den Menschen im Notfall einiges Übel zu tun.« Anfangs schauderte Zohak vor diesem abscheulichen Rate des Zauberers; weil er aber sah, daß sein Leben und Glück darauf beruhte, so befolgte er ihn ohne längeres Bedenken. In kurzem freute er sich sogar, ihn befolgt zu haben; denn der Hunger dieser zwei Ungeheuer seiner Brust war sein eigner geworden, und sie wurden nie gefüttert, ohne ihm, wie er sagte, durch ihre Sättigung einen wollüstigen Kitzel zu erregen. Dieser Kitzel tat ihm so wohl, daß er das klagende Geschrei und die Ermordung so vieler unglücklicher Perser ferner nicht mehr achtete, sondern sein Volk für eine elende Herde hielt, die bloß dazu da sei, seinen abscheulichen Lüsten zur Sättigung zu dienen. Das Volk hingegen sah den Zohak als ein blutgieriges Ungeheuer an, das allen den Tod drohe. Durch langes Leiden verhärtet, verlor es endlich alle Furcht vor dem Wüterich. Man empörte sich gegen ihn, man riß ihn vom Thron, den er entweihte, und warf ihn in eine finstre grauenvolle Höhle. Hier lag nun der unbarmherzige Zohak mit seinen zwei Schlangen allein; und da er ihre Gefräßigkeit mit nichts mehr sättigen konnte, so fraßen sie ihn endlich selbst auf.

»Das ist eine erschreckliche Geschichte!« rief der junge Prinz, als sie sein Lehrer geendigt hatte. »Ich bitte dich, erzähle mir eine andre, die ich ohne Schaudern anhören kann.« »Sehr gern, gnädiger Herr«, antwortete Sahab, »die folgende soll sehr einfältig und kurz sein.«

Ein junger Sultan schenkte einem listigen und boshaften Verschnittenen sein ganzes Vertrauen. Dieser böse Mensch brachte ihm üble Begriffe von der Hoheit und dem Glück der Könige bei. Er erregte in seinem Herzen Stolz und Wollust, die Quellen aller Laster. Der junge König überließ sich diesen beiden Neigungen so sehr, daß er ihnen sein ganzes Volk aufopferte. Er hielt es für Ruhm, Menschen gering zu achten, und glaubte, sein Glück auf ihr Verderben bauen zu müssen. Was geschah endlich? Er verlor seine Krone, seine Schätze und seine Schmeichler; kurz, es blieb ihm nichts übrig als sein Stolz und seine Wollust; und da er diese beiden Ungeheuer nun nicht mehr befriedigen konnte, so starb er vor Scham und Wut.

Der Prinz von Karazan schien mit dieser zweiten Geschichte nicht übel zufrieden und sagte: »Diese gefällt mir besser als die erste; sie erweckt kein solch Schaudern und Entsetzen wie jene.« »Und doch, Prinz«, antwortete der Lehrer, »enthalten sie beide einerlei.«

DIE WÜSTE INSEL

Ein reicher guttätiger Mann wollte einen seiner Sklaven glücklich machen; er schenkte ihm die Freiheit und ließ ihm ein Schiff mit vielen köstlichen Waren ausrüsten. »Geh«, sagte er, »und segle damit in ein fremdes Land; wuchre mit diesen Waren und aller Gewinn soll dein sein.« Der Sklave reiste ab; aber kaum war er einige Zeit auf der See, als sich ein heftiger Sturm erhob und sein Schiff gegen eine Klippe warf, daß es scheiterte. Die köstlichen Waren versanken im Meer, alle seine Gefährten kamen um, und er selbst erreichte mit genauer Not die Ufer einer Insel. Hungrig, nackt und ohne Hilfe ging er tiefer ins Land und weinte über sein Unglück, als er von fern eine große Stadt erblickte, aus der ihm eine Menge Einwohner mit lautem Freudengeschrei entgegenkam: »Heil unserm Könige!« riefen sie ihm zu, setzten ihn auf einen prächtigen Wagen und führten ihn in die Stadt. Er kam in den königlichen Palast, wo man ihm einen Purpurmantel anlegte, ein Diadem um seine Stirn wand und ihn einen goldnen Thron besteigen ließ. Die Vornehmen traten um ihn her, fielen vor ihm nieder und schwuren ihm, im Namen des ganzen Volks, den Eid der Treue.

Der neue König glaubte anfangs, alle diese Herrlichkeit sei ein schöner Traum; bis die Fortdauer seines Glücks ihn nicht mehr zweifeln ließ, daß diese wunderbare Begebenheit wirklich und wahr sei. »Ich begreife nicht«, sprach er bei sich selbst, »was die Augen dieses wunderlichen Volks bezaubert hat, einen nackten Fremdling zu ihrem Könige zu machen. Sie wissen gar nicht, wer ich bin; sie fragen nicht, wo ich herkomme und setzen mich auf ihren Thron. Was für eine sonderbare Sitte herrscht doch in diesem Lande?«

So dachte er und wurde so neugierig, die Ursache seiner Erhebung zu wissen, daß er sich entschloß, einen von den Vornehmen an seinem Hofe, der ihm ein weiser Mann zu sein schien, um die Auflösung dieses Rätsels zu fragen. »Wesir«, redete er ihn an, »warum habt ihr mich denn zu eurem Könige gemacht? Wie konntet ihr wissen, daß ich auf eure Insel angekommen sei, und was wird endlich mit mir werden?« »Herr«, antwortete der Wesir, »diese Insel heißt das Land der Prüfung und wird von Wesen eigner Art bewohnt. Sie haben vor langen Zeiten den Allmächtigen gebeten, ihnen jährlich einen Sohn Adams zu senden, daß er sie regiere. Der Allmächtige hat ihre Bitte angenommen und läßt alle Jahre, an dem nämlichen Tage, einen Menschen an ihrer Insel landen. Die Einwohner eilen ihm, wie du gesehen hast, freudig entgegen und erkennen ihn für ihren Oberherrn; aber seine Regierung dauert nicht länger als ein Jahr. Ist diese Zeit verflossen und der bestimmte Tag wieder erschienen, so wird er seiner Würde entsetzt; man beraubt ihn des königlichen Schmuckes und legt ihm schlechte Kleider an. Seine Bedienten tragen ihn mit Gewalt ans Ufer und legen ihn in ein besonders dazu gebautes Schiff, das ihn auf eine andere Insel bringt. Diese Insel ist wüste und öde; jeder, der noch vor wenigen Tagen ein mächtiger König war, kommt hier nackt an und findet weder Untertanen noch Freunde, niemand nimmt an seinem Unglück teil, und er muß in diesem wüsten Lande ein trauriges und kummervolles Leben führen, wenn er sein Jahr nicht klug angewendet hat. Nach der Verbannung des alten Königs geht das Volk dem neuen, den ihnen die Vorsehung des Allmächtigen jedes Jahr ohne Ausnahme sendet, auf die gewöhnliche Weise entgegen und nimmt ihn mit gleicher Freude, wie den vorigen auf. Dies, Herr, ist das ewige Gesetz dieses Reichs, das kein König während seiner Regierung aufheben kann.«

»Sind denn auch meine Vorgänger«, fragte der König weiter, »von dieser kurzen Dauer unterrichtet gewesen?«

»Keinem von ihnen«, antwortete der Wesir, »war dieses Gesetz der Vergänglichkeit unbekannt; aber einige ließen sich von dem Glanze, der ihren Thron umgab, verblenden; sie vergaßen die traurige Zukunft und verlebten ihr Jahr ohne weise zu sein. Andere, berauscht von der Süßigkeit ihres Glücks, getrauten sich nicht, an das Ende ihrer Herrschaft und ihren künftigen Wohnort auf der wüsten Insel zu denken, aus Furcht, die Annehmlichkeit des gegenwärtigen Genusses zu verbittern; und so taumelten sie, wie Trunkene, aus einer Freude in die andere, bis ihre Zeit um war und sie in das Schiff geworfen wurden. Wenn der unglückliche Tag kam, so fingen alle an, sich zu beklagen und ihre Verblendung zu beseufzen; aber nun war es zu spät, und sie wurden ohne Schonung dem Elend übergeben, das sie erwartete und dem sie durch Weisheit nicht hatten vorbeugen wollen.«

Die Erzählung des Wesirs erfüllte den König mit Furcht; er schauderte vor dem Schicksale der vorigen Könige und wünschte ihrem Unglück zu entgehen. Er sah mit Schrecken, daß schon einige Wochen von diesem kurzen Jahre verflossen waren und daß er eilen müßte, die übrigen Tage seiner Regierung desto besser zu nützen. »Weiser Wesir«, antwortete er, »du hast mir mein künftiges Schicksal und die kurze Dauer meiner königlichen Macht entdeckt; aber ich bitte dich, sage mir auch, was ich tun muß, wenn ich das Elend meiner Vorgänger vermeiden will.«

»Erinnere dich, Herr«, antwortete der Wesir, »daß du nackt auf unsre Insel gekommen bist; denn ebenso wirst du wieder hinausgehen und nie wieder zurückkommen. Es ist also nur ein einziges Mittel möglich, dem Mangel vorzubeugen, der dir in jenem Lande der Verbannung droht; wenn du nämlich die Insel fruchtbar machst und mit Einwohnern besetzest. Dies ist dir nach unsern Gesetzen vergönnt, und deine Untertanen sind dir so vollkommen gehorsam, daß sie hingehen, wohin du sie sendest. Schicke also eine Menge Arbeiter hinüber und laß die wüsten Felder in fruchtbare Äcker verwandeln; baue Städte und Vorratshäuser und versieh sie mit allen notdürftigen Lebensmitteln. Mit einem Worte: bereite dir ein neues Reich, dessen Einwohner dich nach deiner Verbannung mit Freuden aufnehmen. Aber eile, laß keinen Augenblick ungenützt vorbeigehen; denn die Zeit ist kurz, und je mehr du zum Anbau deiner künftigen Wohnung tust, desto glücklicher wird dein Aufenthalt dort sein. Denke, dein Jahr sei morgen schon um, und nütze deine Freiheit, wie ein kluger Flüchtling, der dem Verderben entgehen will. Wenn du meinen Rat verachtest oder zauderst und schläfrig wirst, so bist du verloren, und langes Elend ist dein Los.«

Der König war ein kluger Mann, und die Rede des Ministers gab seiner Entschließung und Tätigkeit Flügel. Er sandte sogleich eine Menge Einwohner ab; sie gingen mit Freuden und griffen das Werk mit Eifer an. Die Insel fing an sich zu verschönern, und ehe sechs Monden vergangen waren, standen schon Städte auf ihren blühenden Auen. Dem ungeachtet ließ der König in seinem Eifer nicht nach; er sandte immer mehr Einwohner hinüber, und die folgenden waren noch freudiger als die ersten, da sie in ein so wohlangebautes Land gingen, das ihre Freunde und Anverwandten bewohnten.

Unterdessen kam das Ende des Jahres immer näher. Die vorigen Könige hatten vor diesem Augenblick gezittert, an dem sie ihre vergängliche Herrlichkeit ablegen mußten; dieser aber sah ihm mit Sehnsucht entgegen: denn er ging in ein Land, wo er sich durch seine eigene Tätigkeit eine dauernde Wohnung gebaut hatte. Der bestimmte Tag erschien endlich. Der König wurde in seinem Palaste gegriffen, seines Diadems und seiner königlichen Kleidung beraubt und auf das verhängnisvolle Schiff gebracht, das ihn nach seinem Verbannungsort führte. Kaum war er aber am Ufer der neuen Insel gelandet, als ihm die Einwohner mit Freuden entgegeneilten, ihn mit großer Ehre empfingen und sein Haupt statt jenes Diadems, dessen Herrlichkeit nur ein Jahr währte, mit einem unverwelklichen Blumenkranze schmückten. Der Allmächtige belohnte seine Weisheit; er gab ihm die Unsterblichkeit seiner Untertanen und machte ihn zu ihrem ewigen Könige.

*

Der reiche, wohltätige Mann ist Gott; der Sklave, den sein Herr fortsendet, ist der Mensch bei seiner Geburt; die Insel, wo er anlandet, ist die Welt; die Einwohner, welche ihm freudig entgegenkommen, sind die Eltern, die für den nackten Weinenden sorgen. Der Wesir, der ihn von dem traurigen Schicksal, das ihm bevorsteht, unterrichtet, ist die Weisheit. Das Jahr seiner Regierung ist der Lauf des menschlichen Lebens, und die wüste Insel, wo er hingeführt wird, die künftige Welt. Die Arbeiter, die er dahin sendet, sind die guten Werke, die er während seines Lebens verrichtet. Die Könige aber, die vor ihm dahingegangen sind, ohne über das Unglück, das ihnen drohte, nachzudenken, sind der größte Teil der Menschen, die sich bloß mit irdischen Freuden beschäftigen, ohne an ihr Leben nach dem Tode zu denken; sie werden mit Mangel und Elend gestraft, weil sie vor dem Throne des Allmächtigen mit leeren Händen erscheinen.

DAS GLÜCK DER KÖNIGE

Ein Bramin zu Patna wollte am frühen Morgen ausgehen und fand auf der Türschwelle seines Hauses einen von Binsen geflochtenen Korb, in dem ein neugeborner Knabe lag. Er ließ ihn mit Sorgfalt auferziehen, und weil er bemerkte, das Kind habe einen muntern Geist und ein gutes Herz, so suchte er diese durch eine weise und sanfte Erziehung auszubilden. Seine Bemühung wurde ihm zum Vergnügen; denn sein Zögling gedieh so wohl, daß er nach und nach zu den vornehmsten Ehrenstellen gelangte; und als der König starb, dessen Thron nicht erblich war, so wurde er einmütig zu seinem Nachfolger erwählt.

Als er nun seinen neuen Untertanen einst Recht sprach, so wurde er unter dem Volk einen alten Mann gewahr, der ihn unaufhörlich ansah. Der König glaubte Tränen der Freude oder der Zärtlichkeit in seinen Augen zu bemerken, als eben ein Mann von seltnem Ansehn in den Gerichtssaal trat, auf den mit einer Art von Wut der Alte fiel und ihn, ohngeachtet seines Sträubens, zum Fuße des Thrones zog. »Herr«, sagte er, »räche mich an diesem boshaften Sterndeuter und habe die Gnade, meine Geschichte, die auch die deinige ist, anzuhören. Ich bin dein Vater. Ach, ich wagte es nicht, mich einem Sohn zu entdecken, dem ich mich in seiner Kindheit entzogen und dessen Liebe ich nicht verdient habe. Aber bei dem Anblick dieses Bösewichts, der an meinem Verbrechen Schuld ist, kann ich meinen Zorn und mein Geheimnis nicht länger zurückhalten. Gleich nach deiner Geburt brachte ich dich zu diesem Betrüger und bat ihn, mir dein künftiges Schicksal zu entdecken. Er stellte sich, als ob er die Sterne um Rat fragte; er machte viel wunderliche Gebärden, von denen ich nichts begriff, und sagte mir endlich diese Worte, die ich nicht vergessen habe: ›In vierzig Jahren oder noch später wird dein Sohn der unglücklichste Mann im ganzen Königreich sein.‹ Ich zitterte über diese schreckliche Weissagung; und aus Furcht, dir ein Leben zu erhalten, das der Himmel zum Unglück bestimmt habe, legte ich dich, unter Vergießung vieler Tränen, an die Tür des würdigen Braminen, der dich so wohl erzogen hat. Die vierzig Jahre sind vorbei, und siehe! Du bist glücklich und ein König. Strafe also diesen Unglückspropheten, diesen unverschämten Lügner, und verzeihe deinem Vater einen Fehler, den er aus übelverstandner Zärtlichkeit begangen hat.«

Das Stillschweigen und die Verwirrung des Sterndeuters, die heftige Erbitterung des Alten, sein Schmerz und seine Freude, alles schien die Wahrheit dieser Erzählung zu bestätigen. Der König selbst zweifelte keinen Augenblick mehr daran. Er eilte zu seinem Vater, umarmte ihn mit Entzücken und sagte: »Nach Gott und meinem Volk soll dir alle meine Ehrfurcht und Liebe geweiht sein, nur verlange nicht von mir, deinen Sterndeuter zu bestrafen. Seine Weissagung, so verwegen sie auch war, ist – leider nur zu sehr eingetroffen. O, mein Vater, wie weit ist das Glück des Lebens von dem äußern Glanz einer Königskrone verschieden, eben so sehr als der Binsenkorb, in den du mich legtest, von dem prächtigen Throne, welchen ich wider Willen bestiegen habe. Geräuschvolle Vergnügungen, denen Ekel und Überdruß folgen, bittere Vorwürfe im Innern bei dem äußern Schimmer, ein hoher Beruf mit dem Gefühl menschlicher Schwäche, keine Freiheit, keine Ruhe, eine Menge Schmeichler und kein Freund: siehe das Gemälde des Elendes, zu welchem mich der Himmel bestimmt hat. Es ist nicht genug, daß ich die Wünsche meines eigenen Herzens den Pflichten des Königs aufopfere; ich muß oft auch den liebsten Wünschen meines Volks widerstreben, mit Gefahr ihre Liebe zu verlieren und gehaßt zu werden. Ich muß sie zwingen, mit Aufopferung des eigenen dem Wohl des Ganzen und der allgemeinen Ordnung zu dienen, welche sie nicht kennen oder wovon sie leider sich immer zu entfernen geneigt sind: Ich muß kalt und ernst sein wie das Gesetz, und scharf wie ein Schwert. Kurz, mein Glück hängt von einem Wunder ab, das der Himmel niemals tun wird. Nein«, fuhr er fort, indem er sich an das Volk wendete, das um ihn her stand, »nein, meine Kinder, ich werde nicht eher glücklich sein, als bis ich euch alle tugendhaft und glücklich sehe.«

ABDALLAH UND BALSORA

Der Name Helim ist noch jetzt durch alle östliche Teile der Welt berühmt. Er wird unter den Persern, bis auf den heutigen Tag, Helim der Naturforscher genannt: denn er kannte alle Kräfte der Kräuter, verstand alle Einflüsse der Sterne und besaß jene Geheimnisse, die der Seele Salomons, des Sohnes Davids, eingeprägt waren. Zu gleicher Zeit war Helim Statthalter des schwarzen Palastes der Könige von Persien und vornehmster Arzt des großen Königs Alnareschin.

Alnareschin war der fürchterlichste Tyrann, der je in diesem Lande regiert hatte. Furchtsam, mißtrauisch und grausam, hatte er aus unbegründetem Argwohn fünfunddreißig seiner Königinnen und mehr als zwanzig Söhne umbringen lassen, von denen er besorgte, daß sie seinem Leben gefährlich sein könnten. Endlich ward er so vieler Grausamkeiten in seiner eigenen Familie müde, und weil er befürchten mußte, das Geschlecht der Kalifen möchte ganz und gar zugrunde gehen, so schickte er eines Tages zum Helim und redete ihn folgendermaßen an: »Helim, ich habe seit langer Zeit deine Weisheit und Tugend bewundert; jetzt will ich dir das vollkommene Vertrauen beweisen, das ich auf dich setze. Ich habe nur noch zwei Söhne, die jetzt noch Kinder sind; es ist mein Wille, daß du sie mit dir nach Hause nehmest und sie als deine Kinder erziehest. Erziehe sie in dem demütigen, von aller Ehrsucht entfernten Bestreben nach Wissenschaft und Tugend. Auf diese Weise allein wird sich das Geschlecht der Kalifen erhalten; meine Kinder werden nach mir regieren, ohne schon bei meinen Lebzeiten nach meinem Throne zu trachten.« »Der Befehl des Königs, meines Herrn, soll geschehen«, antwortete Helim; worauf er sich zur Erde bückte und von dem Könige entfernte.

Er nahm sogleich die Kinder in sein Haus und erzog sie allein zur Wissenschaft und zur Tugend. Die jungen Prinzen liebten Helim als ihren Vater und brachten es unter seiner Leitung so weit, daß sie im einundzwanzigsten Jahr in aller morgenländischen Weisheit erfahren waren. Der Name des ältesten war Ibrahim und der des jüngsten Abdallah. Sie lebten miteinander in einer so vollkommenen Freundschaft, daß man noch heutzutage von vertrauten Freunden spricht: »Sie leben miteinander wie Ibrahim und Abdallah.«

Helim hatte ein einziges Kind, eine Tochter, in deren schönem Körper die schönste Seele wohnte. Ihr Vater hatte in ihrer Erziehung nichts versäumt, was sie zur Vollkommensten ihres Geschlechts machen konnte, und da sie jetzt mit den Prinzen in einerlei Wissenschaften unterrichtet ward, so entstand zwischen ihnen ein Umgang, wie zwischen Brüdern und einer Schwester. Abdallah, dessen Gemütsart sanfter war, als das Gemüt seines Bruders, gewann sie immer lieber, bis er endlich glaubte, er lebe nicht mehr, wenn er nicht mit seiner geliebten Balsora, so hieß dies unschuldige Kind, zusammen wäre.

Der Ruf von ihrer Schönheit verbreitete sich indes immer mehr und kam endlich dem Könige zu Ohren, der unter dem Schein die jungen Prinzen, seine Söhne, zu besuchen, von Helim begehrte, er solle ihm auch ihre Gespielin, seine Tochter Balsora zeigen. Der König war von ihrem Liebreiz dermaßen gerührt, daß er den folgenden Morgen sogleich Helim holen ließ und also zu ihm sagte: »Ich bin gesonnen, Helim, dich für alle deine treuen Dienste zu belohnen; und in dieser Absicht wähle ich deine Tochter zu meiner Gemahlin: sie werde Königin von Persien an meiner Seite.«

Wie ein Donner erklang diese Stimme in Helims Ohr; er kannte das Schicksal der unglücklichen Königinnen, die der Tyrann auf solche Art erhoben hatte, und auch die heimliche Liebe war ihm nicht entgangen, die Abdallah zu seiner Tochter hegte, von der er aber jetzt notwendig schweigen mußte. Er faßte sich und sprach mit Demut: »König der Völker! So sehr dein Knecht deine Gnade erkennt, so sei es ferne von dir, daß du das Blut der Kalifen befleckest und dich mit der Tochter deines Arztes verbindest.«

Der König, ohne auf irgendeine Entschuldigung zu hören, befahl augenblicklich Balsora vor ihn zu fuhren und behielt den Vater bei sich, damit er ihr die Ehre selbst andeuten möchte, die der Beherrscher Persiens ihr zugedacht habe. Balsora, die viel zu bescheiden war, als daß sie ein Gedanke darüber hätte beunruhigen können, was für einen Eindruck ihre Gestalt auf den König gemacht habe, ward herbeigeholt und stand da vor ihm, unschuldig wie eine der Jungfrauen des Paradieses. Sobald sie aber die ihr zugedachte Ehre vernahm, sank sie in Ohnmacht wie tot zu den Füßen des Königs nieder.

Helim weinte, und nachdem er sie ein wenig zu sich selbst gebracht hatte, so stellte er dem König vor, daß eine so unerwartete Ehre viel zu außerordentlich sei, als daß sie seiner bescheidenen Tochter auf einmal hätte angedeutet werden dürfen; allein, wenn es dem Könige gefiele, so wolle er sie allgemach dazu vorbereiten. Der König befahl ihm, alles zu tun, was er für gut befände, und entließ ihn. Balsora ward wieder nach ihres Vaters Hause gebracht, wo das Andenken an den Verlust des liebenswürdigen Abdallah ihren Schmerz jeden Augenblick so erneuerte, daß sie bald in eine hitzige Krankheit fiel und alles Bewußtsein verlor. Der König vernahm ihren Zustand von Boten, die sie täglich selbst sehen mußten; und da sich seine Leidenschaft von Tage zu Tage vermehrte, so sah Helim kein andres Mittel, sie aus der Gewalt des Königs zu retten, als daß er sie dem Scheine nach selbst um ihr Leben brächte. Einst in einer heitern Stunde entdeckte er seiner trostlosen Tochter diesen Vorsatz, er sprach ihr Mut zu, und da sie darein willigte, so gab er ihr einen Trank, von dem er wußte, daß sie dadurch auf längere Zeit in einen todesähnlichen Schlummer versetzt werden würde. Kaum erfolgte die Wirkung des Trankes, so war Helim der erste, der mit allem Jammer eines trostlosen Vaters zum Könige eilte, ihm ihren Tod zu melden. Der König, in dessen Herz nie eine reine menschliche Empfindung gekommen war, tröstete sich bald über diese Nachricht; gleichwohl sagte er zu Helim: »Da es im Königreich einmal bekannt ist, daß ich deine Tochter zu meiner Gemahlin erwählt habe, so fordert es meine eigne Ehre, daß sie auch nach ihrem Tode als eine solche angesehen werde. Mache also Anstalt, daß ihr Leichnam im schwarzen Palast neben den Leichnamen meiner Weiber und Kinder ruhe.«

Es ist die Gewohnheit der Perser, die Leichname des königlichen Hauses, bald nach ihrem Tode, auf eine stille Art in den schwarzen Palast zu bringen, welches die Ruhestätte für alle diejenigen ist, die von den Kalifen abstammen oder auf irgendeine Weise mit ihnen verwandt sind. Der oberste Arzt ist Aufseher dieses Palastes, weil es sein Amt ist, für die Balsamierung und Aufbewahrung der königlichen Familie nach ihrem Tode so zu sorgen, wie er im Leben für ihre Erhaltung sorgen mußte. Der schwarze Palast hat seinen Namen von dem schwarzen Marmor, von welchem er aufgeführt ist. Fünftausend nie verlöschende Lampen brennen darin; seine hundert Flügeltüren von Ebenholz werden Tag und Nacht von hundert Mohren bewacht, daß niemand hineingehe, als der Aufseher.

Kaum hatte Helim den Körper seiner Tochter an diesen Ort gebracht, so fand sich bald eine andere Leiche, die ihr folgte; es war der zweite Sohn des Königs, Abdallah. Sobald dieser nämlich von dem Vorhaben seines Vaters, sich mit Balsora zu vermählen, Nachricht bekam, fiel er ebenfalls in eine Krankheit, die bei der ängstlichen Besorgnis um seine Geliebte von Tage zu Tage zunahm und bei ihrem vermeinten Tode endlich selbst tödlich wurde. Verzweifelnd wollte er ihr in jene Welt folgen, bis der Vater der Balsora keinen andern Rat wußte, als auch ihm den Trank zu geben, den seine Tochter getrunken hatte, und so ward er wenige Tage nach ihrem Begräbnis ihr Gefährte im Palast der Toten.

Balsora erwachte zuerst, und ihr Vater verfehlte die Stunde nicht, in der sie erwachen mußte. Mit zärtlichen Armen umfing er sie, da sie ins Leben zurückkam, und um ihr Auge von dem fürchterlichen Orte zu wenden, in welchem sie sich fand, zeigte er ihr sogleich ihren Abdallah, neben ihr schlummernd. Er erzählte ihr die Geschichte seines Grames um sie, der ihn beinahe auf eine ernstere Art in dieses Totenhaus geführt hätte, und empfahl ihr seinen leblosen Körper, bis er erwache. Wie der Engel der

Auferstehung über dem Verstorbenen wacht, bis seine Morgenstunde herannahet, so wachte Balsora über ihren holden Geliebten, bis endlich die ersehnte Stunde, wo die Arzenei ihre Kraft verlor, erschien. Da Abdallah von Helims Anschlage, als er ihm diesen Trank gegeben hatte, nichts wußte, so ists unmöglich, das Erstaunen, die Freude, die Entzückung zu beschreiben, in der er sich bei seinem Erwachen befand. Er glaubte in dem Aufenthalt der Seligen zu sein und daß der Geist seiner geliebten Balsora, die er für wirklich gestorben hielt, der erste sei, der ihm erschiene, um ihn ins Paradies zu führen. Als sie ihm aber den Ort nannte, wo sie jetzt wären, dünkte auch dieser ihm, ungeachtet aller seiner Schrecklichkeit, viel angenehmer als Mohammeds Laube: denn er befand sich in ihm lebend an der Seite seiner geliebten Balsora.

Helim, von dem man nicht anders glaubte, als daß er mit Balsamierung der zwei Leichen beschäftigt wäre, besuchte den schwarzen Palast gar oft und versah seine Kinder mit allem, was sie bedurften. Sein größter Kummer war jetzt, wie er sie aus diesem Totengefängnis herausbringen und ihr Leben verbergen möchte, indem die Türen aufs strengste von den Mohren bewacht wurden. Auch die beiden begrabenen Liebenden beunruhigte diese Sorge nicht wenig. Endlich besann sich Helim, daß der erste Tag des Vollmonds im Monat Tizpa nahe sei, und erinnerte sich zugleich der allgemeinen Sage unter den Persern, daß die Seelen der Verstorbenen aus dem königlichen Hause, wenn sie in einem seligen Zustande seien, jederzeit am ersten Vollmonde nach ihrem Tode aus dem östlichen Tor des schwarzen Palastes herausgingen; daher man diese Pforte auch die Pforte des Paradieses nannte. In glänzendem Schmuck, sagte die Erzählung, gingen sie durch die

Pforte, die sich vor ihnen eröffnete und hinter ihnen zuschlösse, und erhüben sich sodann im Schimmer des Mondes in jene Auen des ewigen Friedens.

Innig erfreute sich Helim, da er an diese Sage dachte, und die zwei Liebenden nicht minder. Mit Sehnsucht erwarteten sie den Abend, der sie aus ihrem Kerker befreien sollte, und mit ebenso vorsichtiger Sorgfalt machte Helim Anstalten für diesen Abend. In ein himmelblau seidenes Kleid, das auf die prächtigste Weise durchwirkt war, kleidete er Abdallah und auch Balsora. Eine lange Schleppe des feinsten Flors, weißer als Schnee, flog hinter ihnen her: auf Abdallahs Haupt grünte ein Myrtenkranz, auf Balsoras Haupte blühte ein Kranz von den frischesten Rosen. Beider Kleider aber dufteten alle köstlichen Spezereien Arabiens.

So stand das schöne Paar bereit, und kaum ging der Vollmond auf, der wie um ihretwillen mit neuem Zauberglanz alles erfüllte, als Helim von innen aus leise die Pforte des Paradieses auftat, und sie, sobald Abdallah und Balsora hinaus waren, mit eben der Schnelle wieder verschloß. Die Mohren, die an dieser Pforte in einiger Entfernung wachten und plötzlich im schönsten Glanz des Mondes zwei solche Erscheinungen sahen, und den Geruch, der von ihren Kleidern strömte, wie Düfte des Paradieses in sich tranken, dachten nicht anders, als daß es die Geister der zwei zuletzt Verstorbenen sein müßten. Sie fielen auf ihr Angesicht nieder, indes beide mitten durch sie hindurchgingen, und blieben auf der Erde liegen, bis jene lange hinweg waren. Den folgenden Tag berichteten sie, was sie gesehen hatten; allein der König selbst und die meisten übrigen hielten es für eine Schmeichelei, die man dem königlichen Hause zu machen pflegte.

Helim hatte zwei von seinen Maultieren in gehöriger Ferne vom schwarzen Palaste an den Ort gestellt, den sie miteinander abgeredet hatten. Hier fand er sich zu den Entwichenen und führte sie auf eines von seinen Landhäusern, welches auf dem Berge Khacan lag. Die Luft auf diesem Berge war sehr gesund, und als Helim einst den König nach einer langwierigen Krankheit dahin gebracht und dieser seine Gesundheit daselbst wieder erlangt hatte, so hatte er ihm den ganzen Berg, nebst dem schönen Hause und Garten geschenkt, die auf dessen Spitze lagen. In dieser Einsamkeit lebten nun Abdallah und Balsora. Sie besaßen beide den Inbegriff nützlicher und ergötzlicher Kenntnisse; sie hatten auch eine so beständige und gleichseitige Neigung gegeneinander, daß ihnen ihre Einsamkeit nie zur Last wurde. Abdallah legte sich auf diejenigen Künste, die sich zu seiner Lebensart und zu der Lage des Ortes schickten, so daß er in wenigen Jahren den ganzen Berg in einen Garten verwandelte und alle Teile desselben mit Blumen und Bäumen bedeckte. Auch Helim war ein viel zu gütiger Vater, als daß er es seinen Kindern an irgend etwas hätte fehlen lassen, was ihnen ihren Wohnsitz angenehm machen konnte.

Nachdem sie ungefähr zehen Jahre dort verlebt hatten, starb der alte König, und sein Sohn Ibrahim folgte ihm auf dem Throne. Ungeachtet dieser nun einige Jahre lang über seines Bruders Tod untröstlich gewesen war, so hatte ihm Helim das Geheimnis dennoch nicht entdecken dürfen, weil es schreckliche Folgen gehabt haben würde, wenn es auf einige Weise dem alten Könige zu Ohren gekommen wäre. Ibrahim aber saß kaum auf dem Thron, so suchte Helim Gelegenheit, ihn von der Sache zu unterrichten, die, wie er wußte, einem so gnädigen und großmütigen Prinzen sehr angenehm sein müßte.

Allein der Zufall kam Helims Bestreben zuvor. Der König, welcher auf der Jagd von seinem Gefolge abgekommen war und vor Hitze und Durst fast verschmachten wollte, befand sich am Fuße des Berges Khacan. Er stieg hinan, und da er an Helims Haus kam, forderte er einige Erfrischungen. Zum Glücke war Helim eben dort, und nachdem er dem Könige die auserlesensten Weine und Früchte vorgesetzt und ihn dadurch erquickt und fröhlich gemacht hatte, so sagte er ihm, daß der beste Teil seiner Bewirtung noch kommen sollte. Nun erzählte er ihm die vergangene Begebenheit mit allen Umständen treulich. Erstaunt und entzückt hörte der König zu, als er plötzlich seinen Bruder ins Zimmer treten sah, Balsora an seiner Hand und um sie her eine Schar hüpfender, fröhlicher Kinder. »Er ist es«, rief der König und lief ihm entgegen, »es ist mein Abdallah.« Sie fielen einander um den Hals und weinten beide. Alle Anwesenden schwiegen, und auch Balsora weinte vor Freuden. Die Kinder hüpften um den König herum, an dem sie Züge von ihres Vaters Gesicht erkannten, und der König, nachdem er dem Helim einen freundlichen Verweis gegeben, daß er ihn so lange seines Bruders und seiner Schwester beraubt habe, umarmte sie alle, und mit ihnen seine Jugendfreundin Balsora. Mit Zärtlichkeit sprach er zu ihr: Sie sollte mitkommen, und da sie doch zur Königin bestimmt sei, jetzt in der Tat eine Königin werden; denn er wolle sogleich seinem Bruder alle eroberten Länder jenseits des Tigris abtreten. Aber in den Augen dieser zwei Glücklichen, die noch immer wie in ihrer Jugend sich liebten, gewahrte er bald, daß sie ihre jetzige Einsamkeit seinem Königreiche weit vorzögen. Er änderte also seinen Antrag und schenkte ihnen das offene Land, so weit sie von der Spitze des Berges Khacan sehen konnten. Hier fuhren sie fort, glücklich zu leben, und Abdallah ruhete nicht eher, als bis er die ganze Gegend zum Lustgarten von Persien umschuf. Ibrahim besuchte sie oft und erholte sich auf dem paradiesischen Gebirge von manchem Gram, von mancher Last seiner Regierung; bis endlich nach einer langen und glücklichen Regierung er zuerst und bald nach ihm sein einziger Sohn erblos starb, und Abdallah, ein Sohn des Abdallah und der Balsora, den persischen Thron in Besitz nahm. Dies war jener König Abdallah, der die Residenz auf den Berg Khacan verlegte, und noch bis auf den heutigen Tag ist dies der liebste Palast der persischen Monarchen.

DIE GUTARTIGEN PRINZESSINNEN

Kanzade, die Königin von Kaschmir, sprach zu ihren zwei Töchtern, von denen die älteste nicht über neun Jahre alt war: »Liebe Kinder, eure Tante, die Königin von Tibet, hat eine Turteltaube, die allemal weint, wenn sie die Tugend oder die Wohnanständigkeit von jemand verletzen sieht. Ich will sie um diesen wunderbaren Vogel bitten, vielleicht kann er bei eurer Erziehung nützlich sein.« »O Königin«, antwortete die älteste Prinzessin, »ich brauche keinen Vogel, der mich durch seine Tränen an meine Fehler erinnere; wenn ich so unglücklich bin, etwas zu versehen, so gibt mir mein eignes Herz Verweise darüber, und ich weine selbst.« »Das schadet nicht, Mama«, sagte die Jüngste, »laß nur das kleine liebe Turteltäubchen bringen, das bei der Tante vielleicht weinen muß, und schenke es mir. Ich will so artig sein, so artig, daß es statt zu weinen immer umherhüpfen und lachen soll.«

DAS PAAR PANTOFFELN

Zu Bagdad lebte ein alter Kaufmann, mit Namen Abu-Casem Tamburi, der wegen seines Geizes sehr berüchtigt war. Seines Reichtums ungeachtet waren seine Kleider nur Flicke und Lappen, sein Turban ein grobes Tuch, dessen Farbe man nicht mehr unterscheiden konnte; unter allen seinen Kleidungsstücken aber erregten seine Pantoffeln die größte Aufmerksamkeit. Mit großen Nägeln waren ihre Sohlen bewaffnet: das Oberleder bestand aus so viel Stücken, als irgendein Bettlermantel; denn in den zehn Jahren, seitdem sie Pantoffeln waren, hatten die geschicktesten Schuhflicker von Bagdad alle ihre Kunst erschöpft, diese Trümmer zusammenzuhalten. Notwendig waren sie hiervon so schwer geworden, daß, wenn man etwas recht Plumpes beschreiben wollte, man die Pantoffeln des Casem nannte.

Als dieser Kaufmann einst auf dem großen Markt der Stadt spazierenging, tat man ihm den Vorschlag, einen ansehnlichen Vorrat Kristall zu kaufen. Er schloß den Kauf und war sehr glücklich. Einige Tage nachher erfuhr er, daß ein verunglückter Salbenhändler nur noch Rosenwasser, als seine letzte Zuflucht, zu verkaufen habe; er machte sich das Unglück dieses armen Mannes zunutz, kaufte ihm sein Rosenwasser für die Hälfte des Wertes ab und war über diesen Kauf in der besten Laune.

Es ist die Gewohnheit der morgenländischen Kaufleute, die einen glücklichen Handel getan haben, ein Freudenfest zu geben; dies tat aber unser Geiziger nicht. Er fand es zuträglicher, einmal auch etwas an seinen Körper zu wenden, und so ging er ins Bad, das er seit langer Zeit sich nicht hatte gönnen mögen. Indem er nun darin seine Kleider auszog, sagte einer seiner Freunde (den er wenigstens dafür hielt, denn Geizige, wie er, haben selten Freunde): Es wäre doch endlich einmal Zeit, seine Pantoffeln abzudanken, die ihn zum Märchen der ganzen Stadt machten, und sich ein Paar neue zu kaufen. »Darauf denke ich schon lange«, antwortete Casem; »wenn ich sie aber recht betrachte, so sind sie doch so schlecht nicht, daß sie nicht noch Dienste tun könnten.« Indes war er ausgekleidet und begab sich ins Bad.

Während er sich badete, kam auch der Kadi von Bagdad dahin, und weil Casem eher fertig war, als der Richter, ging er zuerst heraus. Er zog seine Kleider an, aber vergebens suchte er seine Pantoffeln. Ein andres Paar stand da, wo die seinigen gestanden hatten, und unser Geizhals überredete sich gern, daß dies neue Paar wohl ein Geschenk des Freundes sein könne, der ihm beim Auskleiden die schöne Lehre über seine Pantoffeln gegeben hatte. Flugs schlüpfte er in sie hinein und ging mit dem Vorbehalt des Danks, wenn er ihn sähe, voll Freuden aus dem Bade.

Unglücklicherweise aber waren es des Kadi Pantoffeln; und da dieser sich gebadet hatte und seine Sklaven vergeblich nach ihnen suchten, so fanden sie nichts als ein schlechtes Paar andrer, die sich verschoben hatten und die man sogleich für Casems Pantoffeln erkannte. Eilig lief der Türhüter hinter ihm her und führte ihn, als auf dem Diebstahl ertappt, zurück zum Kadi. Dieser, über die unverschämte Dreistigkeit des alten Geizhalses ergrimmt, ließ ihn sogleich ins Gefängnis werfen; und um nicht als ein Dieb mit öffentlicher Schande bestraft zu werden, mußte er nach orientalischer Art reichlich zahlen. Er mußte mehr zahlen, als hundert seiner Pantoffeln wert waren, nur damit er mit heiler Haut nach Hause käme.

Sobald er dahin gelangte, nahm er Rache an den Urhebern seines Verlustes. Zornig warf er die Pantoffeln in den Tigris, der unter seinem Fenster vorbeifloß, damit sie ihm nie mehr zu Gesicht kämen; aber das Schicksal wollte es anders. Wenige Tage nachher zogen einige Fischer ihr Netz, das ungewöhnlich schwer war. Sie glaubten schon einen Schatz erwischt zu haben und fanden statt seiner die Pantoffeln Casems, die noch dazu mit ihren Nägeln das Netz also zerrissen hatten, daß sie tagelang daran flicken mußten.

Voll Unwillen gegen Casem und seine Pantoffeln warfen sie diese gerade in seine offenen Fenster; und da unglücklicherweise noch eben alle die Flaschen voll schönen Rosenwassers, das er erkauft hatte, in bester Ordnung vor dem Fenster aufgestellt standen, so kamen diese schweren eisernen Feinde mitten unter dieselben. Sein Kristall war zertrümmert, und das heerliche Rosenwasser schwamm auf dem Boden.

Man stelle sich Casem vor, als er ins Zimmer trat und die Zerstörung erblickte. »Verwünschte Pantoffeln«, rief er aus, indem er sich den Bart raufte, »ihr sollt mir ferner keinen Schaden anrichten.« Sofort nahm er eine Schaufel und lief mit ihnen in den Garten. Hastig grub er eine Öffnung in die Erde, um seine Pantoffeln lebendig zu begraben, als unglücklicherweise einer seiner Nachbarn, der ihm seit langer Zeit gern etwas anhaben wollte, eben zum Fenster hinaussah und das hastige Graben Casems bemerkte. Unverzüglich lief er zum Statthalter und meldete ihm in der Stille, daß Casem in seinem Garten einen großen Schatz gefunden habe. Mehr bedurfte es nicht, um die Geldbegierde des Statthalters anzufachen, und es war umsonst, daß unser Reicher beteuerte, er habe nichts gefunden, er habe vielmehr hineingelegt und seine Pantoffeln begraben. Vergebens grub er sie wieder auf und ließ sie selbst vor Gericht zeugen; der Statthalter hatte sich auf Geld gefaßt gemacht, und Casem mußte sich abermals mit einer großen Summe lösen.

Voll Verzweiflung ging er vom Statthalter, seine teuren Pantoffeln in der Hand, und wünschte sie von ganzem Herzen zum bösen Geiste. »Warum«, sprach er, »soll ich sie noch mir zum Schimpf in den Händen tragen?« und warf sie nicht weit von des Statthalters Palast in eine Wasserleitung. »Nun werde ich«, sprach er, »doch weiter von euch nichts hören, nachdem ihr mir so manche Summe gekostet habt. Fahret zum Teufel.« Aber der Teufel, der auch hier im Schlamme der Wasserleitung war, hörte das Wort, und weil er ihm noch ein paar Streiche zu spielen gedachte, so richtete er seine Pantoffeln gerade in die verschlämmte Röhre der Wasserleitung. Nur noch dieses Zuschusses bedurfte es, und in wenigen Stunden stand der Fluß gehemmt; die Wasser traten über, die Brunnenmeister liefen zusammen, des Statthalters Gewölbe waren überschwemmt, und an allem diesen Schaden, an allem diesen Unheil war niemand schuld, als die Pantoffeln Casems. Zu ihrem eignen Glück fanden die Brunnenmeister solche in dem von ihnen vernachlässigten Schlamm und hatten sich damit genugsam gerechtfertigt. Der Herr der Pantoffeln ward in Verhaft genommen, und weil dies offenbar eine boshafte Rache gegen den Statthalter schien, so mußte er mit einer noch größern Geldstrafe, als die beiden vorigen waren, büßen. Seine Pantoffeln aber gab ihm der Gouverneur sorgfältig wieder.

»Was soll ich mit euch nun tun«, sprach Casem, »ihr vermaledeiten Pantoffeln? Allen Elementen habe ich euch gegeben, und ihr kamet immer mit größerem Verlust für mich wieder; jetzt ist mir nur noch eins übrig; die Flamme soll euch verzehren.«

»Weil ihr aber«, fuhr er fort und wägte sie in seinen Händen, »so gar mit Schlamm erfüllt und mit Wasser getränkt seid, so muß ich euch noch das Sonnenlicht gönnen und euch auf meinem Dache trocknen: denn euch in mein Haus zu bringen werde ich mich wohl hüten.« Mit diesen Worten stieg er auf das platte Dach seines Hauses und legte sie daselbst vor den Augen der Sonne nieder. Aber das Unglück hatte noch nicht alle Künste gegen ihn erschöpft; ja der letzte Streich, der ihn treffen sollte, war der grausamste von allen. Ein Hund seines Nachbars ward die Pantoffeln gewahr, er sprang von dem Dach seines Herrn auf das Dach Casems und spielte mit ihnen und zerrete sich mit ihnen umher. Indem er so damit spielte, fiel der unglückliche Pantoffel herab und einer schwangern Frau, welche eben unterm Hause vorbeiging, gerade auf den Kopf; sie sank nieder und gebar unzeitig; ihr Mann brachte seine Klage vor dem Richter an, und Casem mußte härter büßen, als er je gebüßt hatte: denn sein unvorsichtiger Pantoffel hätte beinahe zwei Menschen erschlagen. »Richter der Gerechtigkeit«, sprach Casem mit einer Ernsthaftigkeit, die den Kadi selbst zum Lachen brachte, »alles will ich geben und leiden, wozu ihr mich verdammt habt; nur erbitte ich mir auch jetzt den Schutz der Gerechtigkeit selbst gegen die unversöhnlichen Feinde, welche die Ursache alles meines Kummers und Unglücks bis auf diese

Stunde waren. Es sind diese armseligen Pantoffeln. Sie haben mich in Armut, in Schimpf, ja gar in Lebensgefahr gebracht, und wer weiß, was sie noch im Schilde fuhren. Sei gerecht, o edler Kadi, und fasse einen Schluß ab, daß alles Unglück, was ohne Zweifel noch diese Werkzeuge der bösen Geister anrichten werden, nicht mir, sondern ihnen zugerechnet werde.«

Der Richter konnte ihm seine Bitte nicht versagen; er behielt die unglücklichen Störer der öffentlichen und häuslichen Ruhe bei sich, und dem Alten konnte er keine Lehre geben, als die dieser bereits mit großen Kosten gelernt hatte, nämlich: daß man sich nicht schnell genug ein Paar neue Pantoffeln kaufen könne, wenn die alten nicht mehr taugen.

DER NEIDISCHE

Der heilige Bazarlu aß die ganze Fastenzeit hindurch des Tages nur einmal, nämlich nach Untergang der Sonne, und niemals mehr als eine Weinbeere. Auf die Mauer seiner Zelle hatte er das vielbedeutende Wort *Hu*[*] geschrieben, über dessen Sinn er unaufhörlich nachdachte. Er betete mit solcher Inbrunst, daß ihn die Vögel für eine tote Bildsäule hielten und sich auf ihn niederließen. Doch war es nicht sowohl sein eifriges Gebet zu Gott als sein liebreiches Bezeigen gegen die Menschen, was seinen Namen in ganz Natolien berühmt machte. Seine Einsiedelei war die Zuflucht aller Unglücklichen und Büßenden. Wen Gemütsunruhe quälte, wem sein Gewissen Vorwürfe wegen begangener Sünden machte, der ging zu diesem guten Heiligen und kam getröstet zurück. Eines Tages kam ein Einwohner von Smirna zu ihm und sagte: »O heiliger Mann! Ich bin arm und dürftig; doch darüber würde ich mich trösten, wenn ich nur nicht meinen Bruder dabei im unverdientesten Wohlstand sähe. In allen Dingen geht es ihm glücklich, und der Himmel gießt seine Gaben mit solch einem Überfluß auf ihn aus, daß mich meine Zurücksetzung desto empfindlicher schmerzet. Das ist noch nicht genug; ich werde gehaßt und verachtet,

[*] Dieses Wort heißt: Er, und soll den höchsten Begriff vom Wesen Gottes andeuten.

während dieser glückliche Bruder allgemein hochgeschätzt und geliebt wird. Wohin ich mich wende, muß ich das quälende Lob seiner Tugenden hören, und sie wohl gar mit rühmen. O Heiliger! Ich bin der unglücklichste unter allen Menschen. Bete für mich und tröste mich, wenn du kannst.«

Die Klagen dieses Neidischen waren die ersten, welche der fromme Heilige ohne Mitleiden abwies. »Fliehe«, sagte er mit edlem Unwillen zu ihm, »fliehe aus meinen Augen, du Feind alles Guten. Die Hölle mag dein Tröster sein, du Unmensch, der du nicht glücklich werden kannst, ohne daß Gott geizig und dein Bruder unglücklich und ein Bösewicht werde.«

DER BETTLER UND SEIN SPIEGEL

Ein Bettler von Schiras fand einen kleinen Spiegel, in dem, sagt man, das häßlichste Gesicht sich schön zeigte. Er war klug und wußte dieses Glas so zu gebrauchen, daß es ein Schatz in seinen Händen ward. Er hielt den Vorübergehenden seinen Spiegel mit einer demütigen Gebärde vor und sagte: »Betrachtet das reizende Gesicht, das euch Gott gegeben hat, und schenkt eurem armen Diener ein kleines Almosen.« Was konnte man einem so höflichen Bettler und einem so gefälligen Spiegel abschlagen? Jedermann gab mit mildem Herzen und besonders die Frauen sehr reichlich, so daß es ihm und den Seinen keinen Tag an überflüssigem Unterhalt fehlte. Einst wurde der alte Bettler krank; sogleich vertraute er diesen gewinnreichen Spiegel seinem Sohne an und lehrte ihn mit aller Sorgfalt denselben gebrauchen; aber seine Mühe war verloren. Der Knabe kam gegen Abend wieder, ohne etwas gewonnen zu haben. Er gestand, er habe vergessen, den vorübergehenden mitleidigen Seelen den wundertätigen Spiegel vorzuhalten: er habe von ungefähr selbst hineingesehen und sich so schön gefunden, so schön, daß er den ganzen Tag nichts anders habe tun können, als sich selbst bewundern. »Armer Tor!« sagte der alte Schalk, »was hast du damit gewonnen? Bist du dadurch reicher oder weniger häßlich geworden? Lerne von deinem Vater, wie ein kluger Mensch sich von einem Toren unterscheidet: der Tor schmeichelt sich selbst und der Kluge dem Toren.« »Mein Vater«, sagte des Bettlers verständige Tochter, »ich glaube, beides ist dem Menschen schädlich. Eigenliebe macht dumm und läßt sich betrügen; Schmeichelei gegen andere aber macht des Schmeichlers Angesicht zu einem trügenden Spiegel, in welchen nur der Tor gern schauet und zeitig genug mit Reue belohnt wird. Komm, mein Bruder, wir wollen uns unsern Unterhalt auf eine anständige Weise erwerben.«

DER DECHANT VON BADAJOZ

Der Dechant des Bistums Badajoz war allein gelehrter, als alle Doktoren zu Salamanca, Coimbra und Alcala. Er verstand alle tote und lebende Sprachen, besaß alle göttliche und menschliche Wissenschaften, nur die Zauberkunst verstand er noch nicht und konnte sich über diesen Mangel nicht zufrieden geben. Endlich hörte er, daß in einer Vorstadt von Toledo ein sehr geschickter Zauberer, Don Torribio, wohne. Er ließ sogleich ein Maultier satteln und reiste nach Toledo, wo er vor der Tür eines kleinen unansehnlichen Hauses, der Wohnung dieses großen Mannes, abstieg. »Weiser Mann«, redet er zu ihm, »ich bin der Dechant von Badajoz. Die Gelehrten von Spanien erweisen mir zwar die Ehre, mich ihren Meister zu nennen; könnte ich aber das Glück haben, euer Schüler zu heißen, so würde ich diesen Ruhm jedem andern vorziehn. Habt also die Gütigkeit, mich zu den Geheimnissen eurer Kunst einzuweihn, und rechnet auf meine Dankbarkeit, die nicht unterlassen wird, mit der Vortrefflichkeit des Lehrers und seiner Wissenschaft zu wetteifern.«

Don Torribio machte aus der Höflichkeit eben nicht viel, ob er gleich, vermöge seiner Wissenschaft, mit den vornehmsten Geistern in Verbindung stand. Er antwortete dem Herrn Dechant: Er müsse sich anderswo nach einem Lehrer der Zauberkunst umtun; denn er sei eines Unterrichts überdrüssig, mit dem er nichts als schöne Worte und

Versprechungen gewonnen habe. Er wolle die verborgenen Wissenschaften nicht länger entehren und sie Undankbaren preisgeben. »Wie! Undankbaren?« rief der Dechant, »so hat Don Torribio Undankbare gefunden? Könnte er wohl so ungerecht sein und mich mit diesen Ungeheuern vermengen?« Nun brachte er aus dem reichen Schatz seinen Gedächtnisses eine Menge Sprichwörter und sinnreicher Gedanken hervor, die er von der Dankbarkeit gelesen hatte; er redete mit viel Anmut und so warmem Gefühl, er sprach so schön über diese Tugend, daß der Zauberer nach einigem Nachdenken gestand, er könne einem so trefflichen Mann nichts abschlagen. »Hyazinthe«, rief er seiner Haushälterin zu, »stecke zwei Rebhühner an den Bratspieß, ich hoffe, der Herr Dechant wird mir die Ehre geben und mit mir speisen.« Zugleich nahm er ihn bei der Hand und führte ihn in sein Kabinett. Als sie hineingekommen waren, berührte er ihm die Stirn und murmelte diese drei geheimnisvollen Worte: »Ortobolan, Pistafrieh, Onagriuf«; und ohne weitere Vorbereitung fing er an, ihm die ersten Blätter des Zauberbuchs zu erklären.

Der neue Schüler hörte mit solcher Aufmerksamkeit zu, daß er kaum zu atmen schien; bis Hyazinthe hastig mit einem kleinen Menschen hereintrat, der bis an den Gürtel gestiefelt und bis an die Schultern mit Kot bespritzt war und mit dem Herrn Dechant einer sehr dringenden Sache wegen zu sprechen begehrte. Es war ein Diener seines Oheims, des Bischofs von Badajoz, der ihm eilends nachgeschickt und hinter ihm spornstreichs bis nach Toledo gerannt war, um ihm die Nachricht zu bringen, daß einige Stunden nach seiner Abreise der Bischof, sein Oheim, von einem heftigen Schlagfluß befallen worden, von dem man die traurigsten Folgen befürchte. Der Dechant war zornig und fluchte (doch, um kein Ärgernis zu geben, ganz leise) auf die Krankheit, den Kranken und den Boten, die ihm alle drei so sehr zur ungelegenen Zeit kamen. Um des Boten loszuwerden, befahl er ihm: ohne Säumen nach Badajoz zurückzukehren; und fügte hinzu, er selbst werde ihm auf das schleunigste folgen. Darauf setzte man den Unterricht so emsig fort, als ob kein Oheim und kein Schlagfluß in der Welt sei.

Einige Tage nachher empfing man neue Nachrichten von Badajoz, die es aber weit eher verdienten, angehört zu werden. Der Obersänger und die zwei ältesten Domherren taten dem Dechant zu wissen: wie sein Oheim, der hochwürdigste Bischof, verschieden sei, um nun im Himmel die Belohnung seiner Tugenden zu empfangen; ferner, wie sich die Stiftsherren, den heiligen Gesetzen der Kirche gemäß, versammelt und ihn zum Nachfolger auf dem entledigten Stuhl erwählt hätten; endlich, wie man ihn bitte zu eilen und seine neue Braut, die Kirche von Badajoz, durch seine Gegenwart zu trösten. Don Torribio hatte die Rede der Abgesandten mit angehört und suchte sich diese schöne Gelegenheit, als ein kluger Mann, zunutze zu machen. Er zog den neuen Bischof auf die Seite, und nach einem kurzen Glückwunsch, der sich zu den Umständen schickte, sagte er zu ihm: Er habe einen Sohn, der Don Benjamin heiße und von der Natur mit einem guten Verstande und dem besten Herzen begabt sei; weil er aber weder Geschmack noch Fähigkeit für die geheimen Wissenschaften an ihm bemerkt, so habe er gedacht, einen Geistlichen aus dem Knaben zu machen. Diesen frommen Entschluß habe Gott so wohl gedeihen lassen, daß er jetzt mit großer Freude höre, wie sein lieber Sohn als das Muster der Geistlichen zu Toledo gepriesen werde. Da nun Ihre bischöfliche Gnaden die Dechantstelle nebst dem Bischoftum zugleich nicht würden verwalten können, so wolle er in untertänigster Demut bitten, die ledige Stelle dem Don Benjamin zu erteilen. »Ach!« antwortete der Prälat mit einiger Verwirrung, »so gern ich euch in allem gefällig zu sein wünsche, so bin ich es für diesmal nicht imstande. Ich habe einen Anverwandten, den ich einst beerben werde. Er ist ein alter Geistlicher, der zu nichts als zu einem Dechanten taugt, und ich würde meine ganze Familie, die ich bis zur Schwachheit liebe, auf das äußerste beleidigen, wenn ich ihm diese Stelle abschlüge. Aber«, fuhr er in einem liebreichen Tone fort, »wollet ihr mich nicht nach Badajoz begleiten? Könntet ihr so grausam sein und mich verlassen, gerade, da ich in den Stand gesetzt werde, euch nützlich zu sein? Nein, lieber Freund und Lehrer, ich hoffe, ihr werdet bei mir bleiben und den Unterricht eures Schülers vollenden. Wegen der Beförderung des Don Benjamin seid unbesorgt: sie soll meine erste Sorge sein, und früh und spät werde ich mehr für ihn tun, als selbst der Vater begehrt. Eine schlechte Dechantenstelle im Innern von Estremadura ist keine Beförderung für den Sohn eines Mannes wie Ihr seid.« Don Torribio begleitete also seinen vornehmen Schüler nach Badajoz. Er bewohnte einige der schönsten Zimmer in dem bischöflichen Palaste, und jedermann beugte sich vor ihm als dem Liebling des Bischofs und dem Austeiler der bischöflichen Gnade.

Der Bischof selbst tat unter der Leitung eines so geschickten Lehrers schnelle Schritte in den geheimen Wissenschaften. Der Eifer, mit dem er sich ihnen anfangs ergab, war beinahe zu groß; nach und nach aber wußte er ihn so wohl zu mäßigen und einzuschränken, daß die Erlernung der Zauberei den bischöflichen Pflichten nicht den mindesten Nachteil brachte. Denn er glaubte: es sei für einen Bischof nicht genug, seinen Geist mit seltnen Kenntnissen zu schmücken, sondern er müsse auch anderen den Weg zum Himmel zeigen und sich bemühen, in den Seelen der Gläubigen gute Werke, als die Blüte der heiligen Lehre, zum Wachstume zu bringen. Dieses weise Verhalten verbreitete den Ruhm des gelehrten Prälaten sehr bald in der ganzen Christenheit; und als er am wenigsten daran dachte, wurde er zum Erzbischof von Compostella erwählt. Das Volk und die Geistlichkeit zu Badajoz seufzten, wie man denken kann, über den Verlust eines so treuen Hirten, und, um ihm das letzte Zeichen ihrer Hochachtung zu geben, überließen ihm die Domherren einmütig die Wahl seines Nachfolgers.

Don Torribio versäumte nicht, bei dieser neuen Gelegenheit für seinen Sohn zu sprechen. Er bat von dem neuen Erzbischof das erledigte Bistum; doch der neue Erzbischof wußte es ihm auf die freundlichste Weise abzuschlagen. Er verehre seinen Lehrer so hoch! er sei so beschämt, so betrübt, ihm solch eine Kleinigkeit verweigern zu müssen! Aber wie könne er anders? Don Ferdinand de Lava, der Kontestabile von Kastilien, verlange das Bistum für einen Verwandten. Dieser Herr habe ihm von jeher so viel wichtige Dienste erwiesen, daß es jetzt notwendige Pflicht sei, einen alten Wohltäter dem neuen vorzuziehn. Diese genaue Beobachtung der Dankbarkeit könne dem Don Torribio nicht unangenehm sein: denn er sehe voraus, wieviel er zu hoffen habe, wenn einst die Reihe an ihn kommen werde, und das müsse unfehlbar bei der ersten Gelegenheit geschehen. Der Zauberer war so höflich, das Märchen von den alten Wohltaten zu glauben, und freute sich recht sehr, dem Don Ferdinand nachgesetzt worden zu sein. Sie schickten sich zur Abreise an und kamen nach Compostella; aber der dortige Aufenthalt währte sehr kurz. Denn nach einigen Monaten kam von Rom ein päpstlicher Oberkämmerer und brachte dem Erzbischof den Kardinalshut nebst einem sehr gnädigen Breve, worin ihn Seine Heiligkeit bat, nach Rom zu kommen und ihm mit seinem Rat in der Regierung der christlichen Welt beizustehen, ja was noch mehr ist, der heilige Vater erlaubte ihm, das Erzbistum nach seinem Gefallen an einen andern zu vergeben.

Don Torribio befand sich nicht zu Compostella, als der Abgesandte des heiligen Vaters ankam. Er besuchte seinen Sohn, der noch immer Prediger in seiner kleinen Pfarrei zu Toledo war. Bei seiner Zurückkunft ersparte ihm der Prälat die Mühe, um das erledigte Erzbistum zu bitten. Er lief ihm mit offenen Armen entgegen und sagte: »Mein werter Lehrer, ich bringe euch zwei gute Nachrichten statt einer. Euer Schüler ist Kardinal, und euer Sohn soll es auch bald werden, wenn ich in Rom irgendwas vermag. Ich hätte ihn gern einstweilen zum Erzbischof von Compostella gemacht: aber seht, wie unglücklich ich bin! Meine Mutter, die wir zu Badajoz gelassen haben, hat mir in eurer Abwesenheit einen grausamen Brief geschrieben, der alle meine Absichten vereitelt. Sie will mir mit aller Gewalt den Archidiakonus meiner vorigen Kirche, den Lizentiaten Don Pablos de Salazar, ihren vertrauten Freund und Beichtvater, zum Nachfolger aufdringen. Sie droht mir, vor Verdruß zu sterben, wenn ich ihr Verlangen nicht erfülle. Was müßte ich also bei ihrer schwächlichen Gesundheit nicht befürchten, wenn ich sie im geringsten erzürnte? Setzt euch an meine Stelle und sagt: soll ich eine Mutter beleidigen, die ich so zärtlich liebe?« Don Torribio war weit entfernt, solche kindliche Zärtlichkeit zu mißbilligen. Er gab der Wahl des Don Pablos seinen ganzen Beifall und ließ nicht den mindesten Unwillen gegen des Prälaten Mutter verspüren. Er begleitete Ihre Eminenz nach Rom; kaum aber waren sie dort angelangt, als der Papst starb. Die Kardinäle versammeln sich im Konklave; alle Stimmen des heiligen Kollegiums vereinigen sich für den spanischen Kardinal, und er wird Papst.

Nach den Feierlichkeiten der Krönung erhält Don Toribio eine geheime Audienz. Er küßt seinem teuren Schüler die Füße und weint vor Freuden, da er ihn den päpstlichen Thron mit so viel Würde bekleiden sieht. Mit tiefer Bescheidenheit spricht er von seinen langen und treuen Diensten. Er erinnert Ihre Heiligkeit an die heiligen Versprechen, die sie noch vor kurzem erneuerten. Er erwähnt mit einigen Worten des Kardinalshuts, den sie mit der dreifachen Krone vertauscht hätten; doch, anstatt diesen Hut für Don Benjamin zu bitten, endigt er mit einer unbegreiflichen Mäßigung. Er beteuert, daß er nebst seinem Sohne aller ehrgeizigen Hoffnung entsage; und daß sie zufrieden sein würden, wenn Ihre Heiligkeit, nebst Ihrem väterlichen Segen, sie mit einer kleinen Wohltat begnadigen und ihnen auf lebenslang einen mäßigen Unterhalt gewähren wollten, der die bescheidenen Bedürfnisse eines Priesters und eines Philosophen völlig befriedigen würde. Während dieser kleinen Rede bedachte sich der Papst, was mit seinem Lehrmeister zu tun sei. Nach einiger Überlegung fanden Ihre Heiligkeit, daß Don Torribio ein unnützer und sogar ein lästiger Mensch sei; und nach dieser Entscheidung wurde es Ihnen weiter nicht schwer, eine Antwort zu finden. Sie antworteten folgendermaßen: »Wir haben mit Schmerzen vernommen, daß Ihr unter dem Schein verborgener Wissenschaften einen abscheulichen

Umgang mit dem Geist der Finsternis und der Lügen habt. Wir ermahnen Euch also väterlich, dieses ungeheure Verbrechen durch Reue und Leid abzubüßen. Ferner gebieten wir Euch, innerhalb drei Tagen das Gebiet der Kirche zu verlassen; widrigenfalls man Euch dem weltlichen Arm und der Strafe des Feuers überantworten wird.«

Ohne sich zu entsetzen, wiederholte Don Torribio seine drei Zauberworte; öffnete das Fenster und rief so laut er konnte: »Hyazinthe, stecke nur ein Rebhuhn an den Bratspieß; der Herr Dechant wird nicht mit mir speisen.« Dies war ein Donnerschlag für den eingebildeten Papst. Er erwachte aus seiner Verzückung, worin ihn gleich anfangs die drei Zauberworte versetzt hatten. Anstatt im Vatikan zu sein, wurde er gewahr, daß er sich zu Toledo im Kabinett des Don Torribio befand. Er sah sogar an der Uhr, daß noch keine völlige Stunde verflossen war, seitdem er dies verwünschte Kabinett, in welchem man so schöne Träume sah, betreten hatte. In weniger als einer Stunde hatte er geglaubt, Zauberer, Bischof, Erzbischof, Kardinal und Papst zu werden; und fand am Ende der Rechnung, daß er nichts als ein Geck und ein undankbarer Bösewicht sei. Alles war Täuschung, die Proben ausgenommen, die er von seiner Falschheit und seinem schlechten Herzen gegeben hatte. Er ging fort, ohne ein Wort zu sagen, fand sein Maultier, wo er es gelassen hatte, und kehrte nach Badajoz zurück, ohne gelernt zu haben, wie man eine Nestel knüpfe.

HASSAN

Als der Kalif Almalik das erstemal zum heiligen Hause nach Mekka wallfahrtete, gefiel es ihm, in Pilgrimskleidern unbekannt in der Stadt umherzugehen. Er hatte ein großmütiges Herz und eine ungeheuchelte Frömmigkeit; er suchte also die Notleidenden im Stillen auf, um ihren Kummer durch Wohltaten zu erleichtern und damit seine Andacht zu beweisen. Also verkleidet trat er einst in die Wohnung eines armen Handwerkers, der eben bei seiner Arbeit ein fröhliches Lied sang. Auf seinem Gesicht wohnte Gesundheit und Zufriedenheit, Ordnung und Reinheit in seinem Hause. Hassan, so hieß dieser vergnügte Arme, nahm den Pilgrim freundlich auf, bewirtete ihn mit Erfrischungen und fing ein fröhliches Gespräch an. Almalik war erstaunt, in dieser armen Hütte den Glücklichsten seines Reichs (wie ihn dünkte) zu finden; er konnte ihn nicht genug bewundern, nicht genug hören und sehen, wie in diesem verborgenen Winkel das wahre Glück des Lebens wohne. Endlich sprach er: »Hassan, ich habe dich liebgewonnen und möchte dir meine Liebe gern durch etwas bezeugen. Hast du, bei der Glückseligkeit, die in dir wohnet, noch etwas zu wünschen?« Hassan antwortete lächelnd: »Was sollte ich wünschen? Ich bin gesund ein Tag ist mir so hell wie der andere, ich erwache mit dem Gesang der Vögel, mit denen ich meine Arbeit beginne und endige: diese verschafft mir bequemen Unterhalt; ich bin zufrieden; was fehlet mir also, und was könntest auch du mir geben, armer gutherziger Pilger?« Freundlich blickte ihn Almalik an und warf sein Oberkleid zurück. »Ich bin Almalik«, sprach er, »der Beherrscher der Gläubigen: siehe hier das Gewand des Kalifen und den heiligen Siegelring des Propheten.« Sprachlos stürzte Hassan zu des Beherrschers Füßen, der ihm aber liebreich die Hand reichte. »Hassan, stehe auf, du bist glücklicher und also auch größer als ich.« »Herr«, erwiderte dieser, »ich sollte glücklicher sein als du bist? Ein Wurm bin ich vor dir. Dein Wink kann Glück und Elend geben, wem er will.« »Glaube das nicht«, fiel ihm Almalik in die Rede, »ich kann keine Glückseligkeit geben, aber sie wohl ohne mein Wissen rauben. Das Laster zu strafen, die Bosheit und Unterdrückung im Zaum zu halten, das ist meine Pflicht: so weit reicht auch meine Macht und nicht weiter. Alle meine Gewalt ist nichtig, wenn sie wahrhaftig beglücken oder die Tugend belohnen soll. Könnt' ich das, so wollte ich sie zuerst an dir belohnen. Aber siehe, selbst du bist über meine Macht erhaben; mit der Einfalt deines Lebens würde ich dir deine schönen Tage rauben, sobald ich dir Reichtum oder Hoheit, das Einzige, was in meiner Hand ist, aufbürden wollte.« Hiermit stand der Kalif auf, befahl dem Hassan, wer er sei zu verschweigen, und entfernte sich.

Von dem Augenblick an war Hassans Glückseligkeit zerstört. Wünsche nach Ehre und Reichtum bemächtigten sich auf einmal seines sonst sorglosen Herzens. Er zürnte, daß er den köstlichen Augenblick nicht besser benutzt und sich einen glänzenden Zustand verschafft hatte. Seine Niedrigkeit war ihm zur Last; er träumte von Gärten, Palästen und Bedienten, versäumte unter diesen Einbildungen seine Arbeit, wurde täglich dürftiger, unzufriedener und glich beinahe schon einem Bettler, als der Kalif nach Verlauf eines Jahres wieder nach Mekka kam und mit einer Art von Ungeduld seinen Glücklichen besuchte. Er trat in die Wohnung desselben und wollte ihn eben freundlich begrüßen, als der veränderte Zustand seines Gastfreundes ihm ins Auge fiel. »Woher«, rief er, »o Hassan, woher die fürchterliche Veränderung, die ich an dir gewahr werde?« Bald erfuhr er zu seiner Bestürzung, daß er selbst davon die unglückliche Ursache gewesen. Mitleidig sah er den Elenden an, und als ob er einen geheimen Vorwurf sich selbst mache, sprach er mit teilnehmender Wehmut: »Armer Hassan! Mein Anblick hat dir mehr geraubt, als alle meine Macht dir wiedergeben kann. Damit du aber nicht sagest, Almalik sei ungerecht, so will ich wenigstens die Wünsche deines Herzens, die ich aus Unvorsichtigkeit in dir aufgeregt habe, so weit befriedigen, als ich sie befriedigen kann. Stehe auf und folge mir.« – Hassan küßte dem großmütigen Kalifen den Saum seines Kleides und entfloh seiner ärmlichen Wohnung, in der er so viele Jahre glücklich gelebt hatte, wie man der Höhle eines Löwen entflieht. Er folgte dem Fürsten nach der Karawanserei, wo er herbergte, und von da nach Bagdad. Almalik gab dem Betörten ein Zimmer in seinem Palast; er ließ ihn von seinen Sklaven bedienen, von seiner Tafel ihm die Speisen reichen und wöchentlich aus seiner Schatzkammer ihm eine Summe zahlen, die die kühnste Erwartung des neuen Höflings übertraf. So gingen die ersten Wochen hin, und Hassan war außer sich vor Freuden; er ging wie im Traum umher und dünkte sich der glücklichste Mann auf der Erde. Aber bald bekam er mitten in dieser Herrlichkeit Langeweile. Die lieblichsten Speisen aß er, ohne ihre Süßigkeit zu schmecken: denn nur der

Hunger ist des Gastmahls Würze. Auf köstlichen Teppichen ruhete er ohne Schlaf: denn nur den Müden ist der Schlaf hold. Schon fing er an, im Stillen seine verlorne Fröhlichkeit zu beseufzen, als mitten im Glanz seiner Regierung und in der Blüte seines Lebens Almalik plötzlich starb und mit ihm alles Wohlleben Hassans seine Endschaft erreichte. Abukir, der nach ihm den Thron bestieg, wies den unnützen Gast aus seinem Hause.

Betäubt und niedergeschlagen irrte dieser Verzärtelte nun umher; er wollte nach Mekka zurückkehren und wagte es nicht: denn er schämte sich, in seiner Armut daselbst zu erscheinen und ein Gespött seiner alten Bekannten zu werden. Aber der Engel der Vorsehung, der die Torheiten unsers Herzens immer nur mit der lindesten Strafe züchtigt, hatte ihn noch nicht verlassen; er lenkte jetzt seinen verlornen Weg zur Hütte eines Einsiedlers, der ihm durch seine Weisheit die Glückseligkeit wiedergeben sollte, die ihm jener Sultan geraubt hatte.

Hungrig und durstend langte er daselbst an, und der Greis empfing ihn mit brüderlichem Erbarmen. Er speisete und tränkte ihn, befragte ihn nach seinem Zustande und lockte ihm die ganze Erzählung seiner Schicksale aus seinem verwundeten Herzen. »Sei getrost«, sprach er, nachdem er alles gehört hatte, »sei getrost, Bruder, die Quelle deiner Glückseligkeit ist noch nicht versiegt. Sie rinnet auch dir noch, ob du sie gleich verschmähet hast.« Er bat den Unglücklichen, bei ihm zu bleiben, übergab ihm seinen kleinen Garten und gewöhnte ihn dadurch unvermerkt wieder zur Mäßigkeit und zur Arbeit. Er erzählte ihm seine eigene Geschichte, die ihn lehrte, daß auch er den Betrug des Glücks, den Überdruß müßiger Hoheit und die stechenden Dornen eitler Begierden nur zu sehr erfahren und nicht eher glücklich geworden sei, bis er diesen ganz verborgenen Winkel der Erde zu einem Garten sich umgeschaffen und sein Glück in sich selbst zu finden gelernt habe. Wie sanfter Tau der freundlichen Abendröte die verbrannte Aue erquickt, so erquickten die Lehren des frommen Einsiedlers das matte Herz unseres Fremdlings, und in wenigen Tagen war er ein ganz anderer Mann. Er fühlte sich stark genug, in seine verlassene Hütte zurückzukehren, seine vorige Arbeit von neuem anzufangen und durch sie seine alte Glückseligkeit wiederzugewinnen. Hätten drei Sultane jetzt an seine Tür geklopft und ihm die Schätze ihrer Herrlichkeit angeboten, freudig hätte er sie verschmähet. Denn er fand, daß Almalik wahr geredet hatte, als er ihn in seiner fleißigen Armut, bei seiner Gesundheit und zufriedenen Mäßigkeit den Glücklichsten seines Reiches nannte.

DIE MACHT DER RELIGION

Als der Kalif Hussein, ein Sohn des großen Ali, einst bei Tische saß, ließ einer seiner Sklaven eine Schale voll siedenden Reises auf sein Haupt fallen. Zornig blickte der Kalif den Sklaven an, und dieser, zitternd und bebend, warf sich zu seinen Füßen nieder und sprach folgende Worte aus dem Koran: *Das Paradies ist für die bereitet, die ihren Zorn zurückhalten und ihn bemeistern.* Ruhig antwortete Hussein: »Ich bin nicht zornig.« Der Sklave fuhr in dem nämlichen Verse fort: *Und die denen, die sie beleidigt haben, verzeihen.* Hussein, ohne ihn anzusehen, sprach: »Ich verzeihe dir.« Der Sklave redete weiter: *Und Gott liebt diejenigen über alles, die Böses mit Gutem vergelten.* Hussein reichte ihm gütig die Hand. »Nun dann! Stehe auf: ich schenke dir die Freiheit und vierhundert Drachmen Silbers.« Gerührt umfaßte der Sklave seine Füße: »O mein Herr«, rief er aus, »du gleichst dem edelsten Baume: er leiht seinen Schatten, er schenkt seine Früchte selbst dem, der mit frechem Arm Steine gegen ihn schleudert.«

DIE REISE NACH BABYLON

Kaum schimmerten die ersten Strahlen des Tages, als ich mich auf meinen Esel setzte und den Pfad einschlug, der auf die große Straße nach Babylon führet. »O wie gern«, rief ich aus, »wie vergnügt und heiter irren meine Blicke auf diesen neuen Hügeln umher! Wieviel Blumen auf diesen Wiesen! Mit welchen stärkenden, süßen Gerüchen durchströmen sie die Lüfte! Ein Lustgang von Bäumen umgrenzt ist mein Weg, in deren Schatten mein Esel und ich ruhen können, wenn es uns gefällt. Wie glänzend ist der Himmel! Wie lieblich der Tag! Wie rein die Luft, die ich atme! Der Eile bedarf es auch nicht: denn mit meinem guten Lasttier komme ich noch zu guter Stunde des Tages in Babylon an.«

So sprach ich und war trunken von Freuden; ich sah meinen Esel mit Wohlgefallen an und streichelte ihn mit meiner Hand, als ich plötzlich ein Geräusch hinter mir hörte, und da ich meinen Blick wandte, sah ich auf schönen Kamelen einen Trupp Männer und Weiber heranziehen. Sie blickten mit ernsthaften und verachtenden Mienen umher; alle waren mit langen Purpurröcken gekleidet, mit Gürteln von Gold geschmückt und mit Edelsteinen besäet. In wenigen Augenblicken hatten ihre Kamele mich eingeholt, und in der Nähe ward ich durch ihren Glanz noch mehr geblendet. Wie klein kam ich mir jetzt auf meinem Esel vor! Wie ich mich auch emporrichtete, dennoch erschien ich nicht größer. Kaum reichte mein Haupt an die Sohlen ihrer Füße; mein Stolz fühlte sich beleidigt, und dennoch wollte ich ihnen nachfolgen.

Mit verachtender Ungeduld trieb ich meinen Esel an; ich wünschte, daß er sich auf einmal zur Höhe des größten Kamels erhübe und seine beiden langen Ohren weit über ihre Häupter emporstrecke. Ich trieb, ich spornte; er eilte auch, was er eilen konnte; aber kaum sechs seiner Schritte legten so viel Weges zurück, als ein Schritt des Kamels. Ich verlor sie aus dem Gesicht und gab zugleich alle Hoffnung auf, sie zu erreichen. »Welch ein Unterschied«, rief ich aus, »zwischen ihrem Schicksal und dem meinigen! Warum sind sie nicht an meinem Platz; warum bin ich nicht an dem ihrigen? Ich Elender reise allein, auf dem schlechtesten und elendesten der Tiere; sie hingegen traben stolz daher und schämen sich sogar meines Gefolges.«

Unter diesen Betrachtungen sank mein Zügel; mein Esel nahm bald wahr, daß ich ihn nicht mehr trieb. Er ging langsam und langsamer fort, endlich bog er ab von dem Wege; die Wiese lockte ihn: er stand still, ließ seinen Kopf sinken und fraß. Das schöne Gras war ihm süß: es schien ihn auch zur Ruhe einzuladen; er legte sich, und ich fiel. Ich fiel und erwachte aus meinem Traum, voll Zorns über meinen lästigen Gefährten, als eben ein neues Geräusch von tausend Stimmen mein Ohr erfüllte. Ich öffnete meine Augen und erblickte einen weit zahlreicheren Trupp, als der erste war. Ihre Saumtiere waren so bescheiden, als das meinige: ihre langen, leinenen Röcke beschämten den meinigen nicht; vertraulich besprachen sie sich untereinander, und ich nahm mir ein Herz, den nächsten bei mir anzureden: »Wie sehr ihr auch eilt«, sagte ich zu ihm, »so werdet ihr auf euren Tieren jene nie erreichen, die auf ihren stolzen Kamelen euch so weit zuvor sind.« »Dafür werden wir uns wohl hüten«, antwortete er. »Die Unsinnigen setzen ihr Leben in Gefahr, und wozu? Damit sie einige Augenblicke eher anlagen als wir. Wir gehen alle nach Babylon. Eine Stunde eher, eine Stunde später; in einem leinenen oder in einem Purpurrock; auf einem Esel oder auf einem Kamel; was liegt daran, wenn man angelangt ist? Und selbst auf der Reise, was liegt daran, wenn man sich zu ergötzen weiß? Ihr zum Beispiel, wie stund es um Euch, wenn Ihr bei Eurem jetzigen Fall ein Kamel gehabt hättet?« Ich schämte mich und antwortete nichts; sah aber hinter mich und erstaunte. Männer, Weiber und Kinder folgten uns als Fußgänger und noch dazu waren ihre Rücken mit Lasten beschwert. Indessen sangen die einen, die andern hüpften auf dem weichen Grase: »Wir gehen alle nach Babylon«, riefen sie fröhlich, und die Kinder halleten nach, was die Alten sprachen. »Sie gehen alle nach Babylon«, sprach ich, »und sind fröhlich unter ihrer Bürde; und ich, ich wäre betrübt?« Vergnügt setzte ich mich auf mein Tier und ritt meinem Tröster zur Seite. Ich unterredete mich mit ihm und fühlte mich wie einer, dem eine Bürde von seinen Schultern genommen oder ein Stein von seiner Brust gewälzt ist.

So zogen wir fort, und ehe wir noch anlangten, trafen wir den größten Teil jener Reisenden unvermutet und in einem schlechten Zustand wieder. Ihre Kamele hatten sie abgeworfen; ihre langen Purpurröcke, ihre Gürtel mit Gold und Edelgesteinen besäet, waren mit Kot bedeckt. – Damals, ihr Mächtigen der Erde, damals lernte ich die Kleinheit der menschlichen Größe kennen, und ward zwar nicht gleichgültig, aber doch sehr getröstet über der Menschen verschiedenes Schicksal. »Wir kommen alle nach Babylon«, sprach ich, »und der Fußgänger langt oft fröhlicher und glücklicher daselbst an, als der stolze Reiter. Indessen ists angenehm, eine gute Reisegesellschaft, und gemächlich, ein treues Lasttier zu haben, das uns selbst und unsern kleinen Vorrat bis zur gemeinen Herberge trage.«

MIRZAS ZWEITES GESICHT

Mit niedergebeugtem Haupt ging ich an den Ufern des Euphrat und trauerte. Die Sonne neigte sich auf die Gebirge, und alle Geschöpfe freuten sich des milden Glanzes, womit sie Erde und Himmel schmückte; nur ich allein war betrübt. »Nein!« sprach ich, »es waltet keine göttliche Vorsehung über den Menschen; sie sind Würmer ohne Namen, und niemand achtet ihrer Not. Geht es den Bösen nicht wohl, unterdessen die Guten im Elend verschmachten?« So sprach ich, setzte mich unter einen Palmbaum, sah in die vorüberrauschenden Wellen des Stroms und weinte. Der Tag war vergangen, die nächtliche Dämmerung brach ein, ohne daß ich es merkte. Auf einmal umgab mich ein schimmernd Licht; der Strom und die Gesträuche hellten sich auf wie im Mittag; ein Schauer überfiel mich; ich hob meine Augen auf, und siehe, ein Jüngling in schneeweißem Gewand stand vor mir und sprach: »Mirza, ich bin Albunoh Sahareddin, ein Diener am Throne des Ewigen und der Ausleger seiner Geheimnisse. Er hat deine Klagen gehört und mich gesandt, dich zu belehren. Auf! Und folge mir.«

Er faßte meine rechte Hand und ich schwebte über die Ebene; der Strom und das Tal schwanden aus meinem Gesicht, und vor mir erhob sich ein hohes, schroffes Gebirge, dessen Klippen die Sterne berührten. »Dieser Fels«, sprach der Geist, »ist der Gurt, der die Ratschlüsse des Ewigen umgibt und den kein Sterblicher ohne göttlichen Beistand erreichen kann.« Ich staunte noch über die unabsehliche Höhe, als ein sanfter Wind uns an ihm aufhob, wie ein Vogel von seinen leichten Schwingen gehoben wird. Lange stiegen wir, ehe sich die Tiefe verlor, und wiederum lange, ehe wir den Gipfel erreichten. Endlich schwebten wir, vom Sternenlicht beschienen, über seinem silbernen Rücken. Da tat sich eine liebliche Ebene vor mir auf, daß ich gedachte, in der Wohnung der abgeschiedenen Seligen zu sein. *»Dies ist die Aue der Schicksale«*, sprach der Geist, »betrachte sie wohl.« Tausend Bäche wandten sich in mannigfaltigen Krümmungen durch schönfarbige Blumen und blühende Bäume und verloren sich in den rings sie umschließenden Felsen. Sie flossen alle von der Mitte aus, wo ein goldener Tempel auf saphirnen Säulen ruhte und, wie die Morgenröte, nach allen Gegenden strahlte.

Wir gingen zwischen den Bächen hin, aber ich konnte ihre Bahnen nicht begreifen: denn sie schlagen sich ineinander wie die seidenen Fäden in einem künstlichen Gewebe. Wir näherten uns dem Tempel; seine Pforten taten sich auf, ließen uns ein und schlossen sich wieder. »Hier sollst du erkennen«, sprach der Geist, »daß deine Zweifel über die Vorsehung ungerecht sind.« So sprach er, berührte meine Augen und verschwand. Ich stand in einem Gewölbe von klarem Kristall, das ringsum einem Spiegel glich. In der Mitte erhob sich ein Altar, auf welchem eine weiße Feuerflamme brannte, die von allen Seiten zurückstrahlte und die Wölbung mit heller Klarheit erfüllte.

Ein Schauer der Ehrfurcht durchdrang mein Herz, ich kniete auf die Schwelle des Altars und betete. Da hörte ich eine Stimme, die sprach: »Stehe auf, Mirza, und sieh.« Ich hob meine Augen auf und sah:

Ein junges Weib saß unter einem Palmbaum und säugte einen blondgelockten Knaben. Sie streichelte ihm das weiche Haar, und ihre Blicke ruhten mit Liebe auf seinem schönen Antlitz. Endlich neigte sie das Haupt, schloß ihre Augen und schlummerte ein. Der Knabe hob seine kleine Hand und wollte sie um den Nacken der Mutter schließen, berührte aber eine Schlange, die sich eben an der Palme aufwand. Das Tier fuhr zornig zurück und biß den Knaben, daß er starb.

»Ach!« rief ich aus, »was hat diese Unschuldige getan, daß sie ihren Sohn so kläglich verlor?« Da sprach die Stimme: »Wende dich und lies.« Ich wandte mich und sah hinter mir eine schwarze Tafel, auf der diese Worte standen: »Die Mutter trägt Sünde auf ihrem Haupt, und aus allzugroßer Liebe hätte sie den Knaben zu einem Bösewicht verzogen.«

Trauernd wandte ich mich wieder um; aber das Gemälde war aus dem Kristall verschwunden, und ein anderes stand an seiner Stelle. Abdallah, mein tugendhafter Freund, lag halb nackt auf schlechtem Stroh. Neben ihm lagen seine fünf kleinen Kinder. Krankheit und Mangel hatten ihre Wangen gebleicht und den Glanz ihrer Augen ertötet. Sie hoben alle die Hände wimmernd zu dem Vater auf, und ihr blasser Mund sagte: »Vater, gib uns Brot!«

Ich konnte diesen Anblick nicht ertragen, verhüllte mein Gesicht und neigte meine Stirn auf die Schwelle des Altars. Da rief die Stimme: »Sieh noch einmal hin und richte recht.« Ich hob meine Augen auf und sah fünf Kinder meines Freundes in köstlichen Kleidern. Sie standen um ihres Vaters Grab, bestreuten es mit Blumen und erinnerten sich seiner Tugenden, zu denen er sie erzogen hatte. Sie gingen Hand in Hand zurück; zu beiden Seiten begleitete sie eine Menge Volks, rief ihnen Segenswünsche zu und ehrte sie als die Edelsten im Lande. Freudentränen flossen bei diesem Anblick über meine Wangen. Ich wandte mich nach der Tafel und las: »Reichtum hätte Abdallahs Kinder stolz und böse gemacht; so aber wird des Vaters Tugend durch das Glück der Kinder belohnt.«

Ich freute mich noch über das vergangene Gesicht, als ich meines verstorbenen Bruders Tochter Thirzah mit Tarick, ihrem tugendhaften Gemahl, in dem Kristall erblickte. Sie standen in dem Saal ihres Hauses und statteten sechs arme Vermählte mit Hochzeitgaben aus. Denn so hatten sie gelobt, jährlich an ihrem Vermählungstage zu tun, um auch andere ihrer Glückseligkeit teilhaftig zu machen. Die Jünglinge und Jungfrauen gingen jetzt mit reichen Gaben hinweg und ließen die beiden Glücklichen allein. »Geliebte«, sprach Tarick, »wie ist deine Seele so hold! Du verschenkest deine schönen Gewande und kleidest dich, wie die Lilie, im einfältigen Schmuck.« – »O Tarick! Du bist mein Schmuck und meine Krone.« – »Wer könnte sie schmücken, die liebliche Rose? Ist sie nicht die Königin der Blumen auf der Flur?« – »O schmeichle mir nicht; ich liebe das Veilchen im Tal, es verhauchet seinen liebenden Atem und verbirgt sein Haupt im Grase.« So sprachen ihre Gebärden, und mein Herz schwoll in väterlicher Freude empor, als plötzlich die Decke im Saal einstürzte und beide unter dem Schutte begrub.

Da fiel ich wehmütig auf mein Angesicht, klagte laut und feuchtete mit meinen Tränen die Schwelle des Altars. Lange lag ich und weinte, bis endlich die Stimme rief: »Mirza! Traure nicht mehr.« Schüchtern hob ich mein Auge nach der Tafel und las: »Der kurzlebende Mensch sah nur die Gegenwart; aber die Weisheit Gottes schauet auch die Zukunft. Der Tod entriß deine glücklichen Kinder einem schnell hereinbrechenden Unglück, das jetzt schon vor deinen Augen aufsteigt: denn die Einwohner deiner Vaterstadt begehen schreiende Sünden.«

Zitternd wandte ich mich um und sah in den Kristall. Der alte ehrwürdige König meines Landes lag auf einem Sofa und schlummerte. Neben ihm standen zwölf junge Knaben in blauem Gewande. Es waren die Engel seiner guten Taten; jeder hielt einen Fächer und wehte ihm süßen Schlummer zu. Da kam des Königs Sohn mit leisen Schritten gegangen. Sein Gesicht und seine Hände waren schwarz, und seine Augen flammten wie rötlich Feuer. Er nahm seines Vaters Becher und goß Gift hinein. Der König erwachte, wollte sich erquicken, trank den vergifteten Becher und starb. Ein tiefer Seufzer drängte sich aus meiner Brust, als sich das Gemälde plötzlich veränderte. Der neue König zog mit einem Kriegsheer aus; ein anderes zog ihm entgegen, schlug ihn in die Flucht und belagerte seine Hauptstadt. Die Mauern wurden erstiegen, alle Einwohner gemißhandelt und ermordet; das ganze Land verwüstet, und der Vatermörder an einen Baum geknüpft.

Mein Haupt sank auf meine Brust; meine Seele trauerte über die Verwüstung des väterlichen Landes; meine Augen waren wild geworden und meine Empfindung in herber Betrübnis erstarrt, als ein lieblich Getöne mich weckte. Mein Herz war wieder so leicht wie der Flug der Schwalbe und freute sich des schönen mannigfaltigen Gesanges, der mich umgab. Ich hob meine Augen auf und erblickte in dem Kristall eine liebliche Aue. Greise, Jünglinge und Kinder wandelten in grünen Gängen, tanzten in fröhlichen Reihen oder pflückten Blumen im Grase. Die Vögel sangen in das Geflüster der Bäume, die Bäche murmelten in die

Lieder der Knaben und Mädchen, und alles atmete Freude. Thirzah und Tarick saßen in einer blühenden Myrtenlaube und flochten Kränze aus Rosen und Veilchen, unterdessen eine Menge lieblicher Kinder ihre Laube mit Blumenketten schmückten. Ich sah meinen Freund Abdallah; den guten, alten König und so viele andere, die sich in diesem schönen Lande ihrer erworbenen Tugenden erfreuten und alles vorige Weh des irdischen Lebens vergaßen. Ich wünschte mich zu ihnen; sehnlich breitete ich meine Hände nach ihnen aus, als die Erscheinung verschwand und die vorige Stimme sprach: »Erst in der Ewigkeit wird die leidende Tugend vollkommen belohnt; darum gehe hin, Mirza, und verehre die Wege der Vorsehung auch da, wo sie deinem blöden Auge ungerecht scheinen.«

Ich erwachte und befand mich unter dem Palmbaum am Ufer des Euphrats, ungewiß, ob ich geträumt oder eine wirkliche Erscheinung gehabt hatte; aber mein Herz war erquickt und mein Geist war erleuchtet.

ABDALLAH

Ein alter, ehrwürdiger Derwisch übernachtete auf einer seiner frommen Wallfahrten bei einer armen Witwe in der Vorstadt von Balsora. Die Freundlichkeit, mit welcher die Arme ihn bewirtete, gewann ihr sein Herz. Er wollte ihr die bewiesene Liebe vergelten und sagte beim Abschiede: »Ich sehe, Ihr seid arm, liebe Schwester. Es wird Euch schwer werden, mit Eurer Arbeit so viel zu erwerben, als zur Erziehung Eures Sohnes Abdallah nötig ist. Wollt Ihr mir den Knaben anvertrauen, so will ich für seine Erziehung sorgen.« Die Witwe, die den Derwisch seit vielen Jahren als einen heiligen Mann kannte, willigte mit Freuden in diesen Antrag und gab ihm ihren Sohn mit. Sie durchzogen drei Jahre lang die schönsten Länder und volkreichsten Städte Asiens. Der Derwisch hielt den Abdallah wie seinen eignen Sohn; er unterwies ihn in allerlei nützlichen Dingen, und als derselbe in eine tödliche Krankheit fiel, pflegte er seiner mit väterlicher Liebe. Abdallah sprach bei jeder Gelegenheit von seiner dankbaren Gesinnung. Der Derwisch pflegte aber immer zu antworten: Die wahre Dankbarkeit bestehe nicht in Worten, sondern in Taten; es werde schon Zeit und Gelegenheit kommen, wo er seine gute Gesinnung an den Tag legen könne.

Eines Tages kamen sie auf ihrer Reise in eine wüste Gegend. »Mein Sohn«, fing der Derwisch an, »jetzt kannst du mir deine Liebe beweisen. In diesem Felsen liegt ein köstlicher Schatz vergraben, der uns beschieden ist, wenn du meinen Worten gehorchen willst.« Abdallah beteuerte, daß er bereit sei, sein Leben für seinen Wohltäter zu wagen. Auf diese Versicherung schlug der Derwisch den Felsen mit seinem Stabe. Der Felsen tat sich auf. »Geh hinein, mein Sohn«, sprach der Derwisch. »In einiger Tiefe wirst du einen eisernen Leuchter mit zwölf Armen finden; den nimm zu dir; von den übrigen Reichtümern aber, die dabei liegen, rühre nichts an. Merke genau, was ich dir sage! Nimm nichts als den Leuchter; denn das übrige ist uns nicht beschieden. Gedenke, mein Sohn, daß dieses vielleicht die einzige Gelegenheit ist, wo du mir deinen Gehorsam und deine Liebe beweisen kannst.« Abdallah versprach alles und stieg getrost hinein. Sobald er aber die Reichtümer sah, die neben dem Leuchter lagen, wurden seine Augen geblendet. Er vergaß die Warnung des Derwisches und füllte seine Kleider von dem Golde und den Edelsteinen, womit die Tiefe bedeckt war. Indessen schloß sich der Felsen wieder zu. Die Finsternis, die ihn auf einmal umgab, machte ihn furchtsam; er griff eilig nach dem Leuchter und tappte in der Dunkelheit hin und her, um einen Ausgang aus der Höhle zu finden. Nach langem Suchen bemerkte er einen schwachen Schimmer von Licht; er ging ihm nach und kam aus der Tiefe wieder hervor. Er sah sich um; allein der Derwisch war nicht mehr da, und in seinem Erstaunen befand er sich in der Nähe von Balsora, wo seine Mutter wohnte. Laß den Derwisch sein, wo er will, dachte er; ich bin nun reich genug, ohne ihn leben zu können.

Seine Mutter fragte bei seiner Ankunft sogleich nach dem heiligen Manne. Abdallah erzählte ihr seine Begebenheit und schloß mit den Worten, daß er den Alten nicht mehr brauche, er wolle nun selbst für sein Fortkommen sorgen. Er legte seine Schätze aus und machte allerlei Entwürfe, wie er diese Reichtümer anwenden wollte. Seine Mutter ward ebenfalls von dem Glanze dieser Kostbarkeiten geblendet und sah sie, ohne weiter an den heiligen Derwisch zu denken, für ein Eigentum an, das ihr Sohn durch Mut und Klugheit gewonnen habe. Sie standen vergnügt dabei und zählten die Goldstücke und Diamanten, als mit einem Male, den Leuchter ausgenommen, alles wieder verschwand. »Ach!« fing die Mutter weinend an, »wir haben den heiligen Derwisch erzürnt. Er hat uns bloß prüfen wollen, ob wir dankbar wären; da wir aber seiner vergaßen, so hat er uns seine reichen Gaben wieder entzogen. Bring ihm den Leuchter, mein Sohn; vielleicht kannst du seinen Zorn dadurch besänftigen.«

Abdallah, der von der furchtsamen Frömmigkeit seiner Mutter nichts geerbt hatte, setzte sich in einen Winkel und verwünschte den Alten samt dem eisernen Leuchter. »Das ist auch was rechtes, was er mir da gelassen hat!« sprach er. »Ich wage mein Leben, um seinen Eigensinn zu befriedigen; und er fängt noch an zornig zu werden und nimmt, was nicht sein ist, was ich mir durch sauere Mühe erworben habe. Meine Mutter mag sagen, was sie will; mir scheint der Mann eher ein Zauberer als ein Heiliger zu sein.«

Indessen ward es Nacht. Die Mutter zündete ein kleines Öllämpchen an und setzte es auf den Tisch. Abdallah wollte es bequemer stellen und hing es an einen Arm des großen eisernen Leuchters. Plötzlich erschien ein Derwisch in einem langen braunen Kleide. Er drehte sich eine

Viertelstunde lang so schnell wie ein geschlagener Kreisel herum, warf einen Asper auf den Tisch und verschwand. Abdallah lachte über diese Erscheinung und versuchte es am folgenden Abende mit allen zwölf Armen, die an dem Leuchter waren. Er tat in jeden einen Docht und zündete sie an. Zwölf braungekleidete Derwische erschienen, drehten sich eine Viertelstunde im Kreise herum und verschwanden, nachdem jeder einen Asper auf den Tisch geworfen hatte. Sie kamen bei jedem neuen Versuche wieder; mehr aber als einmal jeden Abend kamen sie nicht. Diese tägliche Einnahme reichte zum mäßigen Unterhalte der Mutter und des Sohnes hin; allein der kurze Besitz des verschwundenen Reichtums hatte einen tiefen Stachel in ihren Herzen zurückgelassen, der mit jedem Tage den Wunsch mehr zu haben wieder rege machte. Abdallah konnte mit diesen zwölf Aspern auch nicht einen einzigen von seinen vielen Entwürfen ausfuhren. Er fing daher an zu überlegen, ob es nicht besser wäre, wenn er den alten, verrosteten Leuchter zum Derwisch trüge, der ihm dafür, wie er nicht zweifelte, wenigstens das Verschwundene wiedergeben würde, da er diesen Leuchter höher geachtet hatte, als allen übrigen Reichtum, der in der Felsenhöhle lag. Da seine Mutter diesen Entschluß billigte, so reisete er gleich am folgenden Morgen mit dem Leuchter ab. Er hatte von dem Derwisch gehört, daß er Abunadar heiße und in der Stadt Magrebi wohne; daher wurde es ihm nicht schwer, mit dem Zehrgelde, das er täglich durch den Leuchter bekam, den Derwisch zu finden.

Als er nach Magrebi kam, fragte er, wo der fromme Abunadar wohne. Dieser Mann war in der Stadt so bekannt, daß ihm die Kinder das Haus desselben zeigen konnten. Zehn Türhüter bewachten den Eingang; der Vorhof wimmelte von Sklaven und Bedienten, und das Haus selbst glich eher dem Palast eines Fürsten, als der Wohnung eines Derwisch. Abdallah getraute sich nicht weiterzugehen. »Entweder haben mich die Leute nicht verstanden«, sprach er, »oder man hat mich als einen Fremden verspottet.« Er wollte eben wieder umkehren, als ein Sklave zu ihm trat und sagte: »Sei willkommen, Abdallah. Mein Herr hat schon lange auf dich gewartet; ich will dich gleich zu ihm bringen.« Er führte ihn in einen glänzenden Saal, wo der Derwisch in seinem gewöhnlichen braunen Kleide auf einem Sofa saß. Abdallah, verblendet von dem Reichtume, den er auf allen Seiten schimmern sah, warf sich vor dem Derwisch nieder und legte ihm den Leuchter zu Füßen. »Du willst mich betrügen, mein Sohn«, redete ihn Abunadar an. »Ich sehe dir in das Herz, du kommst nicht aus Liebe und Dankbarkeit zu mir; sondern du gedenkest mit deiner Gabe zu gewinnen. Ich bin gewiß, du würdest mir den Leuchter nicht gebracht haben, wenn du die Kraft desselben gekannt hättest. Ich will dir wenigstens zeigen, wie man ihn nützen kann.« Er steckte auf jeden von den zwölf Armen ein Licht und zündete sie an. Die zwölf Derwische erschienen und taten wie sonst. Als sie sich einige Zeit gedreht hatten, nahm Abunadar einen Stock und gab einem jeden einen derben Schlag. Sie standen alle zwölf still und verwandelten sich in ebensoviel große Haufen Zechinen, Diamanten, Smaragden und andre Edelsteine. »Siehe«, sprach er zum Abdallah, »auf diese Art kann ein Kenner diesen Leuchter gebrauchen; wiewohl ich ihn in dieser Absicht nicht gesucht hatte. Er ist das Werk eines Weisen, dessen Andenken ich verehre; und da ich Vergnügen an der

Sammlung solcher seltnen Meisterstücke finde, so wünsche ich auch dieses als eines der vorzüglichsten zu besitzen. Daß dieses wahr sei, davon können dich deine eignen Augen überzeugen. Hier hast du die Schlüssel zu meiner Schatzkammer; besiehe meinen Vorrat und sage mir wieder, ob sich ein Sterblicher, wenn er auch der Geizigste wäre, wohl damit begnügen könnte.«

Abdallah gehorchte. Sechs große Gewölbe, die aneinander stießen, waren mit so vielen und so seltnen Reichtümern gefüllt, daß er nicht wußte, welche er zuerst und am meisten bewundern sollte. »Ich Tor!« sprach er bei sich selbst, »warum habe ich den Leuchter weggegeben? Wie leicht konnte ich seinen Gebrauch zufälligerweise erfahren? Jetzt muß ich den Reichtum eines andern von ferne betrachten, da ich ebenso reich sein könnte, wenn ich klüger gewesen wäre.« Er kam zurück. Abunadar sah seine Gedanken auf seiner Stirn, tat aber, als ob er nichts merke. Er begegnete ihm sehr gütig, behielt ihn einige Tage bei sich und bewirtete ihn, wie seinen besten Freund. Als der siebente Tag zu Ende ging, rief er ihn zu sich und sprach: »Die Hälfte der Schätze, die du in meinem Hause gesehen hast, habe ich von meinem Vater geerbt; das übrige habe ich selbst gesammelt; nicht weil ich geizig war, sondern weil ich zu meinem Unterhalte kaum den zehnten Teil meiner Einkünfte brauchte. Da ich schon in meiner Jugend einsah, daß Reichtum die Menschen weder besser noch glücklicher mache, daß es aber Torheit sei, das Gesammelte wieder zu zerstreuen, so tat ich, als ob ich nicht reich wäre. Ich kleidete mich in die Tracht der Derwische, reisete viele Jahre umher und suchte durch Betrachtung der menschlichen Torheiten weiser zu werden. Ich wallfahrtete dreimal zu Fuße nach Mekka und lebte wie der dürftigste Pilgrim. Den Unglücklichen, die ich fand, teilte ich nur so viel mit, als sie zu ihrer Notdurft brauchten: weil ich glaube, daß Arbeit und Erwerbung seines Unterhalts durch eigene Kraft den Menschen glücklicher mache, als Müßiggang. Die Jahre gingen unvermerkt vorbei, und der Augenblick, wo ich ebenso leer wieder aus der Welt gehen muß, als ich hereinkam, rückte immer näher. Ich hatte keine Kinder, und doch wünschte ich meinen väterlichen Gütern einen Erben, der sie mit Weisheit und Mäßigung verwalten möchte. Es tut mir leid, daß du meine Hoffnung durch deine Undankbarkeit vereitelt hast. Indessen hoff ich, meine Offenherzigkeit und das, was du bisher erfahren hast, soll dich von diesem schändlichen Laster heilen. Ich will dich nicht länger aufhalten; du kannst wieder gehen. Zum Zeichen meiner Erkenntlichkeit für die weite Reise, die du des Leuchters wegen, nach welchem ich so sehr verlangte, unternommen hast, wirst du morgen vor meinem Hause das schönste von meinen Pferden finden. Es ist dein, sowie auch der Sklave, der es führt. Dazu schenke ich dir noch zwei Kamele, die du selbst, so reich als du willst, mit Gold und Edelsteinen aus meiner Schatzkammer beladen kannst.« Abdallah dankte für diese reichen Geschenke und ging in ungeduldiger Erwartung des folgenden Tages zu Bette.

Er konnte die ganze Nacht nicht schlafen und dachte an nichts, als an den wundertätigen Leuchter. »Ohne mich«, sprach er, »würde ihn Abunadar nicht erhalten haben. Ich hole ihn mit Lebensgefahr aus dem Felsen; da ich ihn in meiner Hand habe, tue ich eine mühsame Reise, überbringe mein Eigentum in aller Demut und empfange dafür zwei alte Kamele mit ein wenig Gold und Edelsteinen beladen. Abunadar ist der Undankbare, nicht ich: der Leuchter gibt in einem einzigen Augenblicke mehr, als sechs Kamele tragen können. Warum sollte ich das meinige nicht wiedernehmen, da mir meine Gefälligkeit so schlecht vergolten wird?« So sprach er und faßte den Vorsatz, den Leuchter heimlich zu entwenden, welches leicht anging, da ihm Abunadar die Schlüssel zur Schatzkammer gegeben hatte. Er nahm den Leuchter und steckte ihn in einen von den Säcken, die er mit Gold und Edelsteinen füllte. Er brachte dem großmütigen Abunadar die Schlüssel zurück, nahm von ihm Abschied und reisete mit dem Pferde, dem Sklaven und den zwei beladenen Kamelen davon.

Als er noch zwei Tagereisen von Balsora entfernt war, verkaufte er den Sklaven und kaufte einen andern, damit niemand erfahren möchte, wo er seinen Reichtum her habe. Seine Mutter kam ihm bei seiner Ankunft mit neugieriger Freude entgegen; allein er war mit der Abladung seiner Schätze so beschäftigt, daß sie nur kurze Antworten auf ihre Fragen erhielt. Seine erste Sorge war, den Leuchter in eine abgelegene Kammer zu bringen; denn er brannte vor Ungeduld, die Verwandlung der Derwische zu sehen. Er zündete zwölf Lichter an und steckte sie auf. Die Derwische erschienen und drehten sich herum. Er hatte schon einen Stock bereit; und weil er glaubte, der Zauber liege in der Stärke des Schlages, so gab er einem jeden einen derben Streich. Zum Unglücke hatte er nicht bemerkt, daß Abunadar den Stock in der linken Hand hielt, als er schlug, und faßte ihn seiner Gewohnheit gemäß in die Rechte. Darum verwandelten sich die Derwische nicht in Haufen von Gold und Edelsteinen, sondern sie zogen unter ihren langen braunen Röcken knotigte Prügel hervor und schlugen so lange und so gewaltig auf den undankbaren, treulosen Abdallah los, bis er halbtot zur Erde fiel. Sie verschwanden und führten die Säcke, die Kamele, das Pferd, den Sklaven und den Leuchter mit sich davon.

DER RÄUBER VON SEISTAN

Leisch war ein Tagelöhner in dem Lande Seistan. Da er in einer großen Teuerung sich mit seiner Handarbeit nur schlecht ernähren konnte, so schlug er sich zu einer Räuberbande, bei welcher er sich durch seinen Mut und durch seine Klugheit bald in ein solches Ansehn setzte, daß sie ihn zu ihrem Anführer wählte. Diese Räuber wurden unter seiner Anführung endlich so kühn, daß sie sich vornahmen, den Schatz des Königes zu berauben. Sie brachen des Nachts ein und packten an Gold, Silber und Edelsteinen so viel zusammen, als sie tragen konnten. Sie waren schon im Begriff, sich mit dem Raube davonzumachen, als Leisch oben an dem Gewölbe etwas Glänzendes schimmern sah. Er glaubte, es sei ein Stein von seltenem Werte; und da er sich mit beiden Händen heben mußte, um hinaufzureichen, so berührte er ihn mit der Zunge und erkannte, daß es ein Salzstein sei. Er rief sogleich seinen Gefährten zu und bat sie, sich an dem Könige nicht zu versündigen und alles liegen zu lassen. »Ich habe Salz von dem Könige gegessen«, sprach er, »und ihr wißt, daß Brot und Salz, als die beiden edelsten Geschenke, die uns Gott gegeben hat, den Menschen zur Treue gegen diejenigen verpflichten, bei welchem er sie genossen hat.« Seine Gefährten, die gegen diese alte väterliche Sitte gleiche Ehrfurcht trugen und ihren Anführer sehr liebten, ließen sich überreden, schlossen die Türen wieder zu und gingen, ohne das geringste zu entwenden, davon.

Als der Schatzmeister des Königes den andern Tag hineinkam und an der Verwirrung, in welcher alles umherlag, erkannte, daß Einbruch geschehen sei, so wollte er sich diesen Zufall zunutze machen. Er trug einige Bündel mit Kostbarkeiten in sein Haus und versteckte sie in einem abgelegenen Winkel. Darauf lief er zum Könige, zerriß sich zum Zeichen der Verzweiflung den Bart und schrie, daß man diese Nacht den königlichen Schatz bestohlen habe. Der Diebstahl belief sich auf viele Tausende. Man tat allenthalben scharfe Nachsuchung und versprach denjenigen große Belohnung, die einen von den Räubern entdecken würden.

Der listige Leisch hatte durch einige seiner Gesellen auflauern lassen und die Untreue des Schatzmeisters sogleich erfahren. Da er nun sah, daß man nicht nur viele Unschuldige in Verdacht hatte, sondern auch gefangen setzte, so konnte er dem guten Triebe seines Herzens nicht widerstehen. Er ging ohne zu bedenken, was er wage, zum Wesir und gab an, er wisse, wer den Schatz gestohlen habe. Der Wesir führte ihn auf sein Begehren zum Könige. Leisch erzählte aufrichtig alles, wie es sich begeben hatte, und sagte zuletzt: Da er für die Treue und den Gehorsam seiner Untergebnen stehen könne, so wolle er seinen Kopf zum Pfande setzen, daß man den Raub bei dem Schatzmeister finden würde, wenn der König in dem Hause desselben wollte nachsuchen lassen.

Der König erstaunte über des Räubers Erzählung und sandte sogleich in des Schatzmeisters Haus, wo man nach langem Suchen den Raub in einem heimlichen Gewölbe fand. Der Schatzmeister ward gebunden zum Könige geführt. »Wie?« redete der König ihn an, »ich habe dich in meinem Hause groß gezogen, ich habe dich mit Ehre und Wohltaten überhäuft, und du bist einer solchen Treulosigkeit fähig? Du bist selbst der Dieb und bringst unschuldige Leute in Verdacht: während ein Räuber, dem ich nie eine Wohltat erwiesen habe, um ein wenig Salzes willen mein treuer Gastfreund wird, den Raub liegen läßt und seine Gefährten zu gleicher Gewissenhaftigkeit bewegt! Man führe ihn zum Tode«, sprach der König weiter, als der Schatzmeister verstummte. »Dich aber«, wandte er sich zum Räuber Leisch, »mache ich zu meinem Schatzmeister mit der Bedingung, daß ihn deine Gesellen von außen bewachen und daß du mir versprechest, für ihre Treue zu stehen.« Leisch versprach es bei seinem väterlichen Glauben, und so lange er dieses Amt hatte, ward nie von der Beraubung des königlichen Schatzes gehört.

DER KAUFMANN VON SCHIRWAN

Ein junger Fremdling, namens Fitead, den die äußerste Armut drückte, kam in die Stadt Schirwan. Weil er an jedem andern Orte gleichwenig zu hoffen hatte und des Hin- und Herwanderns müde war, so beschloß er daselbst zu bleiben. Sein Zustand war traurig. In einer großen volkreichen Stadt, wo jeder arme Fremdling schon seiner Dürftigkeit wegen verdächtig scheint, war er, ohne Geld und ohne Freunde, verlassener als in einer Wüste. Was sollte er tun? In keiner Kunst geübt, zu keiner Handarbeit gewöhnt, schien kein anderes Mittel übrig, als von einer Tür zu andern zu gehn und seinen täglichen Unterhalt zu erbetteln. Allein hierzu war sein Herz zu edel und zu stolz. Von Hunger gezwungen und von einem innern Rechtsgefühl getrieben, entschloß er sich endlich, um einen geringen Tagelohn in einem Garten zu arbeiten. Das schwere Grabscheit rieb seine Hände wund, und sein Rücken krümmte sich unter der Bürde harter Arbeit. Bei diesem niederdrückenden Geschäfte blieb doch sein Geist unternehmend und kühn. Wie ein edles Roß, das der Sporn verwundet, so lange läuft als es Atem hat: so war auch Fitead unermüdlich. Wenn sein Mut sinken wollte, so stärkte er sich wieder mit der Hoffnung einer bessern Zukunft, zu der er jetzt den Grund zu legen suchte. Mit dem ersten Strahle der Morgenröte ging er an sein Werk und arbeitete unablässig bis in die dunkle Nacht. Durch diesen rastlosen Fleiß erwarb er sich so viel, daß er von der Hälfte seines täglichen Verdienstes leben und die andere Hälfte ersparen konnte. Sein kleiner Schatz nahm täglich zu und ward unvermerkt größer. Denn wo sich Fleiß und Sparsamkeit vereinigen, da wird der geringe Vorrat in kurzer Zeit zum Reichtum. In wenigen Jahren hatte er so viel gesammelt, daß er einen kleinen Handel anfangen konnte. Das Glück, als ob es seine bisherige Arbeit belohnen wollte, war ihm von nun an in allen seinen Unternehmungen günstig; jedes Geschäft, sogar jeder kühne Entwurf ging ihm nach Wunsche vonstatten; und nach einer Reihe von zwanzig glücklichen Jahren war er so reich, daß der bloße Zehnte seiner Habe die Schätze eines jeden andern Kaufmanns in derselben Stadt übertraf.

Während dieser Zeit war der glückliche Fitead alt geworden. Seine Haare wurden grau, und mit seinen Kräften nahm auch seine Munterkeit ab. Solange er jung und gesund war, merkte er in seiner Geschäftigkeit kaum, daß er weder Gattin noch Kinder habe; jetzt aber in dem Herbste seiner Tage fing er an zu fühlen, daß er mit allen seinen Schätzen ein armer Verlassener sei, an dem kein zärtliches Herz teilnehme. Er sehnte sich nach Freunden, die seiner pflegen, die ihn lieben möchten. Wo konnte er diese finden, als in seinem väterlichen Lande, wo seine Brüder und Schwestern vielleicht noch lebten und seiner Hilfe bedurften. »Ich bin wie ein einsamer Baum auf einer wüsten Aue. Seine Zweige hangen voll Früchte; aber da ist kein freundlicher Pilgrim, der sich an ihnen erquicke. Ich will in meine Heimat zurückkehren, in das Land meiner Jugend, wo die Gespielen meiner Kindheit noch leben; wo ich Kinder und Freunde finden werde, die den alten Fitead für seine Wohltaten lieben.«

So sprach er und fing schon an seine Güter fortzusenden, als sein Vorhaben allgemein bekannt ward und sogar vor die Ohren des Königes von Schirwan kam. Der König ließ ihn vor sich fordern und sagte: »Guter Alter, du hast ein Vorhaben gefaßt, dem wir uns billig widersetzen. Du wirst dich erinnern, wie dürftig du in unsre Stadt kamst. Das Unglück, das dich vorher verfolgte, verwandelte sich, seitdem unser Fittich dich bedeckte, in stetes Glück. Du wurdest durch die blühende Handlung unsres Landes reich; nun aber willst du mit unsern Schätzen als ein undankbarer Gast davonziehn! Das wäre gegen unsre Gerechtsame. Du sollst wissen, daß wir dein Vorhaben unter keiner andern Bedingung genehmigen können, als wenn du nach alter Gewohnheit die Hälfte deiner Reichtümer in unsern königlichen Schatz lieferst; oder gib dein Vorhaben lieber auf und bleibe bei uns; so wollen wir dir in Gnaden verstatten, die bei uns erworbenen Schätze in Frieden zu genießen, bis dich der Tod davon trennt.«

»Großer König«, antwortete Fitead mit einer edlen Zuversicht, die durch sein graues Haar noch ehrwürdiger ward, »befleißige dich, die Herzen der Menschen durch Güte und Wohltätigkeit zu gewinnen. Macht und Hoheit sind zwei gesegnete Mütter, die auf der Erde vergöttert werden, wenn sie den Menschen Liebe und Gerechtigkeit geboren haben. Während meines langen Aufenthaltes zu Schirwan habe ich den Schatz meiner Jugend verloren; die Jahre haben mir denselben geraubt. Kann mir deine königliche Macht und der Reichtum deines Landes diesen Verlust wieder ersetzen: so nimm alle meine Schätze und laß mich meine Abreise um keinen Augenblick länger verzögern.«

Der König, der, wenn ihn die Weisheit seines Großwesirs nicht irremachte, ein ziemlich gerechter Mann war, nahm diese Antwort des alten Fitead wohl auf. Er sah ihn gnädig an und berührte seine Stirn mit dem königlichen Stabe, zum hohen Zeichen, daß ihm seine Bitte gewährt sei, und daß er ohne Abzug oder Beschwerde mit allem, was er habe, von dannen ziehen könne.

DIE DREI SÖHNE

Togktamisch, ein reicher Tartar, der von seiner einzigen Gemahlin Turkan-Katan drei Söhne hatte, übergab den Tag vor seinem Tode dem Kadi des Ortes ein versiegeltes Testament, worin derjenige von seinen drei Söhnen zum Erben aller seiner Güter eingesetzt war, welcher am besten beweisen würde, daß er des Togktamisch Sohn sei. Die drei Brüder kamen zum Kadi und brachten ihre Beweise vor. Sie schienen alle drei gleiches Recht zur Erbschaft zu haben: denn sie beriefen sich alle drei auf das Zeugnis ihrer Mutter, welche noch lebte. Der Kadi wußte sich in dieser verwickelten Sache nicht zu helfen und trug sie dem Sultan Togrul, der eben in die öffentliche Versammlung kam, zur Entscheidung vor. Der Sultan war im Begriff, auf die Jagd zu gehen; deswegen befahl er den Streitenden, die Mumie ihres Vaters ohne Verzug herbeizubringen. Er ließ dieselbe in eine ziemliche Entfernung stellen; als das geschehen war, reichte er dem ältesten Sohne seinen Bogen und sprach: »Wer von euch dreien mit seinem Pfeile den Vater gerade in das Herz trifft, der soll für den Sohn und Erben des Togktamisch erkannt werden, da es nicht möglich ist, diese verwirrte Streitigkeit auf eine bessere Art zu entscheiden.«

Der älteste Sohn zielte, und sein Pfeil traf in des Vaters Brust. Der zweite nahm den Bogen und traf ebenso gut. Nun spannte der jüngste den Bogen; als er ihn aber anlegen wollte, ließ er ihn wieder aus den Händen fallen, fing an zu weinen, warf sich dem Sultan zu Füßen und sprach: »Herr, zürne nicht, wenn dein Sklave sich weigert, deinem Befehle zu gehorchen. Ich denke eben an die vielen Wohltaten, die ich von meinem Vater empfangen habe. Er liebte mich so zärtlich, er tat mir so viel Gutes und behandelte mich immer so liebreich, als ob ich sein einziger Sohn wäre. Wie könnte ich nun die grausame Undankbarkeit begehen, ihn noch in seinem Tode zu verwunden? Lieber will ich mein Erbteil entbehren, als es auf diese Weise gewinnen.«

Der Sultan hob ihn auf, küßte ihn auf die Stirn und sprach: »Du hast am besten bewiesen, daß du des trefflichen Togktamisch Sohn bist; darum sollst du auch sein einziger Erbe sein. Die beiden ältesten aber verkaufe man als Sklaven: denn sie haben durch ihre Undankbarkeit bewiesen, daß sie keine echten Söhne eines edlen Vaters sind.«

DIE KÖNIGIN DER GEBIRGE

Ein Sultan von Ägypten war krank. Da er merkte, daß er sterben würde, so ließ er seine drei Söhne zu sich kommen, ermahnte sie zur Einigkeit und übergab ihnen ein verschlossenes Kästchen. »Ihr werdet darin eine Menge der schönsten Edelsteine finden«, sprach er; »teilet sie miteinander zu gleichen Teilen: denn ich habe euch alle drei gleich lieb.« Der Sultan starb, und die drei Brüder fingen an zu teilen. Die Edelsteine waren von so verschiedenem Werte, daß eine gleiche Teilung beinahe unmöglich schien. Die Erben konnten nicht einig werden; sie fingen an sich zu zanken und riefen den alten Großwesir ihres Vaters, daß er zwischen ihnen richten sollte. »Ehe ich dieses Amt übernehme«, sprach der Wesir, »muß ich den Sultanen, meinen Herren, eine Begebenheit erzählen, welche mit dieser Teilung viel Ähnlichkeit hat und zeigen wird, wie der Streit am besten zu heben sei.« Die Prinzen wurden neugierig, und der Wesir fuhr fort:

»Ich diente in meiner Jugend dem siegreichen Babur, dem Sultan von Indien. Er wollte meine treuen Dienste belohnen und machte mich zum Obersten über tausend Mann Reiter. Nach der Eroberung der Stadt Kandahar erhielt ich Befehl, meine Leute über die Gebirge zwischen Kabul und Tibet zu fuhren. Diese Gebirge sind sehr hoch und an vielen Orten unersteiglich; die Täler aber sind mehrenteils bewohnt.

Eines Tages schlugen wir, nach einem beschwerlichen Wege, unsere Zelte in einem Tale bei einem Dorfe auf, das nur aus wenig Häusern bestand. Einige von meinen Leuten entdeckten am Ende dieses Tals ein großes, altes Gebäude, das einem halbverwüsteten Palaste glich. Ein alter Bergbewohner sagte ihnen, es sei das Schloß der Königin dieser Gebirge, die schon lange Zeit hier wohne und vorzüglich die Fremden, welche sich in das Schloß wagten, feindselig behandele. »Wer ist denn diese Königin?« fragten meine Leute, »wo stammt sie her und was hat sie für ein Gefolge?« »Wer sie sei«, antwortete der Alte, »das weiß ich nicht. Sie hat das Ansehen einer schönen Frau; ich glaube aber nicht, daß sie Fleisch und Bein wie andere Menschen habe; denn sie fliegt durch die Luft, wie ein Vogel. Ihre Bedienten tun auch seltsame Dinge; sie fechten in der Luft, jagen einander die Felsen auf und ab, wie die Gemsen, und sind so zahlreich, daß man eine kleine Armee von ihnen errichten könnte. Nur selten kommt einer oder der andere zu uns; sie reden aber wenig, und niemand weiß, wovon sie leben. Wir wagen uns nie in die Nähe des Schlosses: denn einige, die mit ihren Herden zu nahe kamen, wurden von ihren Leuten halbtotgeschlagen.« »Beim Mond und seinen Hörnern«, rief einer von meinen jungen Offizieren, »das ist ein Abenteuer für uns! Wir wollen in dem Schlosse übernachten; die schöne Königin wird uns ohne Zweifel liebreich empfangen. Der Anblick eines Heeres, wie das unsrige, würde selbst den mürrischen Geist Asmugh freundlich machen.«

Sie kamen und gaben mir von diesem allen Nachricht. Da ich nicht weniger neugierig war, diese Königin kennenzulernen, so ließ ich mir von den Einwohnern des Dorfes eine Anzahl Lampen bringen, und brach mit meinen Leuten auf.

Wir zogen in das Schloß ein: ich verteilte sie truppweise und stellte Wachen aus, als ob wir einen Feind erwarteten. Meine Leute machten Feuer, aßen, tranken und waren ruhig; hielten aber ihre Waffen immer bereit. Ich speisete mit den Offizieren in einem schönen Saale, den ich mit den Öllampen der Bauern hatte erleuchten lassen. Wir unterhielten uns bis gegen Mitternacht und fingen schon an schläfrig zu werden, als sich in der Nähe des Saales ein lärmendes Getöse erhob. Wir fürchteten nichts, denn unsere Menge und der Mut, mit dem wir so viele Gefahren bestanden und uns den Ruhm der Tapfersten in Baburs Heer erworben hatten, machten uns kühn. Wir griffen zu unsern Waffen, wandten uns gegen die Seite des Saales, wo der Lärm war und erwarteten ruhig, was sich begeben würde. Das Geräusch war wieder stille, und bald hernach sahen wir die Königin des Schlosses erscheinen. Zwölf Bewaffnete traten trotzig vor ihr her; neben und hinter ihr ging eine Anzahl reichgekleideter Frauen, denen die übrige Begleitung folgte. Die Gestalt, die Kleidung und die Waffen ihrer Diener waren so stolz und köstlich, als ob sie von einer Menge Rajas begleitet würde. Die Pracht der Königin aber und die reichen Steine, die auf ihrem Gewande flimmerten, blendeten uns die Augen.

Sie schien mir so liebenswürdig und ihre Gebärde war so königlich, daß ich bei dem lächelnden Blicke, womit sie mich ansah, verstummte: »Wie, mein Herr«, sprach sie halb scherzhaft, »ich finde Euch mit dem Säbel in der Hand? Ist das Eure gewöhnliche Art, Besuche abzustatten?« »Meine Gebieterin«, sprach ich, »wird mir diese Unhöflichkeit verzeihen; ich glaubte hier Feinde zu finden.« »Vielleicht habt Ihr sie auch gefunden«, erwiderte die

Königin; »nur werdet Ihr andere Waffen nötig haben, wenn Ihr sie besiegen wollt.« Ich wollte der Königin auf ihren Scherz eine höfliche Antwort geben, als ein Grobian, der aus meiner Gesellschaft hervorzutreten schien, sich der Königin näherte, sie beim Kinn faßte und rief, er wolle sich mit ihr schlagen, wenn sie Lust habe. Die Königin wich beschämt einen Schritt zurück. Eine von ihren Frauen sprang dem Verwegenen, dem ich eine Ohrfeige gab, nach den Augen. In einem Augenblick waren alle Säbel entblößt. Die Offiziere der Königin wollten die Beleidigung rächen, und die meinigen schrien, daß der Schuldige bestraft werden sollte. Unser ganzes Heer, das in dem Schlosse truppweise zerstreut lag und das Geschrei hörte, drängte sich bewaffnet herein, bis der Saal so voll war, daß man kaum die Arme regen konnte.

Die Königin gebot Stillschweigen und fragte den Schuldigen, wer er wäre. Der Boshafte gab keine Antwort. Die Offiziere der Königin sagten, er gehöre zu uns; die meinigen aber, die ihn nie gesehen hatten, behaupteten mit mir das Gegenteil. Der Streit war heftig; es fielen von beiden Seiten empfindliche Reden. Die Säbel klirrten gegeneinander, die Lampen wurden von den Wänden geschlagen; das Blut fing an zu fließen. Die Finsternis und das unaufhörliche Geschrei machten alles Zureden vergeblich; ein jeder schlug um sich her, so lange er konnte, und der Streit dauerte bis an den Morgen.

Als der Tag anbrach, sahen wir die Königin an der Tür des Saales stehen und hörten sie lachen. »Öffnet die Augen, ihr Toren«, rief sie, »und sehet, mit wem ihr streitet.« Die Zauberei, die uns bisher geblendet hatte, verging; unsere Wut verwandelte sich in Schrecken: denn wir sahen, daß wir nicht gegen Feinde, sondern gegen uns selbst stritten.

Ich hatte zwei tiefe Wunden und lag kraftlos unter den Toten, mit welchen der Saal bedeckt war. »Auf! Freunde«, rief ich, so laut ich konnte; »greifet die Zauberin und rächet den Tod eurer Brüder.« Alle, die sich noch bewegen konnten, rannten mit den Säbeln auf sie zu; allein sie verschwand mit einem lauten Hohngelächter, das durch den alten Palast lang widerhallte.

Ich hatte von meinen Leuten kaum noch den vierten Teil übrig. Ich ließ die Verwundeten in das Dorf tragen. Als die Toten begraben waren, sandte ich die übrigen voraus und versprach, sobald ich wieder gesund sein würde, mit den Verwundeten nachzukommen. Ich war trostlos über mein Unglück, denn ich hatte durch meine Verwegenheit das tapferste Heer in einem schimpflichen Abenteuer verloren. Weil ich mich nun vor dem Zorne des Sultans fürchtete, so nahm ich, als meine Wunden geheilt waren, einen andern Weg; begab mich auf die See und kam nach Ägypten, wo mich der großmütige Sultan, dessen Tod wir betrauern, unter seine Diener aufnahm.«

»Dieses Unglück hat mich belehrt«, fuhr der Wesir fort, »wie verderblich es sei, wenn Freunde in Zwietracht geraten. Einigkeit macht stark; wenn sich aber Brüder entzweien, so werden sie ihren Feinden zum Gelächter. Ich wünschte die Söhne meines Wohltäters stark, mächtig und glücklich zu sehen. Das werden sie auch sein, wenn sie sich wie Brüder vertragen. Daher hoffe ich, die Sultane, meine Gebieter, werden den Rat eines alten Mannes nicht verachten. Wenn sie mir dies versprechen, so will ich das angebotene Amt eines Richters übernehmen und die Kleinodien teilen.«

Die drei Prinzen gaben dem alten Wesir die Hände; er teilte die Edelsteine in drei Teile und warf das Los. Ein jeder war mit dem Seinigen zufrieden; sie gingen vergnügt auseinander und wurden durch ihre brüderliche Einigkeit so stark, daß alle ihre Nachbarn sie ehrten.

DER GEFANGENE

Ali, der Sohn Abbas, war eines Tages gegen Abend bei dem Kalifen Mamum, als ein Mann an Händen und Füßen gebunden vor denselben gebracht wurde. Da der Kalif auf die Treue des Ali sehr großes Vertrauen setzte, so befahl er ihm, den Gefangenen diese Nacht über zu bewahren und den folgenden Tag wieder vor ihn zu bringen, wo er sein Urteil empfangen sollte. Ali nahm den Gefangenen mit sich in sein Haus und verschloß ihn in seinen Harem, als den sichersten Ort desselben, weil er an den Blicken des Kalifen gemerkt hatte, daß er auf diesen Mann sehr zornig sei. Er fragte den Fremden, wer er sei. »Ich bin aus der Stadt Damaskus«, antwortete der Gefangene; »mein Haus steht nicht weit von der großen Moschee.« »Der Himmel segne diese Stadt«, rief Ali aus, »und vorzüglich diesen Teil, wo du wohnest: denn daselbst hat mir ein Mann das Leben gerettet.« Der Fremde wurde neugierig und fragte, wer dieser Mann sei. »Es sind nur einige Jahre«, fuhr Ali fort, »als der Kalif den vorigen Statthalter Hussein absetzte und den jetzigen zu seinem Nachfolger ernannte. Ich war unter dem Gefolge dieses letzteren. Hussein war ein Verräter, der sich vor dem Zorne des Kalifen fürchtete. Denn als wir in den Palast des Statthalters einzogen, wurden wir von seinen Anhängern auf allen Seiten umringt und die meisten von uns niedergehauen. Ich sprang durch ein Fenster und flüchtete in die Gegend der großen Moschee. Hier sah ich die Tür eines ansehnlichen Hauses offenstehen, ich eilte hinein und bat den Eigentümer desselben, der mir entgegenkam, mich zu verbergen. Er nahm mich auf und führte mich in seinen Harem, wo ich vor meinen Feinden verborgen blieb und wie ein Gastfreund von dem Unbekannten bewirtet wurde.

Nach Verlauf eines Monats gab mir mein Wirt Nachricht, daß ich mit guter Gelegenheit wieder in mein Vaterland kommen könnte, weil in wenigen Tagen eine Karawane nach Bagdad abgehe. Ich schämte mich, meine Armut zu gestehen, und war entschlossen, der Karawane zu Fuße zu folgen. Allein wie erstaunte ich, als ich am Tage der Abreise ein schönes Pferd, ein Maultier mit Speise beladen und einen Sklaven zu meiner Bedienung vor der Tür fand. Mein Wirt überreichte mir einen Beutel voll Goldstücke, führte mich selbst zur Karawane und empfahl mich seinen Freunden. Ich gab mir viele Mühe, den Namen und Stand dieses großmütigen Mannes zu entdecken, konnte aber weder von seinen Freunden, noch von andern erfahren, wer er sei. Ich wollte vergnügt sterben, wenn ich ihn wiederfinden und ihm meine Dankbarkeit bezeigen könnte.«

»Deine Wünsche sind erfüllt«, sagte der Gefangene. »Ich bin der Mann, der dich in sein Haus aufnahm; kennst du mich nicht mehr?« Ali erschrak und trat näher. Alter und Unglück hatten zwar des Fremden Gesicht verändert; doch Ali, der die Gestalt seines Wohltäters im Herzen trug, konnte die Ähnlichkeit, welche ihm die Nacht verborgen hatte, nicht lange verkennen; und als ihn der Fremde noch an einige besondere Umstände erinnerte, so blieb ihm kein Zweifel mehr übrig. Er umarmte seinen Freund, löste seine Bande auf und fragte, durch welches Unglück er sich den

Zorn des Kalifen zugezogen habe? »Neidische Feinde«, antwortete der Fremde, »haben mich heimlich bei dem Kalifen verklagt, ob ich gleich nicht weiß, weswegen. Man hat mich eilig von Damaskus weggeführt; man hat mir nicht einmal erlaubt, von meiner Frau und meinen Kindern Abschied zu nehmen. Ich weiß nicht, was für ein Schicksal auf mich wartet; sollte ich aber, wie ich befürchte, morgen sterben müssen, so erweise mir die Liebe und gib meiner Familie von meinem Tode Nachricht.«

»Nein, du sollst nicht sterben«, rief Ali weinend aus; »du bist frei und sollst deine Gemahlin und Kinder wiedersehen.« Er gab ihm einige Edelsteine zum Geschenk für seine Gemahlin und einen Beutel mit zweitausend Goldstücken zum Reisegeld. »Gehe, mein Freund«, sprach er; »eile zu den Deinigen zurück. Der Zorn des Kalifen mag auf mich fallen; ich fürchte ihn nicht, wenn ich dich nur gerettet habe.« »Was verlangst du von mir?« antwortete der Fremde. »Um einem zweifelhaften Tode zu entgehen, sollte ich dein Leben, das ich einst rettete, für mich zum Opfer geben? Nein, Freund, ich bin nicht so feige, daß ich nicht sterben könnte, wenn es sein muß. Suche den Kalifen von meiner Unschuld zu überzeugen; dies ist das einzige, was ich von dir bitte. Kannst du das nicht, so will ich lieber zweimal sterben, als durch meine Flucht ein Verräter an meinem Freunde werden.« Ali bat von neuem; allein der Fremde blieb unbeweglich.

Den andern Tag begab sich Ali dem Befehle gemäß wieder zum Kalifen. Der Kalif war in einen feuerfarbenen Mantel gekleidet; das gewöhnliche Gewand, wenn er über Verbrecher Gericht hielt. Sobald er Ali sah, fragte er, wo der Gefangene sei, und befahl denselben herbeizuführen. »Herr«, antwortete Ali und warf sich vor dem Throne nieder, »es hat sich mit dem Gefangenen diese Nacht etwas Besonderes zugetragen.« »Ich schwöre dir bei den Geistern meiner Väter«, rief Mamum zornig aus, »wenn der Gefangene entflohen ist, so mußt du an seiner Stelle sterben.« »Mein Leben und das seinige sind in deiner Hand«, sprach Ali; »dein Sklave bittet nur um ein kurzes Gehör.« Hierauf erzählte er, wie und bei welcher Gelegenheit dieser Mann ihm das Leben gerettet; wie er demselben, um für seine Wohltaten dankbar zu sein, die Freiheit angeboten, wie er aber dieses Anerbieten großmütig ausgeschlagen habe. »Er ist unschuldig, Herr«, fuhr Ali fort; »ein Mann, der so erhaben denkt und handelt, kann kein Verbrecher sein. Neidische Feinde haben ihn verleumdet; aber der große Mamum ist viel zu gerecht, als daß er einen großmütigen Mann unverhört verurteilen sollte.«

Mamum, der, seine Heftigkeit ausgenommen, ein König von großen Tugenden war, bewunderte die Denkart des Gefangenen und schien gerührt. »Ich verzeihe ihm, weil du für ihn bittest«, sprach er. »Geh, bring ihm diese Nachricht und führ ihn zu mir.« Ali gehorchte und brachte den Gefangenen herbei. Der Kalif sah ihn gnädig an und ließ ihm ein Ehrenkleid anlegen. Er schenkte ihm zehn Pferde und zehn Maultiere zu seinem eigenen Stall; überdies noch zehntausend Zechinen Reisegeld. Auch schrieb er einen Brief an den Statthalter von Damaskus, worin er ihm diesen Mann als einen seiner Lieblinge empfahl.

ORAN ZEB

Der Sultan Oran Zeb, der von wenigen Leuten begleitet oft ganze Tagereisen vor seinem Heere vorausging, stieß einst in gleichen Umständen auf einen Rajah, welcher es bisher mit der feindlichen Partei gehalten hatte. Der Rajah führte vier- bis fünftausend Reiter und hatte einen weiten Umweg genommen, um den Sultan unvermutet zu überfallen. Hier konnte weder Flucht noch Widerstand helfen, und es schien nichts übrig zu sein, als sich gefangen zu geben. Allein Oran Zeb ritt gerades Weges auf den Rajah zu, winkte mit der Hand und sagte, als er zu ihm kam: »Ich freue mich, Rajah, daß du meinen Wünschen zuvorkommst und dich mit mir vereinigen willst. Meine Boten werden dich mit den Briefen verfehlt haben. Gehe mit deinen Leuten nach Lahor, wo meine Armee steht; ich komme in wenigen Tagen wieder zurück. Ich werde mich bemühen, für deine Freundschaft dankbar zu sein.«

Mit diesen Worten nahm er die Perlenschnur, die er zum Schmucke trug, von seinem Halse und hing sie dem Rajah um. Dieser getroste Freimut und die Ehre, welche er dem Rajah erwies, gewannen denselben so sehr, daß er wirklich von der Gegenpartei abtrat und seine Leute in Oran Zebs Lager führte.

DAS WASSER DES LEBENS

Der Prophet Salomo klagte einst über die Kürze des menschlichen Lebens. »Was hilft mir meine große Weisheit«, sprach er, »da mir nicht vergönnt ist, die Früchte derselben zu genießen? Der größte Teil meiner Tage ist verflossen, ehe ich klug ward; und nun, da ich anfangen will, meine Erfahrungen zu nützen, stehe ich schon am Rande des Grabes. Was ist die Weisheit des Menschen, als die vergängliche Blüte einer Blume? Sie treibt viele Tage und Wochen, bis ihr Kelch sich öffnet. Sobald sie aber ihre Reise vollendet hat, ist auch ihre Schönheit dahin; sie verwelkt, ohne die Früchte ihrer Arbeit zu genießen.« So sprach er und trauerte, als er seine Augen aufhob und einen Engel mit einem saphirnen Gefäß in der Hand vom Himmel niedersteigen sah. »Salomo«, sprach der Diener der Macht, »ich komme vom Throne des Ewigen. Er hat deine Klage gehört und mich gesandt, dir das Wasser des Lebens zu bringen. Wenn du aus diesem Gefäße trinkest, so wirst du unsterblich werden und einer ewigen Jugend genießen; trinkest du aber nicht daraus, so gehst du, wenn deine Stunde kommt, den Weg alles Fleisches. Der Ewige hat die Wahl in deine Hand gelegt; tue, was dir gefällt.« Der Engel setzte das Gefäß vor den Füßen des Propheten nieder und verschwand.

Salomo war ungewiß, was er tun sollte. Er versammelte seine Wesire und fragte sie um Rat. Sie rieten ihm einstimmig zur Unsterblichkeit. Weil aber Butimar, der weiseste unter seinen Wesiren, nicht zugegen war, so ließ ihn der Prophet rufen und legte ihm die Frage vor. »Großer König«, antwortete Butimar, »ist dieses Wasser des Lebens für dich allein bestimmt, oder kannst du auch andere davon trinken lassen?« »Der Höchste«, sprach Salomo, »hat nur mir allein diese Gunst erzeigt.« »Wenn das ist«, erwiderte der Wesir, »so werden deine Kinder, deine Freunde, deine liebsten Gemahlinnen nach und nach sterben. Wie ein Baum, den man jährlich seiner schönsten Früchte beraubt, wirst du jedes Jahr, wirst du jede Woche, jeden Tag einen von den Lieblingen deines Herzens verlieren und klagen. Was für Reize kann eine Unsterblichkeit haben, deren Los eine unaufhörliche Trauer ist? Wenn nicht alles, was du liebest, mit dir unsterblich wird, so ist Unsterblichkeit eine ewige Qual.«

»So denke ich auch«, sprach der Prophet. »Diese Erde ist nicht dazu geschaffen, unsterbliche Kinder zu tragen, sonst müßte die Sonne mitten am Himmel stillestehen. Meine Klage war ungerecht. Ein Weiser, der ewig in diesem Tale der Torheit wohnen, der ewig die Fesseln irdischer Begierden tragen müßte und kein Ende in seinem Schlangenwege vor sich sähe, der wäre der unglücklichste Mann, welcher unter der Sonne zu finden ist.«

Als der Prophet zurückkam, war das Wasser in dem Gefäße vertrocknet. Er kniete nieder und sprach: »Herr, verzeihe deinem Knechte, wenn er dich in deinen Werken tadelte. Bei dir allein ist Weisheit und Verstand; du hast alle Dinge durch sie geordnet; und der Sohn des Staubes kann nichts, als dein Tun bewundern.«

DIE BELOHNUNG

Der Kalif Harun al Raschid traf, als er einst auf der Jagd war, einen alten Mann an, der einen Nußbaum pflanzte. »Welch ein Tor ist dieser Alte!« sagte der Kalif zu seinen Begleitern; »er tut, als ob er noch ein Jüngling wäre und die Früchte von diesem Baume genießen würde.« Da seine Gefährten gleichfalls über diesen Alten lachten, so ging der Kalif auf ihn zu und fragte, wie alt er sei. »Über achtzig Jahr, Herr«, war die Antwort; »aber gottlob! noch so gesund, wie einer von dreißig.« »Wie lange gedenkst du denn noch zu leben«, sprach der Kalif weiter, »daß du in einem solchen Alter noch junge Bäume pflanzest, die so späte Früchte tragen? Warum machst du dir so vergebliche Arbeit?«

»Herr«, gab der Alte zur Antwort, »ich bin zufrieden, wenn ich die Bäume gepflanzt habe, ohne mich darum zu bekümmern, ob ich oder ein anderer die Früchte derselben genießen werde. Es ist billig, daß wir tun, wie unsere Väter taten. Sie pflanzten Bäume, deren Früchte wir aßen; da wir nun der Väter Arbeit genossen haben, warum sollten wir nun gegen unsere Nachkommen neidischer sein, als jene gegen uns waren? Ich denke, was der Vater nicht genießt, das erntet der Sohn.«

Der freigebige Harun, dem diese Antwort gefiel, schenkte dem Alten eine Handvoll Goldstücke. »Wer kann nun sagen«, fuhr der heitere Greis fort, »daß ich heute vergeblich gearbeitet habe, da der junge Baum, den ich pflanze, gleich am ersten Tage so reiche Früchte trägt? Darum ist es wahr, wer Gutes tut, wird immer reichlich dafür belohnt.«

DER BLAUE PALMBAUM

Die Sonne begann sich zu neigen, und die Winde fingen an, in den Blättern der Bäume zu rauschen, als ich mich auf einer meiner Wallfahrten in einer einsamen Gegend befand. Von der Hitze und dem langen Weg ermüdet, setzte ich mich unter einen schattigen Baum und klagte über die Mühseligkeit meines Standes. »Was hab ich verschuldet«, sprach ich, »daß ich meinen Unterhalt durch Almosen suchen muß? Bin ich nicht ebenso gut, als so viele andere, die im Überfluß leben und mich in meiner Dürftigkeit verachten? Warum ward mir von den Gütern der Erde nicht wenigstens so viel zuteil, als zu einem mäßigen und geruhigen Leben nötig ist? Ich würde die Reichtümer nicht übler angewendet haben, als die Armut, die mich bei aller ihrer Beschwerlichkeit noch zu keinem Unrecht verleitet hat.«

So klagte ich über den Eigensinn des Schicksals, das einen Derwisch aus mir gemacht und mir die Bequemlichkeiten des Lebens versagt hatte. Mein Haupt hing traurig auf meine Brust, als ich ein Geräusch hörte und vor mir eine Jungfrau von überirdischer Schönheit stehen sah. Ihr blaues Gewand berührte die Erde, und ihre goldnen Locken wallten um sie her, wie die Strahlen der Morgenröte über den Himmel. In der rechten Hand trug sie einen goldenen Stab, um den sich eine weiße Schlange krümmte; in der linken hielt sie einen blauen Palmzweig.

»Muaser«, sprach sie, »ich bin die Fee Gorek, die Beschützerin der Klugen. Ich habe deine Klagen gehört und bin gekommen, deine Wünsche zu erfüllen, wenn dein Herz gegen die Verführung des Reichtums so stark ist, wie du eben gerühmt hast. Am Ende dieses Tales wirst du eine Quelle finden, aus welcher ein kleiner Bach entspringt, der sich nach mancherlei Krümmungen in einen großen Strom ergießt. In dieser Quelle liegt ein blauer Kieselstein; den nimm zu dir. Verfolge den Bach an seinem linken Ufer bis zum Strome; den Strom aber bis an einen Ort, wo er sich in zwei Arme teilt und eine kleine Insel oder vielmehr einen Garten bildet. In diesem Garten steht der blaue Palmbaum, welcher Datteln trägt, die inwendig einen goldnen Kern haben. Über den linken Arm des Stromes führt eine Brücke von Marmor, vor welcher hundert Löwen die Wache halten. Lege, ehe sie dich erblicken, den blauen Kiesel in deinen Mund und gehe getrost durch sie hin: denn dieser Stein hat die Kraft, einen jeden, der ihn im Munde trägt, unsichtbar zu machen. Wenn du zum blauen Palmbaum kommst, so brich drei Datteln und nimm sie mit dir, ohne die übrigen zu berühren. Denn diese drei sind schon genug und bringen, wenn du sie pflanzest, in einem einzigen Tage drei große, blaue Bäume mit ebensolchen Früchten hervor. Merke, was ich dir sage; mehr als drei sind dir nicht beschieden.«

So sprach die Jungfrau, berührte meine Stirn mit dem blauen Zweige, den sie in der Hand hielt, und verschwand. So freudig, wie ein Gefangener, dem sich wider Vermuten der Kerker öffnet, sprang ich auf und verfolgte den vorgeschriebenen Weg. Ich fand den Worten der Jungfrau alles gemäß. Ich kam zur Quelle und nahm den Stein; ich ging am linken Ufer des Baches und des Stromes hinab;

ich sah die Löwen; ich machte mich unsichtbar und ging hinüber.

Als ich mich dem Garten näherte, wehte mir von den Blumen und Früchten ein so süßer, lieblicher Geruch entgegen, daß ich bei jedem Schritt verweilte und die gewürzreiche Luft mit vollen Zügen einatmete. Als ich aber hineintrat, wünschte ich mir so viel Augen, als der Himmel Sterne hat, um die glänzende Schönheit und die lichten Farben der Blumen, Bäume und Gesträuche mit einmal zu übersehen. Doch alle Schönheiten der übrigen Gewächse und Früchte verschwanden wie Kleinigkeiten aus meinen Augen, als ich den blauen Palmbaum erblickte. Sein Stamm funkelte wie köstlicher Lasurstein von Samarkand, mit einem feinen Gewebe goldner Adern. Seine langen Blätter strahlten, wie der reinste Saphir im Sonnenlicht; und seine Früchte! Wie soll ich diese beschreiben? Es gibt nichts Irdisches, das mit ihrer lockenden Schönheit verglichen werden könnte. Beim Mohammed und seinem Schwiegersohn Ali, dem Sohne des Abuthalib! Mein Geist kann sich nichts Lieblicheres denken, als die reizende Anmut dieser Früchte. Es war, als ob ein heimliches Feuer von ihnen ausginge, das mein Herz mit Verlangen entzündete. Meine Lippen brannten nach ihrem Genuß; ich fühlte und empfand nichts, als ihren süßen Geruch; ja ich glaube, ich wäre vor Sehnsucht gestorben, wenn ich meiner Begierde länger widerstanden hätte. Ich nahm den blauen Kiesel aus dem Munde, streckte beide Hände aus und brach und aß mit der heißesten Begierde von diesen wunderbaren Früchten.

Welch ein Genuß! Ich war entzückt, ich war berauscht von ihrem süßen, lieblichen Geschmack; allein die Lust des Genusses dauerte leider nur wenige Augenblicke. Denn weil ich den blauen Kiesel aus dem Munde genommen hatte, so wurden die Löwen meiner gewahr. Sie rannten schnaubend von allen Seiten herbei, stürzten sich über mich her, rissen mich zu Boden und hätten mich verschlungen, wenn die blaue Jungfrau mit dem goldnen Haar durch ihre Erscheinung die blutgierigen Tiere nicht verscheucht hätte. Ich warf mich zu ihren Füßen und bat wegen meiner Unvorsichtigkeit um Verzeihung. »Muaser«, sprach sie, »dein Herz ist schwächer als ich dachte; es kann Armut, aber nicht Reichtum ertragen. Geh und murre in Zukunft nicht wieder, weil dein Schicksal dir keine Bürde auflegte, für welche deine Schultern zu schwach sind; sondern denke, daß diejenigen Güter die besten sind, die du durch Fleiß und Arbeit erwirbst.«

Bei diesen Worten schlug sie mich halb unwillig mit dem blauen Zweige auf das Haupt und verschwand. Mir war, als ob ich aus einem tiefen Schlafe erwachte. Ich schlug meine Augen auf; Strom und Garten waren verschwunden, und ich saß noch unter dem einsamen Baume, unter welchem ich eingeschlummert war. Die Sonne neigte sich schon gegen die fernen Gebirge; darum ergriff ich meinen Stab, ging meinen Weg geduldig fort und erreichte eben mit dem Ende des Tages das Ziel meiner Wallfahrt.

DER BAUER VON BILBIS

Ein Bauer von Bilbis führte Getreide zum Verkauf nach Kairo. Er hatte keinen andern Reisegefährten als seinen Esel, welcher die Ladung, die in zwei Säcken bestand, langsam vor ihm hertrug. Als er in die Nähe der Stadt kam, begegnete ihm ein Mann, der nach einem freundlichen Gruß zu ihm sagte: »Guter Freund, ich habe schon lange auf Euch gehofft; Ihr müßt mir Euer Getreide überlassen. Da habt Ihr Handgeld«, und ohne auf seine Antwort zu warten, legte er ihm eine Zechine in die Hand. Der Bilbiser wollte das Goldstück betrachten, als die Erde unter ihm einsank und ihn samt seinem Esel in eine weite Höhle fallen ließ. »Wo bin ich?« rief er erschrocken aus, als er auf beiden Seiten des Gewölbes große Haufen Goldmünzen liegen sah, bei denen große Hunde mit feurigen Augen die Wache hielten und mit ihren langen Zähnen denjenigen zu zerreißen drohten, der es wagen würde, eine von diesen Münzen zu berühren. Der Bilbiser ging zitternd zwischen diesen Goldhaufen hin, zog seinen Esel hinter sich her und warf seine Augen in alle Winkel, zu sehen, ob nicht irgendwo ein Ausgang aus dieser fürchterlichen Höhle zu finden sei, als ihm der Fremde, von dem er die Zechine zum Handgeld empfangen hatte, wieder entgegenkam. »Beim Propheten und allen Heiligen!« rief ihm der Bilbiser zu; »ich bitte Euch, sagt mir, wo ich bin, und helft mir aus dieser Tiefe.« »Seid getrost, Freund«, sprach der Fremde. »Ihr seid in der Schatzkammer des Sultans; er hat von Euch gehört und erlaubt Euch, Eure beiden Säcke von diesen Goldstücken zu füllen.« Der Bilbiser wollte es anfangs nicht glauben; als aber die Hunde auf den Wink des Schatzmeisters mit den Schwänzen wedelten und sich verkrochen, bekam er wieder Mut. »Der gnädige Herr Sultan! Wer mag ihm wohl von mir gesagt haben?« sprach er und lud seine Säcke so voll, daß sie sein Esel, der schon ziemlich bei Jahren war, kaum tragen konnte. Als er fertig war, nahm er seinen Esel beim Zaum und sagte: »Nun, Herr Schatzmeister, bringt dem Sultan meinen schönen Gruß und zeigt mir, wenn Ihr so gut sein wollt, den Ausgang aus diesem Gewölbe.« »Ihr dürft nur die Augen eine Weile zudrücken«, antwortete der Schatzmeister, »so werdet Ihr sogleich wieder in Euerm Wege sein.« Der Bilbiser gehorchte, schloß seine Augen fest zu, und als er sie wieder öffnete, saß er an der Landstraße von Kairo, hielt den Zaum seines Esels in der Hand und sah zu seinem Schrecken, daß während seines süßen Schlafes, der ihn in die Schatzkammer des Sultans versetzte, ein listiger Dieb die Säcke mit dem Getreide von seinem Esel gestohlen hatte. »Ich einfältiger Tor!« fing er an zu schreien und zerriß sich vor Ärger den Bart. »Ich träume von fremden Schätzen und lasse mir indessen mein Eigentum stehlen!« Er wollte den Dieben nachlaufen; besann sich aber eines Bessern und sprach zu seinem Gefährten: »Komm, Bruderherz, wir wollen wieder heimziehen. Wir sagen, wir hätten das Getreide samt den Säcken verkauft; wenn wir aber wieder zu Markte gehn, so wollen wir lieber den Tag vorher schlafen.«

BOSSALDABS GESICHT

Bossaldab, der Sultan von Ägypten, hatte einen einzigen Sohn, Aboram genannt. Er liebte diesen Sohn, wie ein Greis sein Leben liebt, in welchem er die Arbeit seiner Jugend noch zu genießen hofft. Er sammelte große Schätze, eroberte viele benachbarte Länder und arbeitete Tag und Nacht, diesem geliebten Sohn eine große Herrschaft und einen glänzenden Thron zu hinterlassen. Seine Macht war schon beinahe auf den höchsten Gipfel gestiegen, als der Jüngling, welcher sie erben sollte, auf der Jagd von einem unglücklich abgeschossenen Pfeil in das Herz getroffen ward und auf der Stelle starb.

Bossaldab war trostlos. Er zerriß sich den Bart, zerschlug sein Gesicht und benetzte den Toten mit heißen Tränen. Sein Klaggeschrei erscholl bis an die fernen Felsen; aber es rief dem Jünglinge das entflohene Leben nicht wieder zurück. Seine Diener traten auf und sprachen ihm Trost zu; aber er hörte sie nicht. Er verwünschte seinen Palast, sein Reich und sich selbst und verbarg sich in eine finstere Höhle des Waldes. Hier lag er im Staube, schrie laut in seiner Verzweiflung und klagte die Vorsehung der Ungerechtigkeit an. »Warum bin ich ein Herr so vieler Länder und Reichtümer geworden«, rief er, »wenn mir mein einziger Sohn in der Blüte seines Lebens getötet werden sollte? Nein, es gibt keinen Gott, der die Menschen liebt! Er hat seine Lust daran, die Armen zu quälen und ihre mit Mühe aufgebaute Glückseligkeit zu zerstören.«

So brachte er drei Tage ohne Speise und Trank in wilder Verzweiflung zu. Seine Kräfte waren erschöpft; er lag abgemattet am Boden und sah dem Tode mit Verlangen entgegen, daß er kommen und sein Herzeleid endigen möchte, als ihn plötzlich ein glänzendes Licht umgab. Er hob seine Augen auf und sah einen Jüngling in einem himmelblauen Gewande, die Schläfe mit einem Lilienkranze geschmückt, vor sich stehen. Der Jüngling berührte mit dem grünen Zweige, den er in der Hand hielt, des Sultans Stirn. Neues Leben floß durch seine Glieder; sein Herz ward wieder stark, er stand auf und sah den Boten des Himmels schweigend an. »Bossaldab«, sprach dieser, »ich bin Kalock, der Engel des Friedens, und gesandt, dich zu belehren. Komm und folge mir.«

Er nahm ihn bei der Hand, führte ihn auf ein hohes Gebirge, stellte ihn auf die vorderste Klippe und sprach: »Schaue hinab in dieses Tal.« Bossaldab hob seine Augen auf und sah eine dürre, wüste Insel. Die Wogen des Meeres stürmten um sie her und warfen eben einen nackten Schiffbrüchigen ans Ufer. Der Unglückliche trug in der einen Hand ein Gefäß voll Diamanten; mit der andern aber half er sich den schroffen Felsen hinan. Er hatte den Gipfel beinahe erstiegen; seine frohe Gebärde zeugte von seiner Hoffnung, eine bewohnte Gegend zu finden; als er aber mit dem letzten Schritt hinauftrat und eine öde Sandwüste vor sich sah, schien er vor Schrecken zu erstarren. Er warf seine Juwelen an die Erde, rang seine Hände mit lautem Geheul und durchlief dann die Ebene, um Nahrungsmittel zu suchen; allein hier wuchsen weder Bäume noch Gesträuche. Viermal ging die Sonne auf und unter, ohne daß er nur eine wilde Beere oder ein Baumblatt für seinen Hunger gefunden hätte. Bleich und abgemattet legte er sich endlich auf den Klippen des Ufers nieder, scharrte aus den Felsritzen dürres Gras und erwartete den Tod.

»Ach!« rief Bossaldab und wandte sich zum Engel, »sei gnädig und gib nicht zu, daß dieser Arme so kläglich sterbe.« »Sei stille«, antwortete der Engel, »und merke auf das, was du siehst.« Er sah wieder hin und erblickte ein Schiff, das sich der Insel eben näherte. Der Hungrige ward des Schiffes gewahr; er bekam neuen Mut, sprang auf seine Füße, breitete seine Hände aus und winkte den Schiffsleuten. Da sie ihn auf der Klippe sahen, fuhren sie hinan. Er fiel vor dem Schiffsherrn nieder, klagte seine Not und versprach die Hälfte der Juwelen für seine Rettung zu geben. Als der Hauptmann des Schiffes die köstlichen Steine sah, winkte er seinen Gefährten. Sie banden dem Unglücklichen Hände und Füße, nahmen ihm seine Juwelen, ließen ihn gebunden am Ufer liegen und fuhren mit ihrem Raube fröhlich davon.

»O Sohn des Himmels!« rief Bossaldab wehmütig aus, »kannst du diesen Frevel ansehen und dulden? Sieh! die Bösewichter segeln fort und lassen den Beraubten vor Hunger sterben.« »Schaue noch einmal hin«, sagte der Engel. »Das Schiff der Frevler scheitert dort an einer Klippe. Hörst du ihr Geschrei? Es kommt keiner davon; sie versinken alle unter der Last ihrer Sünden. Und auf diesem Schiffe, das dem Verderben entgegenging, wolltest du den Verlassenen retten? Vermiß dich nicht, die Wege der Vorsehung zu tadeln. Der Mann, den du bedauerst, soll erhalten werden, wenn es gleich nicht auf die Art geschieht, welche du vorschreiben würdest. Die Vorsehung hat mehr als einen Weg, denjenigen zu retten, den sie erhalten will.

Dieser Mann war geizig und hart gegen Dürftige. Er hatte mehr, als er brauchte; dennoch aber trieb ihn seine Habsucht auf die See, um noch mehr zu gewinnen. Die Vorsehung führte ihn daher in diese Wüste, um sein eisernes Herz zu erweichen und seine karge Hand milder zu machen. Selig ist der Mann, der sich durch Trübsale belehren läßt! Jetzt aber wende dich und sieh ein neues Gesicht.«

Bossaldab wandte sich um und sah von dem Felsen hinab. Das Meer war verschwunden, und die Tiefe hatte sich in eine blühende Ebene verwandelt. Bossaldabs Augen verweilten noch auf dem schönen Gefilde, als ein hoher Palast von Marmor nahe vor seinen Augen aufstieg. Die elfenbeinernen Tore taten sich auf und zeigten einen königlichen Thron mit Gold und Edelsteinen geschmückt. Reichtümer ohne Zahl lagen in großen Haufen auf beiden Seiten des Thrones, den die Fürsten des Landes und die Gesandten fremder Völker in demütigen Gebärden umgaben und dem jungen Könige, der auf dem Throne saß, den Eid der Treue schwuren. Dieser junge König aber war Aboram, Bossaldabs Sohn.

»Gnädiger Allah, es ist mein Sohn!« rief der Sultan. »O laß mich hin, daß ich ihn umarme!« »Bleibe«, sprach der Engel; »es ist ein leeres Bild, in welchem ich dir die Torheit deines Lebens und deiner Verzweiflung zeigen will. Sieh hin und betrachte ihn wohl.« Die Huldigung beschloß ein Gastmahl. Darauf ließ der junge König die aufgehäuften Schätze unter die Gäste verteilen. In kurzer Zeit waren die Reichtümer, an denen der sparsamste Geiz lange Jahre gesammelt hatte, zerstreut. Die Fürsten hatten sich kaum mit den Diamanten ihres Königes geschmückt, als sie stolz und trotzig sich gegen ihn erhoben. Vier neue Throne stiegen aus den Trümmern des vorigen hervor, auf welchen vier neue Könige saßen, die den Sohn des Bossaldab, der sich bei dem Gastmahle berauscht hatte, in seiner Trunkenheit binden und in einen Kerker werfen ließen, wo er nach langem Leiden von der Hand eines Sklaven den Tod empfing.

Der Sultan wandte seine Augen ab. »Ach, es ist genug!« rief er; »es ist genug!« »Demut und Geduld«, sprach der Engel, »hätten dir dieses traurige Gesicht erspart.« »Ich habe gesündiget«, antwortete Bossaldab, »da ich über jenes Verhängnis so bitterlich murrte, das meinen Sohn in seiner Unschuld hinwegnahm und vor einer Menge künftiger Übel bewahrte.« »Ja«, sprach der Engel, »glücklich ist der, den ein früher Tod dem Verderben entreißt! Gehe hin, Bossaldab, und trage dein Leiden mit Geduld. Die irdischen Werke des Menschen sind vergänglich; seine stolzen Gebäude versinken unter der Last weniger Jahre. Die Namen des Geizigen und des Eroberers verhallen in Spott, wenn die Namen der Wohltätigen bei der Nachwelt gesegnet werden.«

So sprach der Engel des Friedens, hob sich mit ausgebreiteten Schwingen in die Luft, und das Rauschen seiner Flügel glich dem Getöse eines Wasserfalles, bis es sich nach und nach in ein sanftes Säuseln verlor. Der Sultan erwachte. Er lag in der Höhle des Waldes mit dem Gesicht auf der Erde. Er stand auf, ging in seinen Palast zurück und suchte in einer langen friedlichen Regierung die Wunden, die er seinen Völkern durch Geiz und Eroberungssucht geschlagen hatte, durch Gerechtigkeit und wohltätige Weisheit wieder zu heilen.

DIE SCHATZUNG

Der Tartarkönig Tamerlan fand viel Gefallen an den lustigen Schwänken des Ahmedi, der die Kunst verstand, sehr viel Kluges auf eine lächerliche Weise zu sagen. Als nun der Sultan eines Tages mit einem großen Teile seiner Hofleute im Bade war, sprach er zu ihm: »Bilde dir ein, Ahmedi, du wärest auf einem Markte und wolltest Sklaven kaufen. Wir alle stehen auf dem Verkauf; laß also sehen, wie hoch du uns schätzest.« Ahmedi hatte die Eigenschaft, sich in dergleichen Aufträgen sehr klug zu benehmen. Die Stolzen und die Narren schlug er sehr hoch an; die Klugen aber, die Scherz verstanden, setzte er herab und neckte sie mit lustigem Mutwillen. Kurz, er wußte es so zu machen, daß die Hofleute alle sehr wohl mit ihm zufrieden waren oder sich wenigstens so stellten. »Aber wie hoch schätzest du mich?« fragte Tamerlan, »rede aufrichtig.« »Den Sultan?« antwortete Ahmedi; »nun der mag wohl zwölf gute Piaster wert sein.« »Einfalt!« erwiderte der König; »dies schlechte Badetuch, das ich an mir habe, kostet zehn.« »Das weiß ich wohl«, sprach Ahmedi; »auch habe ich es in meinem Anschlage mit begriffen, weil man die Sultane eigentlich zu gar nichts brauchen kann, weder als Gärtner noch als Künstler.« Tamerlan lachte, anstatt sich zu erzürnen, und gab dem Ahemdi bei Gelegenheit ein reiches Geschenk. Denn dieser König hatte die seltene Tugend, sich durch kein freisinniges Wort noch durch eine Wahrheit, die man ihm sagte, beleidigen zu lassen.

SOLIMAN

Als der türkische Kaiser Soliman nach der Eroberung von Belgrad in seine Hauptstadt zurückkam, gab er seinem siegreichen Heere einen freien Tag zur Fröhlichkeit. Die Soldaten begingen allerlei Ausschweifungen; unter andern aber beraubten sie des Nachts das Haus einer Witwe. Als dieselbe des Morgens den Diebstahl sah, lief sie dem Kaiser, der eben durch die Stadt ritt, entgegen und rief ihn an: »Herr, deine räuberischen Soldaten haben mir diese Nacht mein Haus geplündert. Ich bin eine Witwe und Mutter von vier Kindern; ich bitte dich, schaffe mir Recht.«

Der Kaiser, den diese Anrede ein wenig verdroß, fragte, ob sie die Soldaten, die es getan hätten, kenne? Da sich aber die Witwe damit entschuldigte, daß sie den Diebstahl erst bei Anbruch des Tages bemerkt habe, so sagte der Kaiser: »Wenn dies ist, so leidest du die Strafe deiner Schuld; du hättest nicht so nachlässig sein und nicht so fest schlafen sollen.« »Ich schlief ruhig und ohne Sorgen«, gab die Witwe unerschrocken zur Antwort, »weil ich glaubte, daß die Gerechtigkeit des tapfern Soliman die Tür meines Hauses bewache. Denn daß sein Kriegsheer, mit welchem er die Grenzen des Landes verteidigt hat, seine eignen hilflosen Untertanen bestehlen könnte: daran dachte ich nicht.«

Der Sultan fand diese Antwort sehr klug und ließ der Witwe ihren Verlust zwiefach ersetzen.

DER KLUGE WESIR

Der Wesir Kasajas ritt mit dem Sultan Mahmud eines Tages auf die Jagd und erzählte unterweges, daß er die Sprache der Vögel verstehe. Mahmud wunderte sich dessen und sagte: »Wäre es möglich, Wesir, daß du diese Wissenschaft hättest?« »Nicht anders, Herr«, antwortete Kasajas; »ich habe sie von einem klugen Derwisch gelernt und verstehe alles, was die Nachtigallen, die Sperlinge, die Elstern und die übrigen Vögel miteinander zwitschern.« Der König schien es nicht zu glauben; als er aber gegen Abend von der Jagd zurückkehrte und zwei Käuze auf einem Baume beieinander sitzen sah, so sagte er: »Wesir, was mögen wohl diese Käuze miteinander sprechen? Gehe hin, höre zu und sage es mir wieder.« Der Wesir näherte sich dem Baume, stellte sich, als ob er den Käuzen aufmerksam zuhörte, und als er wieder zurückkam, sagte er: »Herr, ich habe zwar einen Teil ihrer Unterredung gehört; allein ich darf das Gehörte nicht weitersagen.« »Warum nicht, Wesir?« rief der Sultan. »Die beiden Vögel«, antwortete Kasajas, »sprachen von meinem Herrn, dem Könige.« »Von mir?« erwiderte Mahmud. »Was wäre denn das? Ich befehle dir, Wesir, daß du mir von Wort zu Wort wiederholest, was du gehöret hast.« »Nun, so muß ich denn gehorchen«, antwortete Kasajas. »Der eine von diesen Käuzen hat einen Sohn und der andere eine Tochter, zwischen denen sie eine Heirat stiften wollten. Bruder, sagte der Vater des Sohns zum Vater der Tochter, ich bin mit dieser Heirat zufrieden, wenn du deiner Tochter fünfzig wüste Dörfer zur Aussteuer geben kannst. O Bruder, antwortete der Vater der Tochter, anstatt fünfzig gebe ich ihr fünfhundert. Gott schenke nur dem Sultan Mahmud langes Leben! So lange dieser König von Persien ist, werden wir an wüsten Dörfern keinen Mangel leiden.« Der Sultan Mahmud, der eben mit dem Gedanken umging, einer Kleinigkeit wegen mit seinen Nachbarn einen neuen Krieg anzufangen, merkte sich die sinnreiche Lüge seines Wesirs und legte die Streitigkeit in Güte bei.

ALAEDDIN

Isseddin, ein reicher Kaufmann zu Kairo, verlor durch Unglück in weniger als zwei Jahren sein ganzes Vermögen; er selbst starb wenig Wochen nach seinem letzten Verluste vor Gram und hinterließ seine zahlreiche Familie in der äußersten Dürftigkeit. Sein ältester Sohn, der Alaeddin hieß und noch nicht achtzehn Jahr alt war, trauerte mehr über das Elend seiner Mutter und Geschwister, als über sein eigenes. »Ich kann dir hier nichts helfen, liebe Mutter«, sprach er, »wenn ich nicht als Tagelöhner arbeiten und meinen dürftigen Unterhalt durch Sklavendienste erwerben will. Ich will in die Fremde, wo vielleicht ein besseres Schicksal auf mich wartet. Geht es mir wohl, so sei gewiß, daß Alaeddin an seine Mutter und Geschwister denket.« Er nahm von den Seinigen Abschied, schlug sich zu einer Karawane, die nach Sues zog, und kam nach zwei Tagen in dieser Seestadt an. Die Reisenden zerstreuten sich und gingen ihren Geschäften nach; er aber, der keines hatte, schlich traurig an dem Ufer des Meeres auf und nieder. Eine große Menge Kaufleute von Medina, von Mekka, aus Indien und Sina schifften ihre Waren hier ein. Der ganze Hafen war mit segelfertigen Schiffen gefüllt; das Ufer mit Schiffsleuten, Lastträgern und reichen Ballen bedeckt. Alles war in Bewegung und Arbeit; nur Alaeddin ging müßig, unbekannt und hungrig herum, ohne zu wissen, an wen er sich wenden sollte.

»Vor wenigen Jahren landeten hier die Schiffe meines Vaters mit reichen indischen Gütern«, dachte er und sah wehmütig vor sich hin, als ein fremder Kaufmann zu ihm trat. Er trug ein langes weißes Kleid, das nebst dem weißen Barte, der bis an den Gürtel reichte, seiner übrigen guten Gestalt ein ehrwürdiges Ansehen gab. »Mein Sohn«, sprach der Fremde, »darf ich nach deinem Namen und deinen Geschäften fragen?« »Herr«, antwortete der Jüngling, »ich heiße Alaeddin. Ich habe hier kein Geschäft; Unglück und Dürftigkeit hat mich in diese Stadt geführt. Ich kann hier auch nichts weiter erwarten, als daß Gott das Herz irgendeines wohltätigen Mannes rühre, mich in seinen Schutz zu nehmen und in ein fremdes Land zu bringen, wo eine von den tausend Pforten der Vorsehung, die sich den Redlichen öffnen, auch mich Verlassenen aufnehmen möge.« »Ich reise nach Dschidda«, sprach der Fremde; »und da ich wegen meines Alters einen Bedienten suche, der mich bis dorthin begleite, so steht es bei dir, ob du diese Stelle annehmen willst. Ich gebe dir jeden Tag einen Piaster, und dein ganzer Lohn soll dir bei unserer Landung sogleich ausgezahlt werden.« Alaeddin küßte ihm die Hände und nahm sein Anerbieten mit Freuden an. Des Fremden Güter waren schon eingeschifft. Sie begaben sich beide an Bord. Die Anker wurden gelichtet; das Schiff segelte in die hohe See, und nach einer Überfahrt von vierundzwanzig Tagen erreichten sie den bestimmten Hafen.

Alaeddin hatte sich während der Reise sehr wohl verhalten. Sein Herr zahlte ihm der Bedingung gemäß, sobald sie ans Land traten, vierundzwanzig Piaster. »Mein Sohn«, sagte er, »da ist, was ich dir für deine Dienste schuldig bin. Allein ich darf es dabei nicht bewenden lassen; hier hast du noch zehn Piaster. Die bewiesene Genauigkeit in deinen Pflichten und dein Eifer, allen meinen Wünschen zuvorzukommen, fordern nicht weniger von meiner Erkenntlichkeit.« Er schenkte ihm auch ein neues Kleid; und als Alaeddin um weitere Befehle bat, so reichte er ihm großmütig die Hand und sprach: »Gehe hin in Frieden, mein Sohn.« »Herr«, sagte Alaeddin, »laßt euer Gebet mich begleiten.« Die Augen standen ihm voll Tränen, und sein Herz war so beklemmt, daß er nichts mehr sagen konnte. Er wandte sich nach der Stadt, ohne zu wissen, was er nun anfangen sollte.

Er ging in den Gassen hin und her, bis ihn die einbrechende Nacht in ein Gasthaus nötigte. Es war in dieser Stadt, die in einer wüsten Gegend liegt, alles sehr teuer. Er mußte für ein geringes Mahl und eine schlechte Lagerstätte zwei Piaster bezahlen. Sein Geld nahm unvermerkt ab, und nach fünf kurzen Tagen sah er mit Betrübnis, daß kaum noch der dritte Teil davon übrig war. Er ging täglich zwei- bis dreimal an den Hafen, ohne einen Menschen zu finden, der seine Dienste begehrte. Er trat jedem Fremden, dessen Ansehen etwas versprach, vor die Augen; keiner aber fragte, ob er etwas bedürfe.

So hatte er auch am sechsten Tage zwei vergebliche Wege getan und kehrte eben in stiller Traurigkeit wieder zurück, als er nicht weit von der Stadt einen Beutel an der Erde fand. Er bückte sich, hob ihn auf, und da er sah, daß derselbe voll Zechinen sei, verbarg er ihn in seinem Busen. Die Gegend war einsam; und niemand hatte ihn bemerkt. »Nun ist mir auf einmal aus meiner Not geholfen!« sprach er und eilte, seinen Reichtum näher zu betrachten, als er einem Herolde begegnete, der diese Worte ausrief: »Ihr redlichen und gottesfürchtigen Leute! Wer von euch einen

Beutel mit tausend Zechinen gefunden hat und denselben an den Eigentümer zurückgeben will, der soll hundert Zechinen zur Belohnung empfangen.« »Hundert Zechinen«, dachte Alaeddin, »die ich rechtmäßig besitze, sind besser als tausend gestohlene. Unrecht gedeiht nie, und sein Lohn ist Reue. Was würde ich gewinnen, wenn ich mein Glück auf das Verderben eines andern baute? Wer kann den Fluch eines Armen ertragen? Nein, ich will keinen Fluch über mich bringen.« Er ging auf den Herold zu und fragte, wer der Mann sei, der diesen Beutel verloren habe? »Warum fragst du das?« antwortete der Herold. »Der Beutel ist gefunden«, fuhr Alaeddin fort. »Wenn der andere sein Recht dazu erweisen kann, ist man bereit, das Gefundene zurückzugeben.« »In Wahrheit«, sagten die Umstehenden, als Alaeddin mit dem Herold fortging, »das ist ein Mensch, wie es wenige gibt; dergleichen Redlichkeit ist jetzt eine seltne Erscheinung.«

Der Herold führte ihn in ein großes Haus. Sie traten in einen kleinen Vorsaal, wo ein langer hagerer Mann zwischen einer Menge Rechnungsbüchern saß, in denen er blätterte. »Herr«, sagte der Herold, »hier ist derjenige, welcher den Beutel gefunden hat.« Der Alte drehte sich bei diesen Worten langsam um, sah den Alaeddin mit großen Augen an und fragte, ob er der sei, welcher den Beutel gefunden habe. »Ja, Herr, ich bins«, sagte Alaeddin. »Du verlangst vielleicht«, fuhr der Alte fort, »daß ich dir das Siegel des Beutels angeben soll?« »Nein, Herr«, antwortete Alaeddin lebhaft, »das verlange ich nicht. Ein so ehrwürdiger Mann, wie du bist, kann nicht betrügen. Hier ist der Beutel.« »Gott wird dein Vergelter sein, mein Sohn«, sprach der Alte, legte den Beutel neben sich und blätterte in seinen Büchern fort. Alaeddin blieb schweigend stehen, bis der Alte von ungefähr wieder aufsah und fragte, auf was er noch warte. »Herr«, sagte Alaeddin, »der Herold hat demjenigen, welcher dir den Beutel wiederbringen würde, hundert Zechinen versprochen; ich hoffe, daß du dein Versprechen erfüllen werdest.« »Das ist billig, mein Sohn«, antwortete der Alte. »Der Beutel mit den tausend Zechinen gehört einer verarmten Familie, die ihre väterlichen Güter verkauft hat. Wolltest du nicht mit der Hälfte des Versprochenen zufrieden sein?« »Auch das«, sagte Alaeddin; »ich nehme sie an.« Anstatt sie auszuzahlen, las der Alte in seinen Büchern weiter. »Ich sehe«, fing er nach einiger Zeit wieder an, »daß die Eigentümer dieses Geldes Unmündige sind, und daß sie nach Abzug der väterlichen Schulden kaum die Hälfte davon erhalten werden. Wolltest du nicht mit zehn Zechinen zufrieden sein, mein Sohn?« »Nun gut«, sagte Alaeddin; »ich bin zufrieden.« Der Alte tat wie vorher und las in seinen Büchern weiter. »Ich rechne eben aus«, fing er hernach wieder an, »daß, wenn von den fünf Unmündigen jedes hundert Zechinen bekommen soll, welches für ein verlassenes Kind sehr wenig ist, für dich nicht mehr als eine einzige Zechine übrigbleibt. Wolltest du damit zufrieden sein, mein Sohn?« »Nun gut«, sagte Alaeddin; »ich bins zufrieden.« Der Alte strich sich den Bart, sah an die Decke des Saals und sagte: »Daß ich so vergeßlich bin! Da besinne ich mich erst, daß auch der Herold eine Zechine bekommt. Wolltest du ihm die deinige nicht abtreten, mein Sohn, und dich bloß mit dem Bewußtsein deiner guten Tat begnügen?« »Nun, es sei so«, sagte Alaeddin; »wie müßte ich tun, wenn ich den verlornen Beutel nicht gefunden hätte?« »Gehe hin in Frieden«, sagte der Alte, der aufstand und seine rechte Hand auf Alaeddins Haupt legte, »behalte diese edle Gesinnung, so wird es dir allenthalben wohlgehn.«

Alaeddin ging so vergnügt fort, als ob er tausend Zechinen gewonnen hätte. Er kam in das Gasthaus zurück und aß für einen von den fünf letzten Piastern ein wenig geringe Speise, ohne daran zu denken, wieviel Geld er auf einmal verschenkt hatte. »Ich bin gesund und in einem fremden Lande«, sprach er; »warum sollte ich mich weigern, um Tagelohn zu arbeiten, wenn mir nichts Besseres übrigbleibt?« Allein es war ihm schon ein besseres Schicksal bereitet. Der Fremde, der ihn von Sues mitgenommen hatte und der sich Kraen Olnas nannte, war ein reicher indischer Kaufmann. Er hatte den Jüngling sogleich lieb gewonnen, wollte ihn aber vorher prüfen, ob er seiner Wohltaten wert sei. Er hatte in dieser Stadt ein reiches Magazin, über welches Halil, der getreueste seiner Diener, den aber jedermann für den Eigentümer hielt, zum Verwalter gesetzt war. Kraen Olnas ließ den Alaeddin genau beobachten, und da er hörte, daß er täglich in den Hafen käme, so mußte ihm einer von seinen Sklaven den Beutel in den Weg legen. Sein getreuer Halil war der lange, hagere Mann, der Alaeddins Geduld und Großmut so empfindlich prüfte. Kraen Olnas war selbst unsichtbar zugegen und beschloß, sich des guten Jünglings von nun an ernstlich anzunehmen.

Alaeddin saß noch in seine vorigen Gedanken vertieft, als der getreue Halil zu ihm trat. »Mein Sohn«, sprach er, »ich habe dich lieb gewonnen. Darf ich fragen, wer du seist und was du hier suchest?« »Ich bin ein Ägypter«, antwortete Alaeddin, »und suche in einer Handlung oder sonst irgendwo Dienste zu finden.« »Bist du in den Handlungsgeschäften erfahren?« fragte Halil weiter. »So, wie es ein Jüngling, der von Kindheit auf dabei war, sein kann«, antwortete Alaeddin; »was ich noch nicht weiß, das getraue ich mir durch Eifer bald zu lernen.« »Willst du in meine Dienste treten«, fuhr Halil fort, »so komm mit mir. Ich will dir keinen Lohn bedingen; du sollst mein Freund sein. Ich will dich in meinen Geschäften unterrichten und für dein Glück sorgen.« Alaeddin sah diesen Mann wie einen Engel an, den die Vorsehung gesandt habe, ihm aus seiner Not zu helfen, und folgte demselben ungesäumt in sein Haus. Halil behandelte seinen Freund, wie ein Vater seinen Sohn. Den Tag über arbeiteten sie zusammen in dem Warengewölbe, und des Abends erzählte Halil von seinen Reisen. Die Leichtigkeit, mit welcher Alaeddin, der zu diesen Geschäften geboren schien, alles begriff, am meisten aber seine Ergebenheit und Liebe erfreuten den Alten so sehr, daß er ihn täglich lieber gewann.

So waren ungefähr zwei Jahre vergangen, als Halil eines Tages sagte: »Lieber Alaeddin, ich muß dich verlassen. Ein Geschäft, das ich aus Liebe zu dir schon einige Zeit aufgeschoben habe, nötiget mich, eine Reise nach Indien zu tun. Ich weiß nicht, was mir auf dieser weiten Fahrt begegnen kann, und ob ich dich wiedersehen werde: der Mensch ist schwach und allerlei Zufällen unterworfen. Ich habe sonst keinen Freund, als dich; ich will deine bisherige Treue belohnen und dich zu meinem Erben einsetzen. Ich werde mit mehr Beruhigung reisen, wenn ich wegen deiner künftigen Versorgung gewiß bin.« Alaeddin fiel ihm zu Füßen und bat ihn mit Tränen, sein Vorhaben aufzugeben. »Laß mich diese Reise tun«, sprach er; »ich bin jung, ich kann die Gefahren der See leichter ertragen; ich will deine Befehle so gut ausrichten, als ob du selbst dort wärest.« Allein Halil blieb bei seinem Entschluß. Sie gingen beide zum Kadi, wo Halil ein Testament niederlegte, in welchem er den Alaeddin zum Erben aller seiner Magazine einsetzte, wenn er auf dieser Reise sterben sollte. Den andern Tag ging er zu Schiffe. Alaeddin begleitete ihn bis an Bord. Sie umarmten sich zum letzten Male. »Noch etwas habe ich vergessen«, sagte Halil heimlich. »In den vier Winkeln unseres großen Gewölbes wirst du vier Urnen vergraben finden. Jede enthält vierhunderttausend Zechinen. Dieser Schatz gehört einem indischen Kaufmann, mit Namen Kraen Olnas, der ihn vor einigen Jahren bei mir niederlegte. Sollte dieser Mann während meiner Abwesenheit sein Geld wiederfordern, so gib es ihm ohne die geringste Bedenklichkeit zurück und begegne ihm, wie meinem besten Freunde.« Das Schiff fuhr ab; Alaeddin rief seinem Wohltäter ein Lebewohl nach dem andern zu und sah ihm so lange nach, bis das Schiff aus seinen Augen verschwand.

Er wartete viele Monate vergeblich auf Nachricht von seinem Herrn. Er fragte bei allen Schiffsleuten, die aus Indien kamen; keiner aber hatte ihn weder gesehen, noch von ihm gehört. Endlich kam das Schiff, mit welchem Halil gegangen war, wieder zurück und brachte die Botschaft, daß er kurz nach seiner Überfahrt zu Surate gestorben sei. Alaeddin glaubte es nicht eher, als bis ihm die Güter, die sein Herr mitgenommen hatte, von dem Schiffshauptmann wieder eingehändiget wurden. Er trauerte über seinen Tod, wie über den Verlust eines Vaters. Das Gewölbe, wo die Urnen stehen sollten, ließ er jeden Tag sorgfältig verschließen, sah aber niemals nach, ob diese Urnen wirklich da wären. Überhaupt tat er, als ob er noch immer der Verwalter von den Gütern seines Freundes sei: denn er sorgte so eifrig für ihre Erhaltung und Vermehrung, als ob er heute oder morgen Rechnung ablegen müßte. Halil war auch nicht gestorben. Seine Reise war mit Kraen Olnas verabredet, um den Alaeddin zu prüfen, ob er im Glück ebenso redlich und dankbar sein werde, als er in seiner Armut gewesen war.

Alaeddin sandte zwar einen Beutel mit fünfhundert Zechinen für seine Mutter und Geschwister nach Kairo; allein das Geld kam mit der Nachricht wieder, daß sich die Familie des Isseddin schon seit einem Jahre aus dieser Stadt wegbegeben habe, ohne daß man sagen könne, wohin. Er glaubte, die Armut habe sie gezwungen, die Stadt zu verlassen, und nahm sich vor, selbst in sein Vaterland zu reisen, um die Seinigen aufzusuchen, als eines Tages, da er in seinem Gewölbe stand, ein ehrwürdiger Greis zu ihm hineintrat. Er schien ein Fremder zu sein, trug ein langes weißes Kleid und einen langen silbergrauen Bart. Er sah sich neugierig in dem Gewölbe um und ging wieder weg. Er entfernte sich einige Schritte, kam aber bald wieder und tat wie das erstemal.

»Ehrwürdiger Greis«, redete ihn Alaeddin an, als er zum drittenmal wiederkam; »du betrachtest mein Gewölbe so aufmerksam, als ob du etwas darin suchtest.« Der Fremde gab ihm keine gerade Antwort, sondern sagte bloß, daß er diesen Abend bei ihm zu speisen gedenke, wenn er ihn als einen Gastfreund aufnehmen wolle. »Du bist willkommen«, erwiderte Alaeddin. »Mein Haus steht jedem Fremden offen, wievielmehr solchen, deren Besuch mir zur Ehre gereicht.« Der Fremde grüßte ihn freundlich und ging fort. »Ist mir doch«, sprach Alaeddin bei sich selbst, »als ob ich diesen Mann kennen sollte. Täusche ich mich, oder habe ich recht? Gang, Gestalt und Betragen, alles ist dasselbe. Es ist der Indier, mit dem ich hierher kam. Wie war es doch möglich, daß ich ihn verkennen konnte?« Er wollte ihm nacheilen; allein der Fremde war ihm schon aus den Augen.

Die Zeit wurde ihm so lang, daß er schon vor Untergang der Sonne sein Gewölbe schloß, um selbst die nötigen Anstalten wegen der Bewirtung des Fremden zu machen. Als der Fremde kam, lief er ihm entgegen, küßte ihm ehrerbietig die Hand, nannte ihn seinen Wohltäter, den Stifter seines Glücks, und benetzte seine Hand mit Tränen. Der Greis ward gerührt; er umarmte den dankbaren Alaeddin, nannte ihn seinen lieben Sohn und fragte, wie er ihn sogleich erkannt habe, da er seit diesen drei Jahren sehr viel älter geworden sei. »Wie hätte ich meinen Wohltäter vergessen können«, rief Alaeddin aus; »ihn, der den ersten Grund zu meinem jetzigen Wohlstand gelegt hat?« Nun fing er an zu erzählen, was ihm seit ihrer Trennung begegnet sei, und weinte laut, als er der Güte und des Todes seines verstorbenen Freundes gedachte. »Wenn er nur in meinen Armen verschieden wäre«, sprach er, »so hätte ich ihm wenigstens die letzten kindlichen Pflichten erweisen können; so aber starb er in einem fremden Lande, vielleicht verlassen und ohne eines Freundes Trost.« Die Tränen träufelten dem ehrwürdigen Alten über die Wangen, indem Alaeddin so sprach; er drückte ihm die Hand und bat ihn, sich nicht so heftig zu betrüben. »Ich habe ihn sehr wohl gekannt, deinen redlichen Freund«, sprach er; »er war auch der meinige, und unsere Freundschaft ist eigentlich die Gelegenheit, daß ich dich wiedersehe. Ich pflegte jährlich hierherzukommen, um meine indischen Waren an ägyptische Kaufleute umzusetzen. Ich bin hier sehr bekannt und heiße Kraen

Olnas.« »Wie?« rief Alaeddin, »du bist Kraen Olnas, der beste Freund meines Herrn, wie er dich nannte? Sei mir auch in seinem Namen willkommen. Er hat mir dein Geheimnis vertraut; du wirst alles finden, wie er es verlassen hat. Ich habe das Gewölbe immer sorgfältig verschlossen; das Verborgene aber habe ich durch meine Neugierde nie entweihen wollen.« »Alaeddin kann sich nicht verleugnen«, sprach der ehrwürdige Alte mit niedergeschlagenen Augen, aus welchen heimliche Tränen flossen. »Du bist der edle Jüngling geblieben, für den ich dich im ersten Augenblick erkannte.«

»Wolltest du mir wohl eine Bitte gewähren, lieber Sohn?« fuhr er nach einigem Stillschweigen fort und hielt wieder ein. »Mein Herr befehle seinem Diener«, sprach Alaeddin; »was ich vermag, steht in seiner Hand.« »Ich fange an, die Last des Alters zu fühlen«, sagte der Greis; »ich sehne mich nach Ruhe und wünschte die wenigen Tage, die mir noch übrig sind, in Frieden zu verleben. Ich habe keinen Sohn, der an meine Stelle träte; und wenn ich nicht einen Mann finde, der meine weitläufige Handlung übernimmt, so kann ich mich dieser Bürde nicht wohl entledigen. Komm mit mir nach Surate, in mein Vaterland, lieber Alaeddin. Wenn Ehre und Reichtum dich belohnen kann, so gebe ich dir meine Hand; du sollst mit dem alten Kraen Olnas zufrieden sein.« »Was tät ich nicht«, sprach Alaeddin, »um dir meine Liebe und Dankbarkeit zu beweisen! Die bloße Erfüllung deines Wunsches ist reichliche Belohnung für mich.«

Alaeddin schiffte seine besten Waren ein. Er sandte auch reiche Geschenke an den Kadi von Kairo und bat ihn, die Witwe und die Kinder des Isseddin aufsuchen zu lassen und ihnen den Beutel von tausend Zechinen, den er zu den Geschenken legte, einzuhändigen. Kraen Olnas hatte seine vier Urnen unversehrt gefunden; sie gingen beide zu Schiffe und kamen nach einer kurzen Reise zu Surate an. Alaeddin glaubte in den Palast eines Königes zu kommen, als ihn der Indier in sein Haus führte. Alles, was er sah, war Reichtum und Überfluß. Die Würde des Schahbenders oder des obersten Richters der Kaufmannschaft, die er bekleidete, gab ihm unter den Kaufleuten seiner Stadt den höchsten Rang. Die allgemeine Hochachtung, womit er bei seiner Ankunft empfangen ward, und die ausgebreitete Handlung, die er nach allen Teilen von Indien trieb, überzeugten den Alaeddin, daß derselbe nicht zu viel gesagt hatte, als er ihm Reichtum und Ehre versprach.

Es waren ungefähr zwei Monate vergangen, als der Indier eines Tages zu ihm sagte: »Komm, mein Sohn, ich will dir nun auch meinen größten Reichtum zeigen, der mir lieber ist, als alles übrige, was du bisher bei mir gesehen hast.« Er führte ihn in einen schön geschmückten Saal, ließ ihn hier allein und ging in ein anstoßendes Gemach. Nach einiger Zeit tat sich die Tür wieder auf, und Kraen Olnas kam mit einer Jungfrau zurück. »Das ist meine einzige Tochter Hossun«, sprach er; »sie verlangte, den edlen Freund ihres Vaters kennenzulernen, und ich habe ihr diesen Wunsch nicht abschlagen wollen.« Die schöne Hossun hieß ihn willkommen; sie nannte ihn den edelsten Mann, von dem sie gehöret habe, und bat ihn, ihre Neugierde nicht übel zu deuten. Alaeddin wollte ihr antworten; allein seine Zunge war so gebunden, daß er nur wenig sagen konnte. Sie setzten sich auf ein Sofa, und die schöne Hossun bewirtete sie mit Früchten. Sie trug einen blauen Kaftan, mit einem silbernen Gürtel sittsam gebunden; ihre Haare flossen in langen Ringeln hinab und wallten, wenn sie sich bewegte, wie leichte Wölkchen um sie her. Nach Endigung des Mahles brachte ihr eine Sklavin die Harfe. Sie spielte und sang das Lied zweier Freunde, die sich nach der ersten Bekanntschaft nicht wieder trennen wollten. Darnach stand sie auf, neigte sich und ging in den Harem zurück.

»Diese Tochter, lieber Alaeddin«, fing Kraen Olnas an, »ist die einzige Freude meines Alters. Was bliebe mir zu wünschen übrig, wenn ich einen so edlen jungen Mann, wie du bist, für sie finden könnte?« Alaeddin fiel auf seine Knie, drückte seinen Mund auf des Greises Hand und stammelte gebrochene Worte, daß er so vieler Güte nicht wert sei. Der Greis umarmte ihn mit zärtlicher Liebe. »Nun bin ich zufrieden«, sprach er; »denn nun habe ich das Ziel meiner Wünsche erreicht.«

Als sich am folgenden Tage die Raufleute von Surate in dem Gerichtssaale des Kraen Olnas der Gewohnheit gemäß versammelten, erschien auch Alaeddin unter ihnen. Er hatte seine schönsten Kleider angetan, trat bescheiden hervor und küßte jedem Anwesenden die Hand. Kraen Olnas fragte, in welcher Angelegenheit er in ihre Versammlung komme; worauf Alaeddin der Abrede gemäß antwortete: »Ehrwürdiger Schahbender, ich komme, die Mitglieder dieser edlen Versammlung demütig zu bitten, meine gütigen Vorsprecher zu werden, da ich so kühn bin, um die Tochter meines Herrn, des ehrwürdigen Schahbenders, öffentlich anzuhalten. Mein Herr wolle die vielen Wohltaten, womit er mich bisher beschenkt hat, durch dieses höchste Zeichen seiner Gewogenheit besiegeln und seinen dankbaren Freund Alaeddin zu seinem glücklichen Eidam aufnehmen.«

Da Kraen Olnas schwieg und zu überlegen schien, fing die ganze Versammlung einstimmig an für Alaeddin zu sprechen. »Warum«, sagten sie, »trägt der ehrwürdige Schahbender Bedenken, Alaeddins Bitte zu gewähren? Wir bitten dich an seiner Statt, seinen Tugenden Gerechtigkeit widerfahren zu lassen und ihn zu deinem Eidam aufzunehmen.« Kraen Olnas hatte bloß auf die Fürsprache gewartet und antwortete sogleich: »Ich freue mich, daß meine Wahl bei dieser edlen Versammlung Beifall findet: denn ich muß sagen, daß ich den tugendhaften Alaeddin, um seiner Bescheidenheit, Sanftmut und edlen Gesinnung willen, schon lange wie meinen Sohn geliebt habe. Die Fürsprache so vieler Freunde ist mir ein Zeichen, daß ich mich in meinem Urteil nicht geirrt habe. Ich nehme ihn daher mit Freuden zu meinem Eidam an und sage dieser edlen Versammlung für ihre gütige Fürsprache den freundlichsten Dank.« Die Versammlung wünschte dem Vater und dem Sohne Glück. Man rief den Kadi, und die Vermählung ward durch öffentliche Zeugnisse bestätiget.

Kraen Olnas gab ein großes Mahl. Als das Mahl geendiget war, trat ein alter Mann in den Saal, den fünf Jünglinge, welche Hochzeitsgeschenke trugen, begleiteten. Alaeddin erkannte in dem Alten seinen Freund Halil und in den Jünglingen seine fünf Brüder. Kraen Olnas hatte einige Zeit nach der Geschichte mit dem Beutel ein Schiff nach Ägypten gesandt und die Familie des Isseddin nach Indien geholt, wo er als ein zweiter Vater für sie sorgte. Die Mutter wohnte in dem Harem seiner Tochter, und die Brüder wurden in den Handlungsgeschäften unterwiesen. Alaeddin sprang dem alten Halil in die Arme und weinte an seinem Busen. Er küßte seine Brüder und fragte, ob seine Mutter noch lebe. Als er endlich merkte, wem er sein ganzes Glück zu verdanken habe, so sah er den Kraen Olnas einige Augenblicke mit Erstaunen an; dann umfaßte er seine Knie und weinte; doch konnte er kein lautes Wort sagen, denn sein Herz war zu voll. Die ganze Versammlung schien von einer himmlischen Kraft bewegt, und jeder fühlte, daß es keine höhere Glückseligkeit gebe, als die Freude des Wohltuns und der Dankbarkeit.

DIE KÖNIGIN ZULIKAH

Abdallah, der Sohn Hanifs, bekam von seinem Herrn Schah-Jehan, dem Sultan von Indien, Befehl, nach der Insel Boriko zu reisen und das Wasser des Lebens zu holen, welches, einer alten Sage nach, daselbst quellen sollte. Die Erfüllung dieses Auftrages war nicht leicht, weil niemand wußte, in welcher Weltgegend diese Insel lag; da er sich aber dem Befehle des Sultans nicht entziehen konnte und Mut genug hatte, alles zu wagen, so reisete er mit Anbruch des folgenden Tages von Agra ab. So groß seine Herzhaftigkeit war, so machte ihm sein kühnes Vorhaben doch traurige Gedanken. Er ritt vor der Karawane, mit welcher er zog, einige hundert Schritte voraus und hing seinen stillen Betrachtungen nach, als er einen jungen Menschen bemerkte, der sich ebenfalls von der Gesellschaft entfernt hielt. Die tiefsinnige Gebärde des Jünglings, der ein Mann von Stande und Vermögen schien, erregte seine Neugierde. Er näherte sich demselben bis auf wenige Schritte und hörte ihn ziemlich laut sagen: »Ja, wenn ich sie diesmal nicht gewinne, so bin ich ohne Rettung verloren!« Bei diesen Worten wandte er sich erschrocken um, als ob er sich furchte, da er ein nahes Geräusch hinter sich hörte. Abdallah grüßte ihn freundlich, redete von allerlei Dingen, gewann nach und nach sein Vertrauen und fragte zuletzt nach der Ursache seiner Traurigkeit.

»Ich heiße Almoraddin«, sagte der Jüngling, »und bin der Sohn eines Kaufmannes, welcher noch vor drei Jahren einer der reichsten zu Kambeja war. Seine große Zärtlichkeit gegen mich hat ihn um den größten Teil seines Vermögens gebracht und wird ihn, wie ich befürchte, noch in die tiefste Armut stürzen. Ach, ich bin an seinem Unglück schuld! Ich ziehe ihn mit mir in den Abgrund, in den eine törichte, verzweifelte Liebe mich fortreißt. Einige von meinen Freunden entschlossen sich, eine Handlungsreise nach Siam zu unternehmen. Sie luden mich dazu ein und stellten mir vor, daß es rühmlicher sei, sich in die Welt zu wagen und Reichtümer zu erwerben, als seine Tage in trägem Müßiggange zu verleben. Ich ließ mich leicht überreden und erhielt auch die Einwilligung meines Vaters, der mir nie eine Bitte versagte. Er rüstete ein schönes Schiff aus, belud es mit köstlichen Waren, ermahnte mich beim Abschied zur Wachsamkeit und Treue und ließ mich mit meinen Freunden ziehen. Wir fuhren an den Küsten von Indien hinab, gingen Ceylon vorbei, erreichten Sumatra, das wir umsegelten, weil wir uns wegen widriger Winde nicht in die Meerenge von Malakka wagten. Als ich eines Tages auf dem Vordeck stand, sah ich an der fernen Küste eine große Stadt mit einem schönen Hafen liegen. Ich fragte den Steuermann, wie diese Stadt heiße, und bezeigte ihm mein Verlangen, daselbst zu landen. »Es ist die Hauptstadt des Königreiches Baros«, gab er mir zur Antwort, »dessen junge Königin Zulikah für die größte Schönheit im ganzen Morgenlande gehalten wird. Vermöge eines gewissen Gesetzes, dessen Urheberin sie ist, hat schon eine große Menge unvorsichtiger Freier ihren Untergang in dieser Stadt gefunden. Wenn daher mein Rat etwas gilt, so sehen wir diesen Hafen für eine gefährliche Klippe an und segeln in der Ferne vorbei.«

»Was ist das für ein Gesetz?« sprach ich; »du machst mich neugierig.« »Es darf kein Schiff in diesem Hafen landen«, antwortete der Steuermann, »dessen Eigentümer nicht um die Königin freien will. Die Königin vermählt sich mit ihm und legt ihm einen goldenen Ring an den Mittelfinger der linken Hand. Kann er diesen Ring den folgenden Morgen noch aufweisen, so wird die Königin seine Gemahlin; hat er ihn aber in der Nacht verloren, welches allen, die dieses Abenteuer bisher gewagt haben, ohne Ausnahme begegnet ist, so wird ihm sein Schiff mit den Gütern und Leuten, welche darauf sind, genommen; er selbst aber wird mit Anbruch des Tages schimpflich aus dem Lande gejagt.«

»Und wenn ich sterben müßte«, rief ich aus, »so muß ich erfahren, was es mit diesem Ringe für eine Bewandtnis hat! Vielleicht bin ich glücklicher als meine Vorgänger; vielleicht gewinn ich den Preis!« Da der Steuermann sah, daß ich von meinem Vorhaben nicht abzubringen sei, so gab er endlich nach und fuhr mit vollen Segeln in den Hafen ein. Als ich ausstieg, ward ich von der Wache empfangen und in das Schloß zur Königin geführt. Wie wurde mir zumute, als ich sie sah! Ich war von ihrem ersten Anblick wie bezaubert und hielt sie für eine Fee, welche die Sterblichen mit ihrer hohen Schönheit blenden wollte. Ihre Augen strahlten wie zwei helle Sterne; auf ihren Lippen schwebte Anmut und zärtliche Liebe, und ihre Gebärde war voll Hoheit und Würde. Meine Seele schwebte auf den Flügeln der Hoffnung, wie die Feuerflamme, die sich auf den Flügeln des Windes gen Himmel hebt: denn ich hielt es für etwas Leichtes, den Ring zu bewahren, wenn ich ihn nur erst empfangen hätte.

Die Königin nahm mich bei der Hand, hieß mich neben sich setzen und fragte, ob mir das Gesetz ihres Landes bekannt sei. »Schöne Königin«, sprach ich; »ich weiß von diesem Gesetz; wenn ich aber nur wüßte, wie es zu erfüllen sei.« »Das Gesetz«, sprach sie, »ist für denjenigen leicht, welchem die Erfüllung beschieden ist, für die übrigen ist es zwar strenge aber nicht hart: denn es läßt einem jeden die Freiheit, zu tun, was er will.« Sie fragte nach meinem Namen und nach meiner Reise. Alles, was ich ihr sagte, schien ihr zu gefallen, und mit meiner Liebe, die mit jeder Minute zunahm, stieg auch meine Hoffnung.

Nach der Abendmahlzeit traten die Wesire in einem halben Mond um mich her. Die Königin stand an der offenen Seite des geschlossenen Kreises und fragte mich, ob ich sie liebe und zur Gemahlin begehre. Da ich die Frage bejahte, so zog sie einen goldnen Ring von ihrer rechten Hand, legte ihn an den Mittelfinger meiner linken und sagte: »Wenn du dieses Pfand meiner Liebe bis morgen bewahren kannst, so habe ich dir damit meine ewige Treue gelobt.« Nach diesen Worten ging sie weg; zwei von ihren Dienern führten mich in ein Schlafzimmer, verschlossen die Tür und ließen mich allein. Ich untersuchte alle Winkel, fand aber nichts, das mir verdächtig schien, und wußte nach langem Nachsinnen ebensowenig als vorher, was ich tun sollte, um den Ring zu bewahren. Da ich ihn zwar drehen, aber von der Hand nicht wieder abziehen konnte, so hielt ich es für das Sicherste, wach zu bleiben. Ich setzte mich auf ein Sofa, schloß meine Hände fest zusammen und wollte so den Morgen erwarten; allein ich schlief ein, ehe ich wußte wie. Zwei Bewaffnete schüttelten mich gegen Morgen bei den Armen und riefen mir mit rauher Stimme zu: »Gedenk an das Gesetz.« Ich öffnete die Augen, besah meine Hand und verwünschte den Schlaf: denn der goldne Ring war weg. Die beiden Bewaffneten führten mich aus dem Palaste bis vor die Stadt und verboten mir bei Lebensstrafe, ohne Schiff wiederzukommen.

Als ich nach vieler Beschwerlichkeit und Gefahr in mein Vaterland zurückkam, ging ich zu einem meiner Freunde. Ich gab vor, mein Schiff sei an einer Klippe gescheitert, und bat ihn, meinem Vater von diesem Unglück Nachricht zu geben. Mein zärtlicher Vater vergaß, daß er den dritten Teil seines Vermögens verloren hatte, da er hörte, daß ich noch lebe und so nahe bei ihm sei. Er kam selbst zu mir, umarmte mich mit großer Freude und sagte: »Wir wollen uns trösten, mein Sohn. Das Meer hat uns in der Erhaltung deines Lebens weit mehr gerettet, als es uns genommen hat. Wir sind noch reich genug, wenn wir zufrieden sind.« Er führte mich mit in sein Haus und begegnete mir so liebreich, als ob ich ihm große Schätze zurückgebracht hätte.

Ich konnte glücklich sein, wenn ich klug gewesen wäre; allein das Andenken an das Vergangene ließ mir keine Ruh. Die Königin Zulikah war mein einziger Gedanke, und ohne sie war für mich keine Freude zu finden. Da ich nicht hoffen konnte, daß mein Vater in eine zweite Fahrt einwilligen werde, so wollte ich ihn auch nicht betrüben und suchte meinen Gram vor ihm zu verbergen. Allein je näher der Frühling kam, wo meine Freunde von neuem ausreisen wollten, desto mehr nahm meine Traurigkeit zu. Mein Vater, der meine stille Schwermut bemerkte, fragte, was mich bekümmere. »Ich schäme mich vor meinen Freunden«, sprach ich, »daß ich den gehabten Verlust nicht wieder ersetzen kann; und dieses ist die Ursache meines geheimen Kummers.« »Mein Sohn«, sprach er, »wenn du meinem Rate folgen wolltest, so wärest du mit dem, was wir haben, zufrieden, ohne dich aufs neue in Gefahr zu begeben. Doch, wenn du darauf bestehest, dein Glück zum zweiten Male zu versuchen, so will ich dir nicht hinderlich sein.« Ich fühlte, daß ich diese zärtliche Liebe nicht verdiente, und fing an zu weinen. Dieses Zeichen der Dankbarkeit gewann ihn völlig. Er rüstete ein neues Schiff aus, noch reicher als das erste; er wiederholte seine vorige Ermahnung zur Wachsamkeit und Treue, und ich ging mit meinen Freunden zum zweitenmal unter Segel, so freudig, als ob ich den Sieg schon in den Händen hätte.

Als ich mich der Insel der Königin näherte, verzögerte ich meinen Lauf, ließ die übrigen Schiffe vorausfahren und nahm, als es Nacht ward, einen andern Weg. Meine Schiffsleute rieten mir einmütig ab; der Steuermann verließ das Ruder; allein sie sprachen zu einem Tauben, der nicht hörte. Ich nahm selbst das Ruder in die Hand und steuerte, wohin die verblendete Liebe mich führte. Ich war der erste Freier, der zum zweitenmal wiederkam. Die Königin schien meine Treue zu bewundern; ja, ich glaubte Liebe in ihrem Betragen zu finden. Ich hatte mir ein eisernes Band machen lassen, das man ohne große Gewalt nicht öffnen konnte. Ich legte es an meine linke Hand, verschloß es sorgfältig und verbarg den Schlüssel in meinem Busen; alles vergeblich. Ich ward gegen Morgen von der Wache geweckt; der Ring war verloren, und ich mußte arm und dürftig in mein Vaterland zurückkehren.

Seufzer und Tränen unterbrachen hier die Erzählung des jungen Kaufmanns. »Dein seltenes Unglück verdient diese Tränen«, fing der kluge Abdallah an; »du bist aber doch noch glücklich, da du durch diesen doppelten Verlust gelernt hast, wie man der Gefahr ausweichen und seine Begierden überwinden müsse. Solche Gefahren erkauft man nie zu teuer.« »Ach!« rief Almoraddin aus, »ich bin durch dieses teure Lehrgeld nicht klüger geworden; meine Torheit übersteigt allen Glauben. Ich reise abermals hin; das Schiff liegt schon fertig. Mein Vater, der einen zweiten Schiffbruch betrauert, hat mir seine Einwilligung zu einer dritten Reise gegeben, die ihn und mich ohne Zweifel in das tiefste Elend bringen wird. Wir haben alle unsre Güter verkauft, und mein Vater hat noch überdies seine Freiheit verpfändet. Denn wenn er dem reichen Mamuth die zehntausend Goldstücke, welche er zur Ausrüstung des Schiffes von ihm geborgt hat, in einem Jahre nicht wieder bezahlen kann, so muß er sein Sklave werden.«

Das zärtliche Betragen des Vaters und die Verblendung des Sohnes, der ungeachtet seiner eigensinnigen Torheit diesen nachgiebigen Vater liebte, erregten Abdallahs Mitleiden. »Die Absicht meiner Reise«, sprach er, »gibt der deinigen an Torheit nicht viel nach. Ich suche eine Insel, auf welcher ein köstliches Wasser quellen soll, das die Alten wieder jung macht. Da ich nicht weiß, wo diese Insel liegt, so ist mir jeder Weg gleich kurz. Wenn du daher Vertrauen zu mir hast, so will ich dich begleiten. Vielleicht kann ich dir durch meinen Rat nützlich sein: denn zuweilen findet ein törichtes Unternehmen, wenn es mit Klugheit und Vorsicht behandelt wird, zuletzt noch einen glücklichen Ausgang; und zwei sehen immer mehr als einer.« Almoraddin gestand, daß ihm ein kluger Freund bisher gefehlt habe, und willigte mit Freuden in Abdallahs Vorschlag. Sie gingen zu Kamboja beide zu Schiffe und segelten auf die Insel der Königin zu.

Als sie sich derselben näherten, nahmen sie miteinander Abrede, wie sie sich verhalten wollten, und liefen voll guten Mutes in den Hafen ein. Nicht weit von der Stadt warfen sie Anker, stiegen aus und wurden von der Wache, unter dem fröhlichen Getöse ihrer Pauken und Hörner, ins Schloß zur Königin geführt. Das Volk lief von allen Seiten herbei und erstaunte über die verwegenen Fremdlinge; viele aber, die Almoraddin erkannten, riefen ihm zu, sich diesmal besser zu halten. Als Abdallah die schöne Zulikah erblickte, fing er an, gegen die Torheit seines jungen Freundes billiger zu werden: denn ihm war, als ob die Frühlingssonne vor seinen Augen aufginge; so glänzend und lieblich erschien sie auf ihrem goldnen Thron. »Wer klug ist«, dachte er bei sich selbst, »der folgt dem Rate des Steuermanns und segelt in der Ferne vor diesem Hafen vorbei: denn dieser holden Zauberin kann kein Sterblicher widerstehen.« Fünfzig der schönsten von ihren Jungfrauen umgaben sie, wie das Sternenheer den Mond, wenn er in seiner Fülle steht; zu beiden Seiten aber standen die Emirn und Wesire gewaffnet in ihren Kriegskleidern, als ob sie den Zugang zur Königin bewachten. Als die Fremdlinge sich nahten und vor ihr sich neigten, trat sie ihnen freundlich entgegen. »Den Tag über, wenn Almoraddin zu uns kommt«, sprach sie, »sollte man ihn für ein Wunder der Liebe und Treue halten, wenn er nur des Nachts seine Freunde in ihrer guten Hoffnung nicht betröge.« Da Almoraddin vor Freude und Bangigkeit zitterte und auf diese Beschuldigung nicht viel antworten konnte, so fragte sie nach seinem Gefährten. Abdallah gab sich für einen Kaufmann aus, der den Almoraddin aus Freundschaft begleitet habe. Er überreichte ihr zum Zeichen seiner Verehrung eine köstliche Perlenschnur und bat, dieses kleine Opfer seiner Armut mit gnädigen Blicken anzusehen. »Dieses schöne Geschenk«, sprach sie, »zeuget von Almoraddins Reichtum. Er hat schon so viel für mich verschwendet, daß er ohne solche Freunde, wie Abdallah ist, arm sein müßte.«

Indessen Almoraddin die Königin von seiner Reise unterhielt, mischte sich Abdallah unter die Hofleute, trieb allerlei lustige Schwänke und wußte sich in kurzer Zeit bei allen beliebt zu machen: denn er widersprach nie und sagte einem jeden, was er am liebsten hörte. So albern er tat, so listig wußte er das Gespräch nach seinem Gefallen zu lenken und ihre Gesinnung gegen Almoraddin auszuforschen; allein er fand, daß sie ihm alle gewogen waren. Einige lobten seine Schönheit, Artigkeit und Sanftmut; andere beklagten ihn wegen seines bisherigen Unglücks und sagten, die Königin selbst habe ihn deswegen bedauert, welches sie noch keinem von allen ihren Freiern getan habe. Auch an der Königin bemerkte er, daß sie seinem Freunde nicht abgeneigt sei. Sie sah ihn oft lange an; wenn aber sein Blick dem ihrigen begegnete, so schlug sie die Augen betroffen nieder und errötete, wenn sie glaubte, er habe ihre Verlegenheit wahrgenommen. Dies alles gab ihm zu erkennen, daß die Königin an Almoraddins bisherigem Unglück wenigstens keine freiwillige Schuld habe; was aber die wahre Ursache desselben sei, das konnte er auf keine Weise entdecken. Die Hofleute taten, als ob sie nichts davon wüßten, und wichen seinen Fragen sorgfältig aus.

Endlich fand er einen jungen Wesir, der ein sonderliches Ansehen hatte. Er blinzelte mit den Augen, rümpfte den Mund, wie einer, der die andern verhöhnt, ging auf den äußersten Spitzen seiner Zehen und sah bei jedem steifen

Schritte, den er machte, auf seine Füße, als ob er die Schönheit und den Putz derselben bewundere. Abdallah hielt diesen für den rechten Mann, an den er sich wenden müsse. Er grüßte ihn demütig, machte viel tiefe Verbeugungen und fing an, von der seltenen Fertigkeit der Sklavinnen zu sprechen, die vor der Königin tanzten. Der junge Wesir ward sogleich beredt; er sprach weitläuftig über die schöne Kunst der freien Bewegung, rühmte seine eigne Geschicklichkeit darin und faßte in kurzer Zeit gegen den höflichen Fremdling, der so angenehm zu schmeicheln wußte, die zärtlichste Freundschaft.

»So schwer es auch sein mag«, sagte Abdallah, »die Tanzkunst so weit zu bringen, als mein Herr Wesir getan hat: so scheint es doch, daß die Kunst, den goldnen Ring der Königin zu bewahren, noch weit schwerer sein müsse.« Der junge Wesir machte eine spöttische Gebärde, erhob das Kinn und drückte seine kleinen Augen zu. »Ach nein«, sprach er, »es ist so schwer eben nicht. Die ganze Kunst liegt an einem einzigen kleinen Handgriff; wer diesen findet, dem kann der Ring nicht genommen werden.« »Davon habe ich schon gehört«, sagte Abdallah weiter; »allein ich muß gestehen, daß ich es nicht glauben kann. Sollte es möglich sein, daß noch keiner von den vielen Freiern diesen Handgriff gefunden hätte? Es muß daher eine andere Bewandtnis damit haben.« »Nein, nein«, fuhr der junge Wesir fort; »ich weiß gewiß, daß es so sei; man darf nur nicht davon reden, weil die Königin alle Gespräche dieser Art verboten hat.« »Darin hat sie auch recht«, erwiderte Abdallah: »denn wie leicht könnte dadurch ein listiger Fremdling ohne sein Verdienst auf die rechte Spur kommen und die gute Königin betrügen.« »Freilich«, antwortete der junge Wesir lächelnd; »und dann wäre alle Vorsicht der alten Tante dennoch vergeblich gewesen.« »Ein liebenswürdiger junger Herr hat mir eben die Geschichte dieser Tante erzählt«, sprach Abdallah; »aber so verwirrt, daß ich sie nicht wohl begreifen kann.« »Welcher denn?« fragte der Wesir ein wenig neidisch. »Dort, jener junge Herr«, erwiderte Abdallah und wies auf einen Höfling, der sehr einfältig aussah. »Ach, das ist ein Tropf, der nichts weiß«, fuhr der Wesir fort und verzog seinen Mund in ein spöttisches Lächeln. »Die Sache verhält sich so:

Die vorige Königin Aischah, die Tante der schönen Zulikah, hatte an ihrem Hofe einen großen Zauberer. Weil sie jung und Königin eines großen Reichs war, so fanden sich viele Freier bei ihr ein. Um sich nun in ihrer Wahl nicht zu betrügen, so ließ sie sich von dem Zauberer einen Ring verfertigen, mit welchem sie die Treue ihrer Liebhaber prüfte. Es kamen viele Könige und Königssöhne; keiner aber ward von dem Ringe für treu erkannt. Die Königin Aischah wurde über dieser Prüfung alt und starb vor einigen Jahren, ohne einen Gemahl von solcher Treue, wie sie wünschte, gefunden zu haben. Aus Verdruß über ihr eignes Mißgeschick ließ sie die Emirn des Reichs schwören, nie zu gestatten, daß sich die Nichte mit einem Gemahl verbinde, der die Prüfung des Ringes nicht bestanden habe. Allein, da der Ring die Kraft hat, schläfrig zu machen, so hat sich bis jetzt noch keiner gefunden, der ohne Schlaf gewesen wäre. Sie schliefen fest ein, und die Königin fand des Morgens den Ring immer wieder an ihrer Hand. Um diesem Zauberschlafe zu widerstehen, gibt es, der gemeinen Sage nach, nur ein einziges Mittel, das in einer besonderen Behandlung des Ringes bestehen soll, welche aber die Königin selbst nicht weiß. Sie kann daher das Geheimnis nicht einmal verraten, wenn sie gleich wollte; und alle ihre Hoffnung, einen Gemahl zu bekommen, besteht darin, daß einer von ihren Freiern diesen Handgriff von ungefähr finde.«

»Das läßt sich begreifen; der vorige junge Herr hatte die Sache nur halb gehört«, sagte Abdallah und ging zum Saale hinaus, weil einige von Almoraddins Leuten nach ihm fragten. Diese brachten ihm die Nachricht, daß in dem Schiff ein Aufruhr sei. Einer wüte gegen den andern; die schwächere Partei könne sich nicht mehr verteidigen und drohe, das Schiff in Brand zu stecken. Es sei alles verloren, wenn Almoraddin nicht augenblicklich erscheine und den Aufruhr stille. Abdallah führte die Schiffsleute hinein vor die Königin und ließ sie ihre Botschaft wiederholen. Die Königin wollte ihre Wache hinsenden; Almoraddin aber bat so dringend, daß sie ihm endlich erlaubte, selbst hinzugehen und seine Leute zu befriedigen. Er eilte mit Abdallah nach dem Hafen. Sie hörten schon von fern das laute Geschrei und das Klirren der Säbel; sobald sie aber in das Schiff traten, legten die Streitenden ihre Waffen weg und machten Friede. Denn das ganze Gefecht war eine bloße List, die Abdallah mit Almoraddin verabredet hatte, um sich bei dieser Gelegenheit zum letztenmal miteinander zu beratschlagen.

»Nun, was hast du entdeckt?« fing Abdallah an. »Ach, Freund«, rief Almoraddin weinend aus und legte sein Gesicht an Abdallahs Brust, »wenn du mir nicht raten kannst, so bin ich abermals verloren. Ich Unsinniger! Ich hoffe eine falsche Zauberin zu gewinnen und verkaufe meinen guten Vater, den treuesten Freund, den ich hatte, als einen Sklaven ins tiefste Elend! O Abdallah, hilf mir, rette mich aus diesem Abgrund! Ich habe mich betrogen; sie liebt mich nicht; sie lockt mich nur durch ihre Freundlichkeit an, um mich desto gewisser zu verderben.« »Nun, so wollen wir die Anker lichten und fliehen«, sprach Abdallah; »denn es wäre Torheit, sich für jemanden, der uns nicht liebt, in Gefahr zu wagen.« Almoraddin ward bleich und sah erschrocken vor sich hin. »Sei nur getrost«, fuhr Abdallah lächelnd fort; »dein Schicksal hat dich lieber als du denkst. Deine Furcht hat dich betrogen; die Königin ist unschuldig.« Hierauf erzählte er ihm, was er gesehen und gehört hatte. »Da du den Ring zwar bewegen, aber von der Hand nicht wieder abziehen kannst«, sprach er weiter, »so glaube ich, den Zauber entdeckt zu haben. Der Ring soll die Freier prüfen, ob sie die Königin treu und aufrichtig lieben. Die Liebe ist nicht träge; sie ist in steter Bewegung und Arbeit; sie läuft wie ein Rad unaufhörlich in sich selbst zurück, ohne sich von ihrer Angel, um welche sie schwebt, zu entfernen. Daher ist meine Meinung, daß du den Ring herumdrehest, so lange und auf welche Seite er sich nur drehen läßt. Wenn er durch diese anhaltende Bewegung seine einschläfernde Kraft nicht verliert, so bist du abermals umsonst gereiset, denn einen bessern Rat weiß ich nicht.«

Almoraddin umarmte und küßte den Abdallah vor Freude über seine Entdeckung. »Du hast das rechte Mittel gefunden«, sprach er; »ich schlief nie ein, als bis ich den Ring ruhen ließ. Ich war treu, aber nicht klug; und darum ward mir das Pfand der Vermählung immer wieder genommen: denn der Gemahl der Königin Zulikah muß beide Tugenden in sich vereinigen.« Sie gingen vergnügt und voll guter Hoffnung zurück. Almoraddin machte eine erdichtete Beschreibung von dem Aufruhr, welche die Königin für wahr zu halten schien. Die Nacht kam herbei, und nach geendigter Mahlzeit schlossen die Wesire den Kreis. Als Almoraddin, nach ausbedungener Sicherheit seines Freundes, die Frage der Königin bejahte, so legte sie ihm den goldnen Ring mit den gewöhnlichen Worten an seine linke Hand und sprach: »Auch in seinen Fehlern muß mein Gemahl mir treu sein.« Sie ging hinweg, und Almoraddin ward in dasselbe Zimmer geführt, wo er schon zweimal übernachtet hatte. Anstatt aber diesmal seine Hände sorglos ineinanderzulegen, hielt er den Ring in steter Bewegung und drehte ihn unaufhörlich herum. Es kam ihm kein Schlaf in die Augen; vielmehr war ihm, als ob er immer wacher werde; bis endlich, als die Morgenröte anbrach, der Ring sich nicht mehr bewegen ließ und so fest stand, als ob er mit Almoraddins Hand zusammengewachsen wäre. Ein unfreiwilliger Schlaf bemächtigte sich seiner Sinne; er konnte nicht widerstehen und schlummerte sanft ein.

Von dem lauten Getöne der Pauken, Hörner und Zimbeln, das in dem Schloß erschallte, geweckt, hob er seine Augen auf und sah die vier ältesten Wesire, die ihn auf den Knien als ihren Sultan begrüßten und in seinem neuen Schmuck zur Königin führten. Sie saß auf ihrem Thron, von allen ihren Emirn, Wesiren und Frauen umgeben. Aus ihren schönen Augen strahlte Freude; ihre Wangen blühten wie junge Rosen, und alle ihre Gebärden schienen von einem neuen fröhlichen Geiste belebt. Almoraddin wankte vor Freude und kniete im Gefühl seines Glückes auf die unterste Stufe ihres Thrones; sie aber ging dem Bräutigam entgegen, reichte ihm die Hand und führte ihn hinauf. »Almoraddin«, sprach sie, »hat das Gesetz in allen Bedeutungen erfüllt. Seine getreue Liebe hat nicht abgelassen, bis sie den rechten Weg fand und den Sieg gewann. Ich habe mich mit ihm verlobt; er hat das Pfand meiner Liebe bewahrt; daher nenne ich ihn euern

König und meinen Gemahl.« Die Emirn schlugen in die Hände und riefen: »Heil der schönen Zulikah, unsrer Königin! Heil dem König Almoraddin, ihrem Gemahl! Der Himmel gebe ihnen Söhne, die ein Herz haben, das uns liebt, einen Arm, der uns beschützt, und eine Zunge, die Gott für seine Güte lobt.«

»Listiger Abdallah, ihr habt uns betrogen«, sagte die Königin, als die Feierlichkeiten geendigt waren. »Nein, schöne Königin«, gab Abdallah zur Antwort, »wir haben uns bloß vorgesehen, daß wir nicht zum drittenmal betrogen würden: Treue ohne wachsame Klugheit kommt bei keinem gefährlichen Unternehmen zum Ziel.« Almoraddin ward nicht müde, seinen klugen Freund zu umarmen. »Ohne dich«, sprach er, »wäre ich mit meinem Vater verloren: denn ich allein hätte die Auflösung des Rätsels nie gefunden. Gib dein Vorhaben auf und bleibe bei mir; wir wollen wie Brüder miteinander teilen. Warum willst du dich in eine Ungewisse Gefahr wagen, da du nicht weißt, ob irgendeine Insel Boriko in der Welt ist.« »Wie?« sprach Abdallah, »du hast durch Mut und Klugheit dein Ziel erreicht, und ich sollte an dem meinigen verzweifeln? Nein, Almoraddin; ich habe dem Sultan, meinem Herrn, Treue geschworen: und diesen Schwur muß ich halten, sollte ich gleich vergeblich die halbe Erde umfahren.«

Nach einem Jahr kam er von seiner gefährlichen Reise wieder zurück. Er hatte die zweifelhafte Insel gefunden und aus der verborgenen Quelle geschöpft. Er sprach bei dem Könige Almoraddin ein und fand ihn mit seiner Gemahlin und seinem Vater an der Wiege seines Sohnes. Sie empfingen ihn alle drei, wie man einen Wohltäter empfängt, dem man die Freude und das Glück seines Lebens zu danken hat. Abdallah schenkte ihm ein Gefäß von seinem verjüngenden Wasser. Almoraddin und Zulikah tranken nur wenig davon und gaben das mehreste ihrem guten Vater, der seine Freiheit für ihr Glück verpfändet hatte. Der Alte erquickte sich an diesem Wasser, wie eine welkende Blume an einem erfrischenden Regen, und lebte beinahe so lange wie seine guten Kinder. Dem Schah-Jehan aber, dem Abdallah eine Menge Gefäße davon überbrachte, bekam es nicht so gut. Er trank es zur Unzeit und in Übermaß; daher starb er früher, als er ohne dasselbe vielleicht gestorben wäre.

DIE REISENDEN

Ein junger Sultan unterredete sich mit seinem alten Wesir über die Verschiedenheit der menschlichen Schicksale und sagte: »Wesir, ob ich gleich noch jung bin, so glaube ich doch so viel bemerkt zu haben, daß des Menschen Schicksal eine notwendige Folge seines Verhaltens ist. Er ist glücklich, wenn er klug, und unglücklich, wenn er töricht handelt: denn wie der Baum, so die Frucht.« »Was der Sultan, mein Herr, gesagt hat«, antwortete der Wesir, »ist sehr wahr; nur glaube ich, daß es mit des Menschen Weisheit allein nicht immer getan sei. Unsere Weisheit gleichet einem erfahrnen Steuermann, der, so lange das Meer ruhig ist, sein Schiff hinlenket, wohin er will; erheben sich aber Stürme, so kann seine Kunst ihm nicht mehr helfen. Die Winde reißen sein Schiff mit sich fort und werfen es oft an eine Klippe, wo es scheitert. Wenn mein Herr seinen Diener anhören will, so kann ich eine Geschichte erzählen, welche meine Meinung sehr gut erläutern wird.« Der Sultan war es zufrieden und der Wesir fuhr fort:

»Asfendiar war der zweite Sohn eines Königs in Griechenland. Er zeigte von seiner frühesten Jugend an viel Klugheit und Überlegung; und je älter er wurde, desto mehr nahm er zu an diesen Tugenden. Der König, sein Vater, der ihn ungeachtet dieser guten Eigenschaften weniger liebte, als seinen ältesten Sohn, fing sogar an, zu befürchten, der klügere Asfendiar möchte dereinst seinen Bruder vom

Throne verdrängen. Darum beschloß er, diesem Übel beizeiten zuvorzukommen.

Weil er aber doch nicht grausam genug war, seinen unschuldigen Sohn zu töten, so verbannte er ihn aus dem Reiche. Sein Haß ging so weit, daß er ihn wie einen Bettler aus dem Palaste verstieß und seinen Untertanen bei Lebensstrafe verbot, dem Prinzen die geringste Gabe mitzuteilen.

Asfendiar hatte ein edles Herz. So leicht es ihm gewesen wäre, sich unter dem Volke, das ihn sehr liebte, einen Anhang zu machen, so wollte er doch lieber verstoßen sein als sich gegen seinen Vater empören. »Vielleicht«, dachte er, »läßt mein Vater mit der Zeit seinen Zorn gegen mich fahren und nimmt mich wieder zu seinem Sohne an. Es ist edler, Unrecht zu leiden als Unrecht zu tun.« In diesen Gedanken ging er seinen Weg fort, als er nach einigen Tagen einen jungen Menschen von seltner Schönheit antraf, der eine Zither unter dem Arme trug. Der Prinz gewann ihn lieb, da er sah, daß er ebenso scherzhaft und höflich sei, als er schön war. Desgleichen erbot sich der Fremde, welchem die Freundlichkeit und gute Gestalt des Prinzen ebensowohl gefiel, zu seiner Begleitung. Sie setzten zusammen ihren Weg fort, als am folgenden Tage ein dritter Reisender zu ihnen kam. Dieser war eines Kaufmanns Sohn, der in dem Gewerbe seines Vaters sehr wohl erfahren schien. Seine Gesellschaft gefiel ihnen, und da er mit den beiden andern nicht weniger zufrieden war, so bat er sie, ihm zu erlauben, seinen Weg in ihrer Gesellschaft zu machen. Am dritten Tage kam noch ein gesunder, starker Bauersmann zu ihnen. Er wollte in die benachbarte Stadt Laodicea zu Markte gehen, und da er hörte, daß diese drei eben den Weg gingen, so blieb er bei ihnen.

Sie sprachen unterwegs von allerlei Dingen; unter andern aber war die Rede vom Glück. »Welches mag der leichteste und sicherste Weg sein, auf dem ein Mensch sein Glück machen kann?« fragte der Kaufmann. »Meiner Meinung nach«, gab Asfendiar zur Antwort, »sind es günstige Umstände, die unser Vorhaben befördern: denn auch der geschickteste Schwimmer muß einem zu starken Strome weichen. Daher glaube ich, daß ein Mensch sowohl ohne seine Schuld in das tiefste Elend geraten, als auch ohne sein Verdienst zum höchsten Glück gelangen könne.« Der Bauer, welcher von der Rede des Prinzen nicht viel verstand, sagte: »Herr, ich glaube, wer zwei gesunde Arme hat und arbeiten will, der wird nie hungrig sterben. Arbeit und Fleiß sind für alle Zufälle gut; die Trägen und Saumseligen sind immer die Ärmsten.« Der schöne Zitherspieler fing an zu lachen und sagte: »Guter Freund, wer sich Reichtum und Ansehen durch Arbeit erwerben will, der wird es nicht weit bringen. Das sicherste Mittel, sein Glück zu machen, ist, wie mir deucht, eine schöne Gestalt. Schönheit besiegt Reichtum, und Verstand gilt in der Welt am meisten.« »Dieser Meinung bin ich nicht«, sagte der Kaufmann. »Schönheit ist eine vergängliche Blume, die nur einmal blüht und nicht an allen Orten gedeiht. Das sicherste Mittel, welches allenthalben hilft, ist, denk ich, Klugheit, die sich in alle Fälle zu schicken und alle Umstände zum Vorteil zu wenden weiß. Diese allein ist die wahre Quelle des Reichtums und der Ehre; diese allein kann sich in dem Besitz des Erworbenen erhalten und hat den Vorzug, daß sie nie veraltet. Um aber zu sehen, wer von uns am meisten recht habe, so wollen wir einen Versuch machen. Wenn wir in die Stadt kommen, so soll einer nach dem andern von dem, was er den Tag über gewinnt, die Gesellschaft des Abends bewirten. Wer die größte Mahlzeit geben kann, wenn die Reihe an ihn kommt, der hat am meisten recht.« Die andern drei ließen sich den Vorschlag des Kaufmanns gefallen. Sie erreichten mit Untergang der Sonne die Stadt Laodicea und warfen das Los, als sie in die Herberge kamen. Die Reihe traf zuerst den Bauer. Sobald es Tag ward, ging er in den Hafen und diente als Lastträger. Er trug auf einmal so viel als drei andre, und da er sich jeden Ballen besonders bezahlen ließ, so hatte er, als er gegen Abend wieder zurückkam, vier Piaster gewonnen. Er zeigte dieselben seinen Gefährten mit einer fröhlichen Gebärde und bestellte die Mahlzeit. »Das wird keinen großen Schmaus geben, guter Freund«, sagte der schöne Zitherspieler. »Ein Piaster für den Mann ist sehr wenig; du hättest fleißiger sein sollen, wenn du die Wette gewinnen wolltest.« »Das sage der Herr nicht«, antwortete der Bauer, »ich habe mehr getragen, als zehn andre.« »Nun, so liegt der Fehler an deinem Handwerk«, sagte der Kaufmann; »es läßt sich nicht viel damit verdienen, wir werden morgen sehen, was der Zitherspieler gewinnt.«

Der schöne Zitherspieler zog am folgenden Tage seine besten Kleider an, nahm sein Saitenspiel und ging in das nächste große Haus, das er auf seinem Wege fand. Es war die Wohnung eines Wesirs, dessen Gemahlin die Musik sehr liebte. Er trat in den Vorsaal; er sang und spielte. Seine Stimme war sanft und rein, und sein Spiel angenehm. Er ward vor die innere Tür des Harems gerufen und mußte sich da hören lassen. Man war sehr wohl mit seinem Gesang und seiner Artigkeit zufrieden, und die Gemahlin des Wesirs, die sehr freigebig war, gab ihm ein großes Geschenk. So ging er von einem Hause zum andern, bis es Abend ward, da er mit einem Beutel von hundert Zechinen wieder zurückkam und seine Gefährten köstlich bewirtete. »Der Herr muß sich morgen wacker halten«, sprach der Bauer zum Kaufmann, »wenn er den Zitherspieler übertreffen will. Der hat in einem Tage mehr gewonnen, als ich in einem ganzen Jahre verdienen kann.«

Der Kaufmann begab sich sehr früh am Morgen in den Hafen, wo eben ein fremdes Schiff die Anker warf. Er hatte sich die beiden vorigen Tage genau nach der Handlung dieser Stadt erkundiget und erfahren, daß vorzüglich das Öl sehr aufschlage, weil fast alle Olivenbäume im vorigen Winter erfroren waren. Er fragte, was für Waren das Schiff führe; und da er hörte, daß der größte Teil seiner Ladung in Öl bestehe, so ging er zum Schiffsherrn. »Ich bin der Handelsgenosse des reichen Ibrahim«, sprach er; »er läßt dich bitten, die ganze Ladung von Öl, die dein Schiff führt, ihm zu überlassen. Wir geben dir für das Maß zwei Golddrachmen mehr, als das vorige Jahr. Hier hast du Handgeld; schreib unsre Namen, Ibrahim und Achmet.« Als der Kauf geschlossen war, eilte er zum reichen Ibrahim. »Herr«, sagte er, »ein Fremder, den du nicht kennst, bietet dir einen reichen Gewinn an. Ich wußte, daß deine Magazine an Öl Mangel litten; ich hoffte, dir zu dienen und habe um einen sehr geringen Preis die ganze Ladung eines Schiffs, das eben angekommen ist, in deinem Namen gehandelt.« Ibrahim unterzeichnete den Kauf; sie gingen beide an Bord, wo eine Menge Kaufleute standen, die in gleicher Absicht zu spät gekommen waren. Ibrahim bezahlte den Schiffsherrn und schenkte dem jungen Kaufmann, der ihm einen so reichen Gewinn zugewandt hatte, einen Beutel von fünfhundert Zechinen.

Als Achmet zu seinen Gefährten zurückkam, sagte der Sohn des Königs: »Ich habe wenig Hoffnung, einen von

Euch zu übertreffen; denn ich kann mich weder auf meine Stärke, noch auf meine Gestalt, noch auf meine Klugheit verlassen. Mein Glück hängt von solchen günstigen Umständen ab, wie ich sie mir durch keinen von Euern Vorzügen verschaffen kann. Allein damit ich kein Glück, das mir begegnen könnte, durch meine Schuld versäume, so will ich morgen ausgehn, mein Glück zu versuchen.« Das erste, was er hörte, als er am folgenden Morgen in die Stadt kam, war die Nachricht von des Sultans Tode. »Unser guter Sultan ist gestorben«, riefen die Leute; »er hat uns keinen Sohn hinterlassen; wo werden wir einen andern König von solcher Weisheit finden?« Die Klage war allgemein; ein jeder, welcher den Verstorbenen gekannt hatte, weinte und zerriß zum Zeichen der Trauer sein Kleid.

Asfendiar, der als ein Fremder keine Ursache hatte, über diesen Verlust betrübt zu sein, ging gleichgültig unter dem Volk einher und sah den Feierlichkeiten des Begräbnisses ohne Rührung zu. Seine Neugierde und sein fremdes Ansehen machten ihn den Bürgern verdächtig; man hielt ihn für einen Kundschafter eines benachbarten Königs, man nahm ihn gefangen, band ihn mit Ketten und führte ihn, der ausgegangen war, sein Glück zu machen, in ein dunkles Gefängnis, wo er über zwei Tage ohne Nahrung schmachten mußte. »Was hat das Schicksal mit mir vor?« sprach er. »Will es meine Geduld und meinen Glauben prüfen, oder soll ich in diesem Kerker verschmachten? Ich bin bereit, alles zu ertragen; es komme, was da will. Das letzte aller menschlichen Dinge ist doch der Tod, vor dem sich nur ein Feiger fürchten kann.« Als er so dachte, hörte er an den Türen des Gefängnisses rasseln. Man schloß auf, die Wache trat hinein und befahl ihm, vor dem Divan zu erscheinen.

Die Wesire des Reichs waren versammelt, einen neuen König zu wählen; sie konnten aber nicht einig werden. Einer von den klügsten unter ihnen riet, die Wahl zu beschleunigen, damit aus ihrem Zwiespalte kein bürgerlicher Krieg entstände. »Es sind feindliche Kundschafter in der Stadt«, sprach er; »einen derselben hat man schon ergriffen; viele andre können unsrer Wachsamkeit entgangen sein. Wenn der König von Antiochien unsre Uneinigkeit erfährt, so sind wir verloren.« Die Wesire erschraken über diese Nachricht und ließen den Gefangenen holen, um ihn auszufragen.

Asfendiar verbarg weder seinen Namen, noch seinen Stand. Er erzählte aufrichtig, was ihm bisher begegnet war. Er sprach mit so viel Weisheit und Würde, daß seine Rede die ganze Versammlung bewegte. Die Wesire hatten von seiner Verbannung gehört; einige, die an dem Hofe seines Vaters gewesen waren, erinnerten sich seiner Gestalt; und da sie lieber einen fremden Prinzen, als einen Eingebornen ihresgleichen zum Könige haben wollten, so fiel die Wahl einstimmig auf Asfendiar. »Die Götter haben uns diesen Fremden gesandt«, sprachen sie, »unsrer Zwietracht ein Ende zu machen. Er allein ist würdig, unser König zu werden; er stammt aus königlichem Geschlecht und hat alle Tugenden, die einen Regenten schmücken. Seine Weisheit und die edle Standhaftigkeit, womit er sein Unglück ertragen hat, verbürgen uns, daß er ein tugendhafter König sein werde, welchem das Glück seiner Völker am Herzen liegt.«

Sie begrüßten ihn als ihren Sultan; man bekleidete ihn mit dem königlichen Schmuck und führte ihn auf einem weißen Elefanten durch die Stadt, wo er die Huldigung des Volkes empfing. Es war dieses der dritte Tag, seitdem ihn seine Gefährten nicht wieder gesehen hatten. Sie befürchteten, es möchte ihm ein Unglück begegnet sein; und weil sie ihn sehr liebten, so hatten sie alle Tage in der Stadt nach ihm gesucht. In dieser Absicht waren sie auch am dritten Tage ausgegangen, als sie von der Krönung des neuen Sultans hörten und mit dem übrigen Volke in die Straßen herbeieilten, durch welche er zog. Asfendiar ward seiner Gefährten unter dem Volke gewahr und winkte ihnen, sich zu nähern. »Ich werde Euch heute abend in meinem Hause bewirten«, sprach er, »wenn Ihr meine Gäste sein wollt.« Er ließ ihnen ein köstliches Mahl bereiten, gab ihnen reiche Geschenke und sagte: »Das Glück hat meinen Glauben, wie es scheinet, belohnen wollen. Es stieß mich ohne meine Schuld in einen Kerker und hebt mich ebenso schnell wieder auf den Thron. Ziehet hin in Frieden und erinnert Euch Eures Gefährten, der zu einer Zeit, wo er am wenigsten daran dachte, die Wette gewann.« »Herr Sultan, Ihr habt das einträglichste Handwerk gewählt«, sagte der Bauer, als er für die reichen Geschenke des Königs dankte. »Sei zufrieden«, antwortete der Sultan; »denn du bist von uns allen der Glücklichste.«

So erzählte der alte Wesir; der junge Sultan aber war klug genug, ihm recht zu geben, und demütig genug, zu gestehen, daß er selbst seine Würde nicht seinem Verdienst, sondern seiner Geburt und Abstammung verdanke.

HARDUN UND NUHR

Die Einwohner einer kleinen Insel im Südmeer lebten seit langer Zeit ohne Beherrscher und Obrigkeit in friedlicher Einfalt. Sie wußten nicht, was Ehrgeiz und Rangsucht sei, und vertrugen sich miteinander wie Kinder eines einzigen Stammvaters. Die einzelnen Familien hatten sich mitten auf der Insel in einem schönen Tale Wohnungen gebaut und durch ihre nachbarliche Vereinigung eine Art von Stadt gebildet. Die kleine Stadt war von allen Seiten offen und ohne Mauern, weil sich die Bewohner weder vor fremden, noch vor einheimischen Räubern zu fürchten hatten. Das ergiebige Land belohnte die wenige Arbeit, die sie darauf verwendeten, mit reichlichem Überfluß; daher beschäftigte sich ein jeder mit dem, wozu er Lust hatte. Einige bauten Reis und Hirse; aus den Kokos-Bäumen, die man auf so vielerlei Art nützen kann und welche hier in großer Menge wuchsen, bereiteten andere die übrigen Lebensbedürfnisse; die jungen Leute aber gingen in die nahen Wälder auf die Gazellenjagd. Dies war die einzige Gattung Wild, die sich auf der Insel befand; und da die Tiere sehr schüchtern sind, so nahmen auch die Mädchen an dieser Beschäftigung der Jünglinge teil.

Nuhr, die schönste Jägerin auf der ganzen Insel, liebte vorzüglich den östlichen Teil der Gebirgsgegend, wegen der schönen Hügel, Täler und Ebenen, in welche sich die Höhen gegen das Meer hin allmählich verloren. Alle Morgen ging sie dahin, den Köcher auf den Schultern, den Bogen in der Hand; und weil sie die Einsamkeit liebte, ging sie immer allein. In einem dieser abgelegenen Täler ruhte sie eines Tages unter dem Schatten einiger Bäume, die ein kühler Wind durchstrich, von ihrer Müdigkeit aus, als sie auf einmal ein Geräusch hinter sich hörte. Sie sah sich um und erblickte einen Mann von ungeheurer Größe. Hätten drei Männer von der größten Höhe einander auf den Schultern gestanden, so würde ihre Länge kaum bis an sein Kinn gereicht haben. Bei dieser Ungeheuern Größe aber war in seiner Bildung nichts Widriges. Alle seine Glieder hatten das schönste Ebenmaß. Er war jung und sein Blick sanft. Seine langen hellbraunen Haare wallten in dichten Locken über seine Schultern, und unter seinem linken Arm trug er eine junge abgestreifte Zeder als Stab und als Waffe.

Die schöne Nuhr war halbtot vor Schrecken, als sie diesen wunderbaren Mann erblickte; noch mehr aber, als er vor sie trat, sie einige Augenblicke schweigend ansah und sich endlich zu ihr niedersetzte. »Welch ein feindliches Gestirn«, rief sie aus, als sie sich wieder erholte, »hat mich hierher geführt, um in deinem Magen mein Grab zu finden?« »Schilt nicht auf das Schicksal, das deine Schritte leitet«, antwortete der Riese. »Wenn wir beide uns darüber beklagen wollten, so hätte ich das meiste Recht dazu: denn seitdem ich dich hier zum erstenmal gesehen habe, verschmachte ich heimlich vor Liebe und Sehnsucht. Ich wagte mich bisher nicht, vor deine Augen zu treten, aus Furcht, du möchtest vor meinem Anblick erschrecken. Ich hielt mich in der Nähe verborgen und war zufrieden, dich nur täglich zu sehen. Auch gestern sah ich dich hier. Wie hab ich jene Quelle, die dort den Felsen herabrieselt, wegen ihres Glückes beneidet!« Die schöne Nuhr ward bei diesen Worten feuerrot: denn sie hatte sich gestern, weil sie allein zu sein glaubte, mit zu wenig Vorsicht gebadet. »Verzeihe mir, schöne Jägerin«, fuhr der Riese fort, »verzeihe mir mein Vergehen, dessen Geständnis dich schamrot macht. Warum schlägst du deine Augen so schüchtern nieder? Fürchte dich nicht; ich könnte eher sterben, als dir ein Leid tun. Sieh mich an, ich bin nicht so häßlich, als du glaubst. Mein erster Anblick hat dich befremdet und erschreckt. Sieh mich nur an; ungeachtet ihrer Größe ist meine Gestalt wohlgebildet und schön. Meine Mutter lobte meine Schönheit, als ich noch ein Knabe war, und pflegte zu sagen, daß ich das vollkommene Ebenbild meines Vaters sei. Mit dieser Vergleichung wollte sie sehr viel sagen, wie du selbst einsehen wirst, wenn ich dir erzähle, wer meine Eltern sind.

Ich heiße Hardun und bin der Sohn des großen Feridun, eines der mächtigsten unter den Geistern, und der Prinzessin Scheruhdah, der einzigen Tochter des Sultans Ras-Andas, des Königs der hundert Inseln. Dieser König ist das Haupt aller Zauberer im Morgenland. Die hundert Inseln waren ehemals nackte, wüste Felsen; durch seine Zauberkraft aber machte er sie fruchtbar und zu ebensoviel kleinen Königreichen. Auf jeder Insel stand eine große volkreiche Stadt, in jeder Stadt ein prächtiger Palast, in jedem Palaste ein goldner Thron und auf jedem Throne eine redende Bildsäule des Ras-Andas in königlichem Schmucke, die einen jeden, der seine Klage ihr vortrug, mit der höchsten Weisheit Recht sprach. Aus einem besondern Eigensinn aber, der dem weisen Ras-Andas freilich nicht wohl anstand, hatte er die Dauer und Festigkeit seiner Zauberkräfte auf das Gelübde einer ewigen Jungfrauschaft seiner Tochter Scherudah gegründet. Er bewachte sie deswegen auf das sorgfältigste und verschloß sich mit ihr in eine für jeden Menschen unzugängliche Felsenburg.

Allein Feridun, der, als er einst diese Burg vorbeiflog, die Scherudah lieb gewann, betrog die Wachsamkeit des Zauberers, da er am wenigsten daran dachte. Scherudah ließ sich freiwillig von Feridun entfuhren und ward seine Gemahlin. Der König Ras-Andas, dessen Zaubereien Feridun in demselben Augenblick, da sie aufhörten, durch andere noch größere ersetzte, erkannte seinen Eigensinn und verzieh seinen Kindern den ihm gespielten Betrug. Sie wohnten bei ihm in seinem Schloß, und ich bin die einzige Frucht ihrer Liebe. Ich war ungefähr zehn Jahre alt, als der König eines Tages eine tiefe Traurigkeit an meinem Vater bemerkte. ›Was betrübt dich, mein Sohn‹, fragte er; ›was macht dich so traurig?‹ ›Du selbst bist ohne dein Wissen und Wollen die Ursache meines Kummers«, antwortete Feridun. ›Du hast mir zwar meinen verwegenen Betrug sehr liebreich verziehen; deine Beschützer aber sind strenger und haben es noch nicht getan. Thurasch, der König der Geister, hat dieses Kind zu einer schweren Prüfung verurteilt. Wir werden unsern einzigen Sohn lange nicht, vielleicht niemals wiedersehen!‹ Mit diesen Worten nahm er mich auf den Arm und trug mich auf die Insel Subu. ›Mein Sohn‹, sprach er, indem er mich zum letzten Male küßte und meine Wangen mit seinen Tränen benetzte, ›scheue dich nicht vor der Arbeit; weiche keinem Kampfe aus; fliehe vor keiner Gefahr; sondern folge der Tugend, wohin ihre Stimme dich ruft. Suche durch dich selbst und durch deine eigene Kraft Ruhm zu erlangen, ohne die Bequemlichkeit der Zauberkünste deines Großvaters zu bedauern. Mit meiner Hilfe kannst du auf dem Wasser und in der Luft von einem Lande zum andern schreiten; weiter aber kann ich nichts für dich tun, so lange bis der Zorn des Thurasch gestillt sein wird.‹ So sprach er und verschwand aus meinen Augen. Ich befand mich in einer Einöde unter Tigern und wilden Elefanten, denen ich mich in kurzer Zeit furchtbar machte. Nachher durchlief ich mit Hilfe meines Vaters viele Länder und Meere, befreite viele Gegenden von wilden Tieren, und wo ich hinkam, suchte ich Kampf und Gefahr. In der guten Absicht, den Bedrängten mit meinem Arme beizustehen, kam ich neulich auch hierher. Ich wollte andere befreien und habe meine eigene Freiheit verloren. Anstatt meinen Mut und meine Tapferkeit durch große Taten zu stärken, hielt ich mich beständig verborgen, aus Furcht, deines Anblicks beraubt zu werden.«

Hardun endigte hier seine Erzählung. Er sah die schöne Nuhr mit zärtlichen Blicken an, als ob er fragen wollte: »Hast du mich nun lieb?« Weil sie aber die Augen niederschlug und stillschweigend errötete, so sang er ein langes Lied, worin er ihre Schönheit lobte und seine große Liebe zu ihr schilderte. Seine brüllende Stimme, die bald dem Brausen des Meeres, bald dem Pfeifen des Windes glich, schreckte alle Vögel aus der Nähe. Das Laub der Bäume, die neben ihm standen, rauschte von seinem Atem bewegt, und der Widerhall warf seine Töne wie fernes Wetterkrachen von dem Felsen zurück. Die schöne Nuhr unterbrach diesen gewaltigen Gesang durch ein freundliches Gespräch. Sie sagte ihm ihren Namen; erzählte, wie sie schon in der Kindheit ihre Eltern verloren habe und jetzt bei einem Vormund lebe, der sie sehr strenge halte. Sie wandte vor, sie dürfe heute nicht lange verweilen, weil sie ohne Erlaubnis weggegangen sei. Sie versprach bald wiederzukommen und gab ihm zum Unterpfand ihrer Freundschaft einen von ihren Pfeilen, welchen der Riese mit der fröhlichsten Gebärde in eine von den langen Locken band, die über seine Schultern hingen. Aus Furcht, den Riesen zu erzürnen, stellte sie sich, als ob sie mit seiner Liebe sehr wohl zufrieden sei; allein sie suchte sich bloß von ihm zu entfernen und war gar nicht willens, sich zum zweitenmal in eine solche Gefahr zu wagen. Sie ging nicht mehr auf die Jagd. Hardun suchte sie viele Tage vergebens. Sie kam nie wieder.

Während dieser Zeit empfand er alle Qualen der Liebe und der betrogenen Hoffnung. Bald bildete er sich ein, die schöne Nuhr werde wider ihren Willen von ihrem Vormunde zurückgehalten; bald fürchtete er, sie sei von einer tödlichen Krankheit, oder durch ein anderes Unglück, an der Erfüllung ihres Versprechens verhindert worden. Einigemal war er schon auf dem Wege, seine Geliebte in ihrer Wohnung aufzusuchen, kehrte aber aus Furcht, sie zu erzürnen, immer wieder um. In dieser Ungewißheit schmachtete er länger als einen Monat. Er sang klägliche Lieder; er stand vom Morgen bis zum Abend auf der höchsten Bergspitze und strengte seine Augen an, um seine Liebe, wenn sie käme, schon von ferne zu entdecken; allein sie kam nimmer wieder. Weil sie keine Eltern mehr hatte und bei ihren Verwandten lebte, so hatte sie ihr Geheimnis zwar verschwiegen; sie blieb aber fest entschlossen, nicht wieder auf die Gazellenjagd zu gehen, sondern zu weiblicher Arbeit in häuslicher Stille ihre Zeit zu verwenden. Zuweilen nur, wenn sie an die Gutmütigkeit des Riesen gedachte, wünschte sie um seiner eigenen Ruhe willen, daß sie ihm kein Unterpfand ihrer Freundschaft und ihrer Wiederkunft möchte gegeben haben.

Der gute Hardun, der immer vergeblich hoffte, ward von Tag zu Tag ängstlicher. Er hatte nirgend Ruhe. Wenn er sich niederlegte, so war ihm, als ob der Boden unter ihm brenne. Er sprang eilig auf, wenn sich in der Ferne was regte; denn jedes Rauschen der Blätter, jeder ferne Schall schien ihm zu sagen, sie komme; wenn er aber sah, seine Ahnung habe ihn betrogen, so lehnte er den Kopf an einen Baum, als ob er sich seiner Schwachheit schäme. Dachte er dann an die letzte Ermahnung seines Vaters, so standen seine großen Augen voll Tränen, und sein Herz schlug so heftig, als ob es den Tod bekämpfe. Endlich konnte er diese Ungewißheit nicht länger ertragen und nahm sich vor, die schöne Nuhr in der Stadt aufzusuchen; der Erfolg sei auch, welcher er wolle. Die Brust mit einer Löwenhaut bedeckt und seinen Baum in der Hand, verließ er das Gebirge. Wer ihn auf dem Felde von fern erblickte, der ergriff die Flucht, und ehe er noch in die Stadt kam, waren schon alle Türen und Fenster vor ihm verschlossen. Als er sah, daß jedermann vor ihm floh, sprang er mit einigen großen Schritten auf einen von den Flüchtlingen zu, faßte ihn am Rücken, hob ihn in die Höhe und drohte mit fürchterlicher Stimme, ihn auf die andere Seite des Gebirges zu schleudern, wenn er ihm nicht augenblicklich die Wohnung der schönen Nuhr zeigen werde. Der Gefangene glaubte zu ersticken, so fest drückte ihm Harduns Hand die Schultern und die Brust zusammen; er faltete die Hände und versprach alles zu tun, was er von ihm verlange. Hardun setzte ihn wieder an die Erde und folgte ihm mit kleinen Schritten nach. Die schöne Nuhr stickte eben ein buntes Gewand zum Hochzeitsgeschenk für einen ihrer Verwandten, als der Riese die Tür aufriß und zusammengekrümmt hineintrat. Sobald sie ihn erblickte, hielt sie beide Hände vor die Augen und erwartete stillschweigend den Tod. Da sie aber hörte, wie sanft der Riese sich über sie beklagte, daß sie ihn so lange nicht auf dem Gebirge besucht habe, so faßte sie wieder Mut und sah ihn freundlich an. Sie sagte, sie würde ihr Versprechen längst erfüllt haben, wenn sie gewußt hätte, daß er so sehnlich auf sie warte; morgen aber wolle sie gewiß kommen. Der gutmütige Hardun vergaß bei ihrem bloßen Anblick all sein voriges Leid und bat sie um ein Unterpfand ihres Versprechens. Die schöne Nuhr gab ihm, halb aus Furcht, seine Bitte abzuschlagen, und halb aus Neigung ihres Herzens, das bunte Hochzeitskleid, an dem sie stickte. Hardun heftete es an seine Schulter und kehrte, stolz auf diesen Schmuck und freudig über den glücklichen Erfolg seiner Reise, wieder in das Gebirge zurück.

Sobald die Einwohner den Riesen aus dem Gesichte verloren hatten, versammelten sie sich alle vor dem Hause der schönen Nuhr und fragten, wer er sei. Sie erzählte ihnen aufrichtig, was ihr von Anfang an mit diesem wunderbaren Mann begegnet war, und bat sie, ihr zu raten, was sie tun sollte. Einige hatten Mitleid mit ihr und meinten, man könne das arme Mädchen, ohne eine Grausamkeit zu begehen, dem fürchterlichen wilden Manne nicht in die Hände liefern; andere hingegen sagten, ihr Außenbleiben werde den Riesen erbittern und ihn so weit bringen, daß er sie alle erwürge. Man müsse auf eine List denken, weil hier mit Gewalt nichts auszurichten sei. Daher ward beschlossen, Nuhr solle morgen ihr Versprechen erfüllen und dem Riesen Hoffnung machen, daß sie ihn in einigen Wochen heiraten wolle; während dieser Zeit aber müsse man auf Mittel denken, diesen schrecklichen Unhold zu töten.

Sobald die Morgenröte anbrach, begab sich die schöne Nuhr mit ihrem Köcher und Bogen in das Gebirge. Hardun stand schon auf der höchsten Bergspitze und wartete auf sie. Als er sie von weitem erblickte, sprang er die Felsen herab ihr entgegen und hieß sie willkommen. Sie tat so freundlich und vergnügt, als ihr beklemmtes Herz es zuließ. Er bat sie, ihn in seine Höhle zu begleiten, wo er ihr seine Reichtümer zeigen wolle. Sie sah wohl ein, daß sie dem gewaltigen Manne nichts abschlagen dürfe, sondern versuchen müsse, ob sie ihn durch Liebe und Freundlichkeit gewinnen könne. Sie ging mit ihm. Sie stiegen in ein entferntes Tal hinab, durch welches rings von lieblichen Hügeln umgeben, ein kristallheller Bach sich schlängelte. Am Fuße eines dieser Hügel, von welchem der Bach herabkam, führte sie Hardun in eine geräumige Höhle, an deren Wänden er Sitze von weichem Moose bereitet hatte. Hardun holte alle seine Kostbarkeiten herbei, legte sie zu ihren Füßen und sagte: »Seitdem mich die Liebe in diesem Gebirge gefangen hält, habe ich reiche Goldadern darin entdeckt und diese großen Stücke davon losgebrochen. Die will ich dir alle schenken, liebe Nuhr. Dieses große Gefäß ist ein einziger künstlich ausgehöhlter Topas. Der König von Queronde schenkte es mir vor zwei Jahren, als ich einen großen Drachen, der sein Land verheerte, getötet hatte. Der schwarze Staub in diesem Gefäß ist eine köstliche Arznei; wenn er mit Weihrauch vermischt wird, heilt er die tödlichste Wunde in wenigen Tagen. Da ist eine Menge köstlicher Steine, die ich in verschiedenen Weltgegenden gesammelt habe. Dieser leuchtet in der Nacht; dieser widersteht der Stärke des Palmweins; dieser da wächst in dem Kopfe des Krampffisches; er strahlet, wenn das Meer ruhig ist; wenn es aber stürmet, so sieht er trübe. Da ist einer, der die Gestalt einer Menschenzunge hat; wer ihn bei sich trägt, bekommt die Kraft, sich die Herzen der Menschen geneigt zu machen; ich habe ihn aber nicht gebraucht, liebe Nuhr, weil ich dir dein Herz nicht wider deinen Willen stehlen wollte. Dieses Diadem ist mit den köstlichsten Diamanten besetzt. Sobaschid, der Sultan der Bergeinwohner auf der Insel Borneo, gab es mir, weil er meinen Großvater sehr liebte und ehrte. Das alles soll dein sein, liebe Nuhr, sobald du es verlangst; aber dieses Halsband von großen Perlen nimmst du, mir zu Gefallen, sogleich aus meinen Händen. Ich nahm es dem Götzen Mehadu ab, als ich die Bildsäule und den Tempel desselben auf der Insel Aru zerstörte.« Mit diesen Worten hing er ihr das köstliche Halsband über die Schulter und lächelte sie mit einer so zarten und schüchternen Freundlichkeit an, daß der schönen Nuhr, die das Übermaß seiner Liebe und den Edelmut seines Herzens fühlte, die Augen voll Tränen standen. Sie sah ihn liebreich an und spielte mit seinen gelben Locken. Hardun war außer sich vor Freude. Er brachte ihr süße Früchte, las die schönsten für sie aus und sprang um sie her, wie ein junger Hirsch.

Die schöne Nuhr fiel unvermerkt in ein tiefes Nachdenken. »Wie grausam und undankbar müßte ich sein«, sprach sie bei sich selbst, »wenn ich für alle diese Liebe den gutherzigen Hardun verraten und die Ursache seines Verderbens werden könnte! Wie soll ich aber von ihm loskommen, ohne ihn zu erzürnen? Wird er mich nicht verderben, wenn ich mich ihm entziehe?« Indem sie so dachte, spielte Hardun sanft mit einer von ihren braunen Locken und sagte: »Warum bist du so traurig, liebe Nuhr? Ich sehe wohl, du bist nicht gern bei mir. Ich wollte alles tun, was du von mir verlangtest, wenn du bei mir bliebest. Ich baute dir ein Haus von Zedern; brächte dir in wenigen Stunden süße Früchte, die nur auf einer einzigen Insel wachsen; ich schaffte dir alles, was du begehrtest, wenn es auch noch so kostbar und selten wäre. Du aber webtest mir schöne Kleider, sängest zuweilen eins von deinen lieblichen Liedern und wärst immer so freundlich und so hold, wie du jetzt bist.«

Die schöne Nuhr errötete und sah schweigend zur Erde. Ihr Herz wankte zwischen Furcht und Hoffnung. »Das Äußerste«, dachte sie, »was ich wage, wenn ich bei ihm bleibe, ist der Tod. Ich will aber lieber sterben, als den Spott meiner Gespielinnen ertragen, oder eine Verräterei an diesem gutmütigen Manne begehen. Vielleicht läßt er sich durch Sanftmut und Klugheit gewinnen. Ich will bei ihm bleiben.«

Nun erhob sie ihr Haupt und sah den Riesen an, mit einem Blick, als ob sie ihm ihren Entschluß bekanntmachen wollte; aber mit einem lauten Schrei des frohen Erschreckens bebte sie zurück. Denn es war nicht mehr der ungeheuer große Hardun; es war ein schöner Jüngling, höchstens eine Handbreit größer als sie, der neben ihr saß. Seine Gestalt war noch dieselbe, und doch schien er hundertfältig verschönert. Denn sein Angesicht, in dem vorher nichts als kindliche Treuherzigkeit geschrieben stand, trug jetzt das Siegel der reifen männlichen Vernunft. Die schöne Nuhr wußte nicht, wie ihr geschah. Sie schlug die Arme um ihn und legte ihre glühende Wange auf seine Schulter. Beide schienen zu vergessen, daß sie lebten, als sie ein sanftes Geräusch hörten und aufsahen. Ein Jüngling, das Ebenbild des Hardun, mit Strahlen überirdischer Schönheit bekleidet, und eine Jungfrau, königlich geschmückt, ließen sich auf einer Wolke vor ihnen nieder. »Mein Vater! Meine Mutter!« rief Hardun auf sie zueilend und sank vor ihnen auf die Knie. »Mein Sohn!« riefen sie beide und drückten ihn abwechselnd mit heißen Küssen an ihr Herz. »Deine Prüfung ist geendigt«, sprach Feridun. »Der Zorn des Thurasch ist versöhnt. Die Bedingung seines Bannes, der so lange dauern sollte, bis die schönste und klügste Jungfrau unter den Menschenkindern aus Dankbarkeit und Tugend ihr Leben für dich wagen würde, ist durch diese holdselige Jungfrau vollkommen gelöset.«

Die schöne Nuhr stand bei dieser Erscheinung so schüchtern und betroffen da, als ob sie vor ihren Richtern stände. Ihre Augen sahen noch zur Erde und warfen nur zuweilen einen schüchternen Blick auf die glänzenden Genien, die vor ihr standen, als Scherudah, welcher Feridun Unsterblichkeit und ewige Jugend mitgeteilt hatte, nach der ersten Umarmung ihres Sohnes, ihrer neuen Tochter entgegenkam und sie mit Freude und Zärtlichkeit umfing. Sie hielt sie noch immer umfangen und wurde nicht müde sie zu liebkosen, als Feridun endlich sprach: »Kommt, Kinder, der König Ras-Andas erwartet euch mit sehnlicher Ungeduld.« Sie stiegen in den Wolkenwagen; die Höhle mit den Reichtümern schloß sich; und die Einwohner der Insel erzählen sich noch immer die Geschichte der schönen Jägerin Nuhr, die ein Riese entführt habe.